너의 옷이 보여

너의 옷이 보여 8

킹묵 현대 판타지 소설

초판 1쇄 찍은 날 § 2020년 4월 14일
초판 1쇄 펴낸 날 § 2020년 4월 21일

지은이 § 킹묵
펴낸이 § 서경석

총괄팀장 § 노종아
편집책임 § 박현성

펴낸곳 § 도서출판 청어람
등록번호 § 제387-1999-000006호
등록일자 § 1999. 5. 31
어람번호 § 제1-3043호

주소 § 경기도 부천시 부일로 483번길 40 서경B/D 3F (우) 14640
전화 § 032-656-4452 팩스 § 032-656-4453
http://www.chungeoram.com
E-mail § chungeorambook@daum.net

ⓒ 킹묵, 2019

ISBN 979-11-04-92182-7 04810
ISBN 979-11-04-91989-3 (세트)

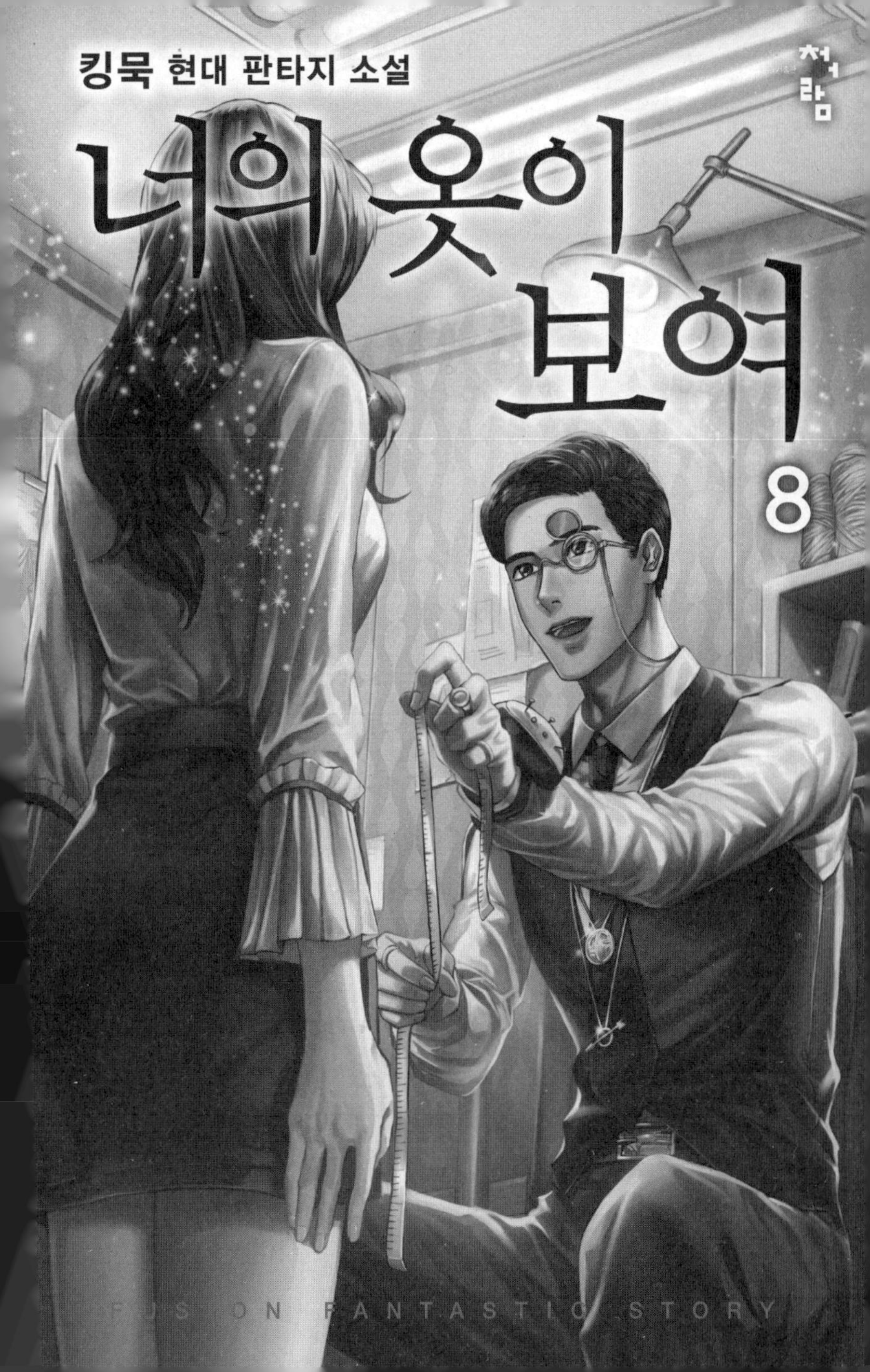
킹묵 현대 판타지 소설
청어람
너의 옷이 보여
8
FUSION FANTASTIC STORY

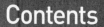

Contents

1장. 보육원II ＝ 7

2장. 삼청동 ＝ 43

3장. 모자 ＝ 79

4장. 공모전 ＝ 115

5장. 병원 ＝ 151

6장. 테일러들 ＝ 175

7장. 교수 ＝ 211

8장. 딜란I ＝ 247

제1장

보육원II

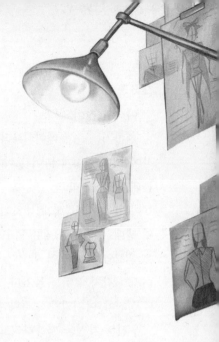

열어놓은 문 사이로 방 안을 보니 짧게 자른 머리의 남자가 보였다. 상의는 벗어두고 속옷만 입은 채 땀을 흘려가며 원단을 움직였다. 옆에 대충 던져놓은 옷이 교복인 걸로 봐서는 학생인 것 같은데, 왜 여기에 있는지 궁금했다.

그때, 아버지가 우진을 보고 씨익 웃더니 학생의 이름을 불렀다.

"상진아! 박상진!"

"어? 아저씨! 또 오셨어요?"

"또라니. 어휴, 더워 죽겠는데 에어컨도 안 켜고 뭐 하는 거야. 너 이러다가 쓰러지면 여기 선생님들이 난리 난다고 했잖아."

"아… 괜찮아요."

"괜찮기는. 쯧! 에어컨부터 켜. 더워 죽겠네. 그런데 몇 달 사이에 왜 이렇게 늙어 보이냐. 아저씨가 저번에 면도기도 줬는데 면도 좀 하고."

아버지가 친근하게 대하는 걸 봐서는 이곳에 머무는 학생일 텐데, 수염이 어찌나 덥수룩한지 형이라고 불러야 할 것 같은 외모였다. 우진이 학생이 뭘 하고 있었는지 보려 할 때, 아버지가 갑자기 뒤를 돌았다.

"상진아, 아저씨가 누구랑 왔는지 봐봐."

우진은 자신을 자랑하려고 하는 것 같은 아버지의 말에 머쓱했지만, 그래도 장 노인의 말처럼 다 때가 있다는 생각에 웃으며 인사를 건넸다.

"반가워요."

"어… 어……?"

우진은 자신을 뚫어져라 쳐다보는 학생의 얼굴에 목을 긁적였다. 단안경을 벗고 있으면 알아보지 못하는 사람도 있었지만, 학생은 바로 알아보는 듯했다. 우진이 웃자, 학생은 놀란 얼굴로 우진의 아버지를 봤다. 그러자 아버지가 마구 웃더니 학생에게 어깨동무를 하고 입을 열었다.

"너 롤 모델이라며. 남자가 돼서 얼굴도 못 쳐다보네!"

"아……."

우진은 너무 놀라 헛기침을 뱉었다. 자신이 누군가의 롤 모델이라니. 지금까지 우진도 누군가를 롤 모델로 삼았지만, 그 대상이 자신이 되리라고는 생각해 본 적 없었다. 그러다 보니 심장도 두근거렸고, 어떻게 반응을 해야 할지 몰랐다. 서로 아무런 말도 없자, 아버지는 웃으며 자신이 나섰다.

"상진이가 이제 고2? 고3?"

"고3이요……."

"상진이도 디자이너 되고 싶대. 네가 한마디 해줘라. 아! 이럴 게 아니라 아빠는 올라가서 햄버거나 시켜야겠다. 뭐, 현직 디자이너랑 미래의 디자이너가 있으니까 문제없겠지?"

아버지는 웃으면서 위층으로 올라갔고, 우진은 약간 난감한 얼굴로 학생을 쳐다봤다. 그러다 시선이 마주치자 곧바로 눈을 돌리는 학생의 모습에 목덜미를 긁적였다. 그래도 그동안 수많은 고객을 만나서인지 낯선 사람과 있는데도 불편하진 않았다. 단지 롤 모델로서 어떤 모습을 보여줘야 하는지 난감했다.

그러다가 우진은 자신의 롤 모델이었던 제프를 떠올렸다. 항상 꾸미지 않고 있는 그대로를 보여주는 제프가 생각난 우진은 마음을 편하게 먹었다.

"뭐 만들고 있었어요?"

"아… 그냥. 옷 만들어봤어요……."

우진은 재봉틀로 향했다. 교복을 만들고 있었는지, 옆에 놔

둔 상의와 같은 재질의 원단이 재봉틀에 끼어 있었다.

"교복도 만들어 입어요?"

"아… 네."

우진은 피식 웃었다. 상진 덕분에 옛 기억이 새록새록 떠올랐다. 자신도 제프 우드를 처음 봤을 때 얼마나 놀랐는지, 지금 생각해도 가슴이 두근거렸다. 우진은 약간이라도 도움을 줄 생각에 교복을 살폈다.

"음, 누구한테 배우고 있어요?"

"아! 아니요. 전에 아저씨한테 배우고 혼자 하고 있어요."

아버지껜 죄송하지만, 싸구려 티셔츠를 만들 때처럼 한 가지의 방법으로만 재봉되어 있었다. 그래도 입을 순 있었지만, 각 부위에 맞게 재봉 방법을 바꾸면 옷 자체도 훨씬 튼튼해지고 각 부위의 처짐도 줄일 수 있었다. 그나마 아버지가 잘 알려주셨는지 기본기는 있어 보였다. 그런데 패턴도 뜬 건지, 아니면 그냥 원단을 잘랐는지 옷을 접어보니 한쪽 어깨가 처져 있었다.

"패턴 뜨는 건 배웠어요?"

"네… 조금이요."

"어디서 배웠어요?"

"Y튜브요……."

우진은 대화를 하면 할수록 예전에 제프 우드가 자신에게 왜 그렇게 어깨를 펴라고 했는지 알 것 같았다. 자신이 만든 옷에 대한 자부심이 있어야 하는데, 상진은 옷을 만든다고 해도 그럴 것 같진 않았다. 그래도 자신도 소심함을 이겨냈고 지금도 이겨내고 있는 중이니, 상진이라도 못 할 건 없으리라 생각했다. 우진은 일단 오늘 맡은 일부터 마무리하고 대화를 이어나가기로 했다.

"일단 오늘 할 일부터 하고서 얘기하는 게 낫겠죠? 이불이라고 들었는데, 어디 있어요?"

"아, 오늘은 뜯어진 이불보 꿰매는 거라 제가 다 했어요."

그러고 보니 한쪽에 얇은 이불이 가득 쌓여 있었다. 아무리 솜이 없는 이불이라고 해도 생각보다 많은 양을 혼자 다 했다는 말에 우진은 조금 놀랐다. 할 일이 없어진 우진은 머리를 긁적이고는 재봉틀 의자에 앉았다.

"그럼 이제 뭘 해야 되나."

"그냥 쉬고 계셔도 돼요……."

"아니에요. 이리 와서 앉아봐요."

상진은 쭈뼛대며 우진에게 다가왔고, 우진은 웃으며 의자를 내주었다.

"디자이너 되려고요?"

"네… 저도 디자이너님처럼 되고 싶어요……."

"아, 하하… 좀 부끄럽네요. 그런데 언제부터 디자이너 되려고 했어요?"

"작년이요… 아저씨가 저한테 재능 있다고 그러셨거든요.

제가 공부를 잘하는 것도 아니라서… 그때 디자이너님 얘기 처음 들었어요."

상진은 아버지에게 들었던 얘기를 꺼냈다. 유학 가기 전에 얼마나 노력했는지부터, 집안 문제로 돌아온 뒤에 혼자서 지금의 I.J를 만들었다는 얘기였다. 눈을 반짝이며 이야기하는 상진의 모습은 마치 위인전에 나온 사람 얘기를 하는 것 같았다.

보통 자신에 대해서 보도되는 뉴스들은 거의 옷이 주제였다. 그런데 상진의 입에서는 자신이 성장사가 줄줄 나왔다. 노력한 부분들이 맞긴 했는데 대부분 상당히 과장되어 있었다. 그래서 굉장히 부담스러웠다.

그때, 앞에 놓인 교복이 보였다. 우진은 잘됐다 생각하고는 교복을 보며 느낀 점을 얘기했다.

"옷을 만들 땐 그냥 대충 만드는 게 아니라 순서대로 해야 해요. 그럼 자신이 생각한 대로 옷이 나오고 이렇게 실수하지 않거든요. 패턴 그려본 적 있어요?"

"네."

"이것도 패턴 만들어서 한 거예요?"

"아니요……."

"왜요? 귀찮아서? 이게 귀찮으면 디자이너 못 해요. 아무리 패턴사가 있다고 해도 자기가 볼 줄 알고 어떻게 뜨는지 알아야 하는데. 사소한 옷이라고 해도 잘못된 옷을 받으면 누가 좋아하겠어요. 안 그래요?"

상진은 부끄러운지 고개만 가볍게 끄덕였다. 그 뒤로도 우진은 자신의 생각을 알려주며 설명했다. 자세히 알려준다고 해도 하루 만에 배울 수 있는 게 아니기에, 대화는 대부분 옷을 어떻게 만들어야 하는 마음가짐에 대해서였다.

"그럼 고객님이 할 수 있는 몇 가지 정도만 알려줄게요."

"고객님이요……? 그냥 편하게 말씀하세요."

"아, 하도 입에 배서. 하하, 그럼 말 편하게 할게."

우진은 스스로 생각해도 웃긴지 크게 웃고 입을 열었다.

"재봉 방법인데, 이것도 제대로 사용하려면 노력해야 해. 보통 이름 좀 있다 하는 브랜드들은 대부분 이런 방법을 쓰거든. 여기 칼라를 넥홀에 붙일 때, 이렇게 그냥 지그재그로 재봉하지 말고 윗부분에 조그맣게 삼각형을 넣어서 재봉하는 거야. 이게 패턴 재봉인데, 그럼 훨씬 튼튼하고 실밥도 잘 안 튀어나와. 내가 보여주고 싶은데, 다른 거 없어?"

"아, 저기 있어요."

우진은 몸통만 붙어 있는 교복 상의를 봤다. 그런데 한두 벌이 아니었다. 게다가 보푸라기가 일어나 있는 걸 보니, 누가 입던 걸 다 뜯어낸 걸로 보였다. 우진은 왜 교복을 저렇게 만든 걸까 물어보려다가 이내 입을 다물었다. 이곳에서 같은 학교에 다니는 학생들도 있을 테니, 그 친구들 옷일 것 같았다.

우진은 기특한 한편 짠하기도 했다. 그래도 상진의 앞에서 내색할 순 없었기에 받아 든 옷을 재봉틀 위에 올렸다.

드르르르, 드르, 드르르르.

"보이지? 이렇게 긴 선, 짧은 선, 다시 긴 선으로 바늘이 지나가면서 삼각형을 만드는 거야. 해볼래?"

상진은 배운 대로 따라했지만, 경험이 없다 보니 당연히 미숙할 수밖에 없었다. 그래도 우진은 열심히 하려는 상진의 모습이 기분 좋았다. 우진은 시간 가는 줄 모르고 계속해서 설명하고 보여줬고, 상진도 휴대폰으로 촬영까지 하며 열심이었다. 그때, 문이 열리더니 세운이 고개를 들이밀었다. 아이들이 싫다고 할 때는 언제고 아이들 손까지 붙잡고 있었다.

"여기 전화. 왜 차에 놓고 다녀. 아무튼 어머님이 햄버거 먹으러 올라오래. 우진이는 방구 뿡! 진희도 방구 뿡!"

"히히히히, 할아버지, 또 해죠요. 또!"

"할아버지 아니라고. 아저씨, 아저씨 방구 뿡! 어휴, 똥 싸겠다."

"똥이래, 히히."

세운은 아이의 손을 잡고 뭐가 그리 좋은지 마구 웃으면서 올라갔다. 우진은 그 모습을 보고 피식 웃고는 상진을 봤다.

"우리도 가자."

"전… 잊어버리기 전에 조금 더 연습하고 갈게요."

우진은 자신도 저런 때가 있었기에 이해한다는 얼굴로 고개를 끄덕였다.

　　　　*　　　　　*　　　　　*

　며칠 뒤, 베니스 국제영화제에서 상을 탄 배우들이 한국에
돌아왔다. 김기덕 감독에 이어 두 번째로 황금사자상을 탄 덕
분에 TV를 틀기만 하면 배우들 얘기뿐이었다. 그런데 남자 주
연배우가 TV 인터뷰에서 I.J를 언급했다.

　―어떤 질문을 가장 많이 받으셨나요?
　―어떻게 캐릭터를 연구했냐, 실제 인물을 모티브 삼았냐,
그런 얘기들이죠. 아, 그거보다 많은 질문이 있었네요. 뭐 보
는 사람마다 제가 입은 턱시도 보고 한국의 유명한 디자이너
옷이냐고 묻는 통에… 휴, 그 질문을 가장 많이 받았어요.
　―하하, 베니스 국제영화제에 참석한 배우들 옷이 단연 화
제니까요. 그럼 이종식 배우님도 그 유명한 숍을 이용하실 계
획이시겠네요.
　―안 되죠. 거기 옆에 계신 한은택 감독님 영화에 캐스팅되
는 것보다 어렵다고 들었는데. 전 영화도 겨우겨우 캐스팅됐
거든요. 뭐 안 되면 인형이라도 사서 만족해야죠, 하하.

　영상을 본 우진은 씨익 웃었다. 그러자 옆에 있던 세운이
피식 웃더니 입을 열었다.

"영화제 최고 수혜자가 우리하고 메텔이래. 아까 매튜한테 연락 왔을 때 들어보니까, 또 인형 보낸다는 거 매튜가 사양하더라고. 하하, 최소 매출이 20% 이상은 올랐다는 거 같더라."

"아까 매튜 씨가 얘기했어요."

"후, 대단하다. 매튜가 네 생각이라고 그러던데. 내가 살면서 가장 잘한 게 예전에 너한테 매달린 거 같아."

"언제 매달리셨어요?"

"왜! 그때 있잖아. 성훈이는 같이하자고 하고 나는 막 협력 업체라고 할 때."

"하하."

"웃기는. 아니지. 웃는 게 좋지. 요즘 잘 웃어서 그런가? 얼굴에 생기도 넘치는 거 같고."

세운은 우진을 이리저리 보더니 피식 웃었다. 그러던 중 갑자기 세운의 휴대폰에 메시지가 도착했다.

"어, 바로 됐네."

"뭐가요?"

"아, 후원."

"후원이요?"

"응. 많게는 아니고 월 5만 원씩 정기 후원 신청했거든. 매튜랑 같이. 애들이 눈에 밟히더라고. 3만 원짜리 하려다가 기왕 할 거 5만 원으로 했지. 술 한 번 먹었다 생각하면 부담도 없고 그래서 결정했어. 뭐 문자 보니까 법정기부금 단체라 무슨 세금 감면도 된다고 그러네."

"와, 그래도 쉬운 건 아닌데. 멋지세요."

"멋있기는. 너희 부모님은 거의 20년 동안 하셨다는데… 나는 뭐 이제 먹고살 만하니까 하는 거지."

우진은 멋쩍어하는 세운을 보며 미소 지었다. 그때, 우진의 책상과 가까이 있던 장 노인이 대화에 끼어들었다.

"오, 그게 좋겠고만. 우리도 이참에 기부를 해서 혜택 좀 받지. 법정 지정 단체면 30%인가? 제일 좋은 건 정치자금 대주는 건데, 그건 그냥 돈 버리는 일 같고. 내가 한번 알아보마! 그 생각을 못 했꼬."

"어휴, 상무님은! 어떻게 좋은 일에 그런 걸 연관시켜요."

"누굴 돕더라도 내가 먼저 살아야지. 우리 지금 세금이 수익의 30%라는 건 알고 하는 소리인 게냐? 작년에는 그나마 돈이 적게 들어와서 다행이지. 올해는 아제슬도 상당하지, 그리고 얼마 뒤엔 포지션에서 또 들어오지. 벌써부터 생돈 나가는 거 같아서 머리 아파 죽겠고만. 쯧쯧, 그리고 안 하는 거보단 낫지. 안 그러냐, 우진아? 일단 얼마나 감면받을 수 있는지 알아보마."

매장에서 나가는 자금을 어떻게든 줄여보려는 장 노인의 말도 틀린 게 없었다. 세운이 자신의 말에 동의해 달라는 듯 우진을 쳐다볼 때, 아버지에게서 전화가 왔다.

　　　　　*　　　　　　*　　　　　　*

　우진은 세운에게 휴대폰을 보여주고는 곧바로 통화 버튼을 눌렀다.

　—아빤데. 뭐 하고 있어?

　"매장에서 스케줄 기다리고 있어요. 지하철이세요? 엄청 시끄러운데."

　—어. 잠깐 일이 있어서 인천 갔다 오느라. 아들 시간 있으면 밥이라도 먹을까 해서.

　"밥이요?"

　—바쁘면 말고, 아니면 아빠가 매장으로 갈게.

　"제가 갈게요. 서울역에서 기차 타세요?"

　—아니야. 서울 온 김에 매장도 어떤지 보고 싶기도 하고.

　매장을 와보고 싶으신 것 같은 아버지의 말에 우진은 웃으며 매장으로 오라고 얘기하고선 통화를 마쳤다.

　"왜? 아버지 오신대?"

　"네. 인천 가셨다는 거 보면 보육원 가셨나 봐요."

　"또? 며칠 안 됐는데?"

　"못 주고 오신 거 있나 보죠."

　우진은 아버지를 기다리며 인터넷에 올라온 기사들을 확인했다. 하도 많다 보니 기사를 읽는 사이 아버지에게서 도착했다는 연락을 받았다. 우진이 서둘러 로비로 내려가자 준식에게 얘기를 들으며 매장을 둘러보는 아버지가 보였다.

"아버지, 오셨어요."

"어, 아들. 엄청 넓네. TV에서는 밖에만 보여줘서 그렇게 크게 안 보였는데. 어휴, 생각했던 것보다 훨씬 넓어서 놀랐네. 저번에 거기처럼 좁을까 봐 안 왔는데 이럴 줄 알았으면 빨리 와볼 걸 그랬어."

"어차피 이사 가야 해요."

"하긴. 이 정도면 관리비가 엄청나지."

"일단 매장 소개해 드릴게요."

우진은 아버지를 모시고 매장을 소개했다. 아버지는 매장을 볼수록 얼굴에 뿌듯함이 더해갔다.

"직원도 많고. 옷 판다고 할 때가 엊그제 같은데. 하긴 얼마 안 됐지?"

우진은 미소를 지으며 대답했고, 아버지는 여전히 걱정스러운지 자신이 사업을 하면서 겪었던 것들을 바탕으로 조언을 이었다. 그렇게 한참이나 매장을 둘러본 뒤 우진은 근처 식당으로 아버지를 모시고 갔다.

"그런데 보육원에 갔다 오신 거예요?"

"응, 그렇게 됐네. 휴, 그 녀석이 사고를 쳐서."

"누구요?"

"상진이."

우진은 보육원에서 봤던 상진을 떠올리며 고개를 갸웃거렸다. 자신이 기억하기로는 말썽을 부릴 학생으로는 보이지 않았다.

"자식이, 왜 학교에서 교복을 팔아."

"교복이요?"

"어, 학교 친구들한테 교복 팔다가 걸렸대. 난 몰랐는데 벌써 꽤 많이 걸렸었나 봐. 그런데 학교에서 보육원이 아니고 그 위 단체에 그 얘기를 전달했나 보더라고. 그래서 나한테까지 연락이 왔어. 옷 만드는 거 알려준 사람이 맞냐고."

"그런 거까지 물어봐요?"

"그냥 사실 확인 하려고 그랬겠지. 그래서 그냥 걱정돼서 가봤어. 얼마 남지도 않았는데 그 녀석 지금 퇴소되면 대학 등록금도 문제야. 거기 있으면 장학금으로 반은 낼 수 있을 텐데. 나머지는 뭐 학자금대출도 있고 하니까."

대화하는 사이 식사가 나왔다. 우진은 식사를 하며 상진을 떠올렸고, 그때 봤던 교복이 판매하려고 했던 교복임을 알게 되었다.

"아버지, 교복 만들어서 팔면 걸려요?"

"법? 거기까진 모르고, 교칙에는 위반된다고 그러는 거 같더라."

"제가 봤을 땐 팔 만한 물건은 아니었는데. 그래서 어떻게 된대요?"

"상진이는 학교에 있어서 못 봤고, 보육원 선생님들이 어떻게든 버텨본다고 그러더라고. 그냥 용돈 좀 벌려고 그런 거 같은데, 쫓겨나면 너무하잖아. 그리고 보육원 담당들도 이해할 거야."

"착한 거 같던데."

"착하지. 자식이 좀 위축돼서 문제지. 휴, 너무 빨리 성숙해져서 그래. 보통 학생일 때는 위축되더라도 그렇게 혼자라는 걸 크게 못 느껴. 보육원에 친구들도 있고, 선생님들도 있으니까. 보통 사회 나가서부터 혼자라는 걸 느끼는데, 상진이는 너무 빨리 안 거 같아. 그래도 뭐든지 열심히 하니까 잘 헤쳐 나가겠지."

우진이 고개를 끄덕거리는 모습에 아버지가 우진을 보더니 말했다.

"아들, 꽤 냉정하네. 사업해서 그런가?"

"네?"

"그냥 상진이 얼굴도 봤고 하루 종일 붙어서 얘기도 했는데 모르는 사람 얘기처럼 들어서."

"아…….."

그러고 보니 이상할 정도로 공감이 안 됐다. 전부터 가끔 가다 느꼈던 그 느낌이었다. 하루 본 사이였지만, 아버지의 말을 듣고 나니 정말 모르는 사람 얘기처럼 듣고 있었다. 우진은 스스로도 분명 자신에게 어딘가 문제가 있다고 느껴졌다.

아까까지만 해도 보육원에 후원할 생각까지 했는데, 지금은 아무런 생각도 들지 않았다. 지금은 또 자신이 이상하다고 느껴져서인지 상진이 걱정되는 마음도 들었다.

"그냥 좀 바빠서 그랬나 봐요."

"하긴 매장 크기 보면 그럴 만하겠어. 그래도 너무 일에 치여서 살진 마. 아빠가 항상 말했지. 인간관계만큼 중요한 게 없다고. 뭐 알아서 잘하겠지만."

"알았어요. 나중에 가실 때 또 같이 가요."

"그래? 좋아. 다음에는 상진이뿐만이 아니고 애들한테 조언도 좀 해주고 그래. 하하."

우진은 머쓱하게 웃으며 고개를 끄덕였다.

*　　　　　*　　　　　*

다음 날, 작업실에 있던 우진은 매튜의 보고에 사무실로 향했다. 우진이 모니터로 기사를 확인하는 와중에도 매튜의 보고는 이어졌다.

"성지보육원 학생이 억울해서 올린 얘기입니다."

"네."

"그 SNS 때문에 기자들에게서 확인 전화가 오는 중입니다."

"네."

보육원 학생이 올린 글 덕분에 남들 모르게 좋은 일을 했다는 기사가 나오기 시작했다. 다만, 학생이 올린 글은 꽤나 마음 아프게 느껴지는 글이었다. 글을 올린 사람은 중학생이었고, 자신을 성지보육원에 머물고 있다고 알렸다. 글과 함께 올린 사진에는 목이 분질러진 캐리 인형이 있었다.

이어진 글에는 보육원에서 지내면 캐리 인형을 가지고 있는 게 문제냐고 적혀 있었다. 자신이 기부한 캐리 인형. 초등학교를 다니는 동생이 학교에 캐리 인형을 가지고 간 것이 발단이었다. 그동안 자랑할 게 없었던 동생은 학교 친구들에게 인형을 자랑했고, 이제 갓 초등학교에 들어간 아이들이다 보니 인형을 갖고 싶은 마음에 잡아당겨 인형이 망가졌다고 했다. 그때문에 아이들끼리 싸움이 일어났다. 거기까진 아이들이다 보니 이해할 수 있다고 해도, 선생님의 대처가 문제였다.

동생이 보육원에 머무는 걸 알고 있는 선생은 20만 원짜리라는 말을 믿지 못했고, 도리어 거짓말을 했다고 혼내기까지 했다고 했다. 동생이 어찌나 슬프게 우는지 글쓴이는 마음이 아파 글을 적었다고 올렸다. 마지막 글이 우진의 마음을 건드렸다.

—저희는 좋은 걸 가지면 이상한 건가요? 평생 좋은 걸 가지면 안 되는 건가요?

그리고 그 밑에는 기자들이 알게 된 이유의 글이 적혀 있었다.

―저희들한테 인형 주신 I.J 오빠, 아저씨들… 인형 고장 내서 죄송해요.

"후……."

여론은 이미 보육원 학생에게 기울었다. 그 때문인지 초등학생의 담임이라는 사람은 재빠르게 사과문까지 올렸다. 아이가 보육원에 있어서가 아니라 다른 아이였더라도 현재 구하기 힘들다는 인형을 아무렇지도 않게 들고 다니는 걸 보고 진짜일 거라고는 생각하지 못했을 거라고 했다. 그러면서 이번 사건으로 자신을 되돌아봤고, 학생을 가르치는 교사로서 편협한 생각을 가지고 있는 스스로를 자책하며 반성했다고 덧붙였다.

이번 일로 인해 I.J에서 150개의 인형을 기부한 게 알려졌다. 돈으로 따지면 억대로 기부하는 단체들에 비교할 수 없었지만, 현재 구하기 힘든 인형이라는 점이 한몫했다. 그러다 보니 남들 모르게 선행을 하는 I.J라는 얘기가 나오기 시작했다.

기사들을 보던 우진은 그때 봤던 아이들의 얼굴을 생각했다. 아버지와 대화했을 때와는 다르게 진심으로 아이들이 안쓰러웠다. 그때, 장 노인이 우진에게 서류를 내밀며 입을 열었다.

"이참에 대놓고 기부를 하는 게 좋겠고만. 한번 보거라. 두 달 후에 포지션에서 들어올 돈까지 계산하면 세금이 어마어마하지. 자세한 건 거기 적혀 있고, 여기서 우리는 조금 무리해서 1억 정도를 기부하고 필요경비로 처리하면 꽤 많은 혜택을 받을 수 있을 게다. 그게 많지는 않지만, 나라에 공돈 주느니 애들한테 주는 게 좋을 거 같다는 게 내 생각이다."

서류 밑부분에 내용을 정리해서 우진이 알아볼 수 있도록 적어놓기까지 했다.

"그런데 저희가 기부해도 나라에서 운영하는 단체에 들어가는 거 아니에요?"

"알아보니까 성지보육원으로 지정하는 것도 가능하다고 그러더구나. 그리고 지정 장학생도 가능하고. 이참에 사람들한테 버는 만큼 제대로 돈 쓰는 브랜드로 각인시키는 게 좋겠고만. 꾸준히 이대로만 나가면 기부도 계속하게 될 테니 인식도 좋을 게고."

"그래도 다른 사람들은 기부하는 거 숨기고 그러는데."

"왜 숨기고 싶은 게냐? 세금 때문에 기부했다는 생각 들어서? 쓸데없는 생각은. 원래 다 그런 게야. 저번에도 말했듯이 안 하는 거보단 낫지 않으냐. 게다가 누가 안다고 해도 문제될 것도 없고. 이미 인형으로 물꼬를 터놓지 않았으냐. 그리고 잘한 일일수록 자랑해야지 남들도 알고 따라 하는 게다."

그럴싸한 장 노인의 말에 우진은 서류를 보며 고개를 끄덕였다. 그러던 중 아버지가 말했던 얘기가 떠올랐다.

"이번에 대학 가는 친구들 등록금으로도 가능해요?"

"내가 알기로는 보육원은 일부 장학금 받는 걸로 아는데. 한번 알아보마. 아마 대학 가는 학생들이 많진 않아서 나눠서 하게 될 게다."

"알았어요. 한번 알아봐 주세요."

*　　　*　　　*

우진은 성지보육원을 관리하는 단체인 해피트리와 만남을 가진 뒤 성지보육원을 찾았다. 일부러 아이들이 있을 만한 시간을 골라 온 덕분에 상진을 만날 수 있었다.

"정말… 감사해요."

"아니야."

"친구들도 전부 감사해하고 있어요."

상진의 감사 인사에 우진은 멋쩍게 웃었다. 이런 인사를 어떻게 받아야 할지 난감하던 찰나 상진이 입고 있는 교복이 보였다.

"교복 팔았다며?"

"아… 네."

"많이 팔았어?"

"아니요……."

"그런데 교복은 왜 판 거야? 용돈? 아까 선생님이 고깃집 알바도 한다고 그러던데."

상진은 머쓱하게 웃더니 입을 열었다.

"저 나갈 때 동생들한테 주고 싶은 게 있었거든요. 그런데 이번에 디자이너님 덕분에 해결됐어요."

"내가 물어봐도 돼?"

"아… 별건 아니고요. 몇 가지 있는데… 일단은 컴퓨터 수가 적다 보니까 애들끼리 싸우고 그러거든요. 그래서 몇 대 사놓고 나가려고 그랬는데. 이번에 들어올 거래요."

우진은 상진의 착한 마음씨에 기부를 결정한 게 뿌듯해졌다.

"넌 쓰고 싶은 거 없어?"

"저는 장학금도 받고 기숙사 있는 학교로 들어가려고요. 정착금도 나온다고 했으니까 괜찮을 거 같아요."

"아닐걸? 의상학과 가면 재료 준비하는 것도 꽤 많이 들 거야."

"아! 그건… 학교 다니면서 알바 계속할 생각이라서요."

"하하, 그래."

우진은 당황해 하는 상진을 보며 웃고는 말을 이었다.

"그런데 저번에 만들던 교복은 얼마에 판 거야?"

"그게, 만 원 받았어요. 그때 보신 것처럼 해진 것들 짜깁기해서 판 거예요."

"그래도 엄청 싸네. 그런데 대충 만들어서 판 건 아니지?"

"아! 아니에요……."

"한번 볼까?"

우진은 피식 웃고는 상진의 옷깃을 살폈다. 분위기를 가볍게 해주려고 한 농담인데, 상진의 표정에 장난처럼 넘어갈 수 없었다. 칼라를 세운 상진은 숙제 검사를 받는 듯 긴장하고 있었다.

"뭘 그렇게 긴장해… 와."

"이상한가요?"

"와, 이거 원래 이렇게 나오는 거 아니지? 잘했는데?"

"정말요?"

"진짜 잘했는데?"

우진은 진심으로 감탄했다. 며칠 사이에 이 정도로 하려면 손가락이고 손목이고 안 아픈 데가 없어야 정상이었다. 얼마나 노력했을지 보였기에 우진은 진심으로 칭찬했고, 칭찬을 받은 상진은 그제야 활짝 웃었다.

"다행이네요."

"힘들었을 텐데, 잘했네. 이러면 디자이너 말고 재봉사 해도 되겠는데?"

"안 돼요, 그건."

"하하, 농담이야. 그런데 왜 디자이너가 되고 싶은데?"

상진은 건물로 들어가는 문 앞에서 세운과 놀고 있는 아이들을 가리켰다.

"저도 디자이너님처럼 동생들한테 특별한 옷을 만들어주고 싶어서요. 아무나 입을 수 있는 옷이 아닌 정말 특별한 옷. 제 동생들이 정말 특별한 아이들이란 걸 스스로 느끼게 해주고 싶거든요."

우진은 자신의 옷을 좋게 봐주는 상진의 말이 고마웠다. 그러면서도 누군가의 롤 모델이란 게 생각보다 부담된다는 것도 느꼈다. 앞으로도 상진의 롤 모델로 남아 있으려면 자신도 계속 발전해 나가야 할 것 같았다. 우진은 자신에게 그런 생각을 들게 만들어준 상진의 어깨를 두드리며 입을 열었다.

"그럼 디자이너가 꿈이라면 디자인한 것도 있어?"

"아, 있긴 있는데… 보여 드리기는 부끄러워서요……."

"뭐 어때, 연습하는 단계인데. 한번 보여줘."

상진은 부끄러워하면서도 휴대폰을 꺼냈다. 그러고는 디자인을 찍어둔 사진을 우진에게 보여줬다.

그 디자인을 본 우진은 세운과 놀고 있는 아이를 말없이 쳐다봤다. 그러고는 눈 쪽으로 손을 가져갔다.

* * *

렌즈를 뺀 우진은 우선 옆에 있는 상진부터 봤다. 아직 학생이어서인지 교복이 보였다. 약간 바뀐 부분이 보였지만, 우진은 곧바로 고개를 돌렸다. 그러고는 세운과 함께 있는 아이를 봤다. 거리가 있긴 했지만, 왼쪽 눈에 비친 모습과 디자인이 상당히 흡사했다.

"이거 네가 그린 거 맞아?"

"네……?"

"아, 미안. 너무 잘 그렸다."

"정말요? 그림이 조금 이상할 거예요……."

"응. 그거 감안하고 봤어. 진짜 좋네."

상진이 그린 스케치는 엉성한 부분이 있었지만, 포인트가 상당히 잘 잡혀 있었다. 보통 옷 잘 입는 아이라고 하면 부모가 성인 옷을 입힌 것처럼 보이기도 하는데, 상진이 그린 스케치는 아이다우면서도 포인트가 정확했다. 무릎까지 오는 하얀색 민소매 원피스였는데, 무릎 위 밑단과 목 부위는 검은색 천을 덧대어 마감 처리 했다. 밋밋할 수 있는 앞부분에는 밑단에 처리한 것과 같은 두께의 검은색 원단을 가운데 일직선으로 덧대었다. 그리고 목 바로 밑에 리본을 달아 단추처럼 보이도록 만들었다. 상당히 간단하면서도 예쁜 디자인이었다. 옷도 예뻤지만 우진이 보기에 가장 포인트는 모자였다.

전체적으로 동그랗고 360도 짧은 챙이 있는 보울러라고 불리는 모자였다. 모자 역시 하얀색이었고, 챙 바로 윗부분을 검은색으로 장식했다. 앙증맞은 형태의 모자가 원피스를 아동용으로 보이게 하는 역할을 톡톡히 했다. 그런데 가만 보니,

모자와 원피스에 달린 검은색 천이 직선이 아니라 울퉁불퉁했다.

"이건 뭘 그리려고 한 거야?"

"아… 그거요?"

상진은 휴대폰에 저장된 사진을 찾은 뒤 보여주었다.

"이건데요……."

상진이 보여준 건 마치 산봉우리 여러 개를 겹쳐놓은 것처럼 보였다. 다만 끝이 뾰족하지 않고 동그랗게 그려놔, 우진은 뭔지 알 수가 없었다.

"저희들이에요. 동생들이 혼자라는 생각을 안 했으면 하는 바람에서 만든 거예요. 조금 이상하죠……?"

"아, 그렇구나. 좋은데?"

"사실 선생님 따라 했어요… 선생님 옷에 장식은 대부분 로고를 쓰시잖아요. 그래서 저도 따라해봤어요."

우진은 미소를 짓고는 다음 스케치로 넘겼다. 그러자 자신과 다르게 모자를 쓴 스케치가 상당히 많았다.

"대부분 모자를 쓰고 있네."

"아, 그게 동생들이 모자를 좋아해요. 자주 오는 분들이 계시는데, 모자를 자주 선물해 주시거든요."

"그렇구나. 그럼 동생이랑 얼마나 어울리는지 한번 보러 가볼까?"

우진은 정말 비슷한지 확인하고 싶은 마음에 벤치에서 일어나 세운과 놀고 있는 아이에게 향했다. 가까워질수록 가슴이 두근거렸다. 왼쪽 눈으로 보이는 아이는 상진이 그린 디자인과 크게 차이가 없었다. 엉성한 스케치를 제대로 그린다면 상당히 비슷할 것 같았다. 물론 세밀하게 보면 차이점이 분명히 존재했다.

밑단과 목에 무늬가 없는 검은 천 대신 I.J 로고를 새겨 넣어 단순하면서도 세련된 느낌을 주었다. 그리고 원래 일자였던 앞부분은 우진에겐 약간 처진 십자 모양으로 보여, 다소 딱딱해 보일 수 있는 느낌을 죽이고, 동시에 상의와 치마의 경계가 되어 더욱 세련되어 보였다. 확실히 왼쪽 눈으로 보는 게 더 어울렸다.

그래도 상진의 디자인에 비해 좀 더 세밀할 뿐 크게 차이는 느낄 수 없었다. 모자만 하더라도 상진이 사용한 로고 대신 I.J 로고가 박혀 있다는 것뿐, 거의 모든 것이 비슷했다.

그때, 세운과 함께 있던 장 노인이 혀를 차며 다가왔다.

"마 실장, 오늘 내로 똥 싸겠어."

"네?"

"무슨 방귀 얘기를 그렇게 하는지. 그보다 이제 갈 참인 게냐?"

"아, 아직요. 조금만 기다려 주세요."

우진은 세운과 놀고 있는 아이 앞에 섰다.

"여기 이 아저씨한테도 방귀 줄까?"

"네! 히히."

"받아라! 방귀 뿡! 아저씨가 최고지?"

"음… 우리 아빠는 진짜 방귀도 뀌는데?"

세운은 물론이고 듣고 있던 우진까지 흠칫 놀랐다. 얼마 전 아버지와 같이 방문했을 때 얼핏 입양이 된다고 들었는데, 아빠가 있을 거라고는 생각하지 못했다. 그런데 옆에 있던 상진이 아니라는 듯 고개를 저었다. 그 모습에 우진은 아이가 희망하던 걸 사실처럼 말한 건가, 라고 생각했다. 세운도 마찬가지인 듯 쓸쓸하게 웃었지만, 이내 장난스러운 얼굴을 하고 아이를 봤다.

"기다려 봐. 아저씨도 진짜 뀔 수 있거든!"

우진은 그런 세운을 보며 미소 짓고는 아이를 가만히 살폈다. 지금은 모자를 쓰지 않고 있는 덕분에 왼쪽 눈으로 비교하기가 한결 수월했다.

"니들 펠트? 울 펠트?"

"뭐가 니들 펠트고 울이야. 펠트 원단 말하는 거야? 그게 어디 있는데?"

"아니에요. 전 안에 좀 들어갔다 올게요. 상진아, 같이 가자."

우진은 고개를 갸웃거리는 세운을 뒤로하고 상진과 건물 안으로 들어갔다. 상진의 방으로 가려고 했지만, 같이 지내는 친구가 공부 중이라는 말에 로비에 자리 잡았다.

"펜이랑 종이 있지? 색연필도 있으면 좋겠는데."

"네, 있어요."

상진이 펜과 종이를 가져왔고, 우진은 곧바로 펜을 들었다. 그리고 평소와 다르게 사람이 아닌 휴대폰을 보며 스케치를 그리기 시작했다. 우진이 말이 없었지만, 상진은 우진의 손을 구경하느라 시간이 가는 줄 몰랐다. 그리고 시간이 한참 지나서야 우진의 손이 멈췄다.

"한번 봐봐."

"오우… 진짜 대단하세요. 제가 생각한 게 이거예요!"

"그래? 다행이네. 그런데 이대로만 하면 약간 심심해 보이지 않을까?"

"그런 거 같기도 하네요… 그래도 너무 예뻐요."

"하하, 네 거 보고 그린 건데 뭐. 여기서 추가를 어떻게 하는 게 좋을까?"

우진은 혹시 상진이 캐치하지 않을까 싶어 일부러 질문을 던졌다. 상진은 한참이나 스케치를 쳐다봤다. 대답하지 못하는 게 당연했지만, 우진은 약간 아쉬웠다.

"내 생각에는 포인트를 약간 주는 게 좋을 것 같아. 너무 가운데를 선으로 그으면 깔끔해 보이기는 하는데, 너무 딱딱한 느낌을 줄 것 같아."

"디자이너님 말씀 듣고 나니까… 그런 거 같기도 하네요."

"그냥 형이라고 해. 계속 디자이너님이라고 하는 거보단 그게 낫겠어."

"아… 네."

"그래, 그럼 너라면 어떻게 할래?"

우진은 직접 가르쳐 주는 것보다 스스로 생각하게 하는 게 나을 것 같았다. 자신도 그렇게 배워왔고, 많은 생각을 해야 그만큼 좋은 옷이 나오는 걸 몸소 겪어봤기에 내린 결정이었다.

그때, 고민을 하던 상진이 입을 열었다.

"가로로 그어도 가운데 선이라서 딱딱해 보일 것 같고… 잘못하면 TV에서 보던 교황청 사람으로 보일 수도 있겠어요."

"하하하, 그럴 수도 있겠네."

"그럼 허리 라인을 부드럽게 둘러싸면 어떨까요?"

"한번 해봐."

"아… 이건 오히려 밑단하고 균형이 깨져서 영 아닌 거 같아요. 번잡해 보여요. 그럼 그냥 약간 기울여서 일직선으로 그려볼게요."

확실히 감각이 좋았다. 조금 힌트를 주면 그걸 잘 잡아내 스케치에 적용시켰다.

조금씩 바뀌어가는 디자인을 보던 우진은 설명하기 힘든 감정이 생겼다. 자신은 왼쪽 눈으로 보인 것이지만, 상진은 스스로 생각해서 나온 디자인이었다. 그러다 보니 재능이 부럽기도 하고, 그런 상진의 롤 모델이 자신이라는 것에 뿌듯하기도 했다.

상진은 자신이 완성시킨 스케치에서 눈을 떼지 못했고, 우진은 그런 상진을 흐뭇하게 바라봤다. 그러고는 상진의 휴대폰에 담긴 다른 스케치들을 살폈다. 확실히 부족한 부분은 있지만, 그걸 감안하더라도 확실히 감각이 좋았다. 그러다 보니 우진은 상진이 어떻게 성장하나 지켜보고 싶어졌다.

우진은 문득 제프가 떠올랐다. 제프도 자신과 비슷해서 그렇게 잘해줬던 건 아닐까 하는 생각이 들었다. 자신도 제프 우드만큼은 아니더라도 상진이 꿈을 이어나갈 수 있도록 도와주고 싶었다.

"상진아, 이거 한번 만들어봐."

"아! 제가 만들면 조금 이상할 거 같은데……."

"배우면서 해. 혹시 일요일에 형네 매장으로 오는 건 어때? 평일에는 힘들고, 일요일에 오면 내가 알려줄게."

"정말요? 정말 그렇게 해도 돼요? 이번 주부터 가도 돼요?"

우진은 예전 자신보다 훨씬 적극적인 상진의 모습에 피식 웃었다.

*   *   *

캐리 인형이 나온 지 거의 한 달이 지났다. 그럼에도 여전히 캐리 인형에 대한 관심은 상당히 뜨거웠다. 메텔에서 이 기회를 놓칠 리가 없다는 듯 캐리 인형 콘테스트까지 개최한다고 발표했다. 물론 '드림갭'의 취지에 맞게 외모로 평가하진 않는다고 알렸다.

그러다 보니 인형을 구하기가 더욱 어려워졌고, 아이들에게는 꼭 갖고 싶은, 부모들에게는 증오의 대상이 되어버렸다.

인형이 유명해진 데에 일등 공신인 I.J에도 상당히 많은 관심이 쏠렸다. 캐리 인형을 기부한 것으로 착한 브랜드 이미지가 생겼는데 거기에 장학금까지 기부했다는 소식이 더해졌다. 얼마 전 인터넷에 여학생이 올렸던 얘기를 꺼내면서, I.J는 끝까지 책임질 줄 안다며 칭찬했다. 도움을 줄 거면 이렇게 줘야 한다는 글도 상당히 많았다.

원래도 예약하기 힘들었는데 덕분에 더욱 힘들어졌다며 우는 소리를 하는 사람들도 있었다. 이는 우진 역시 몸으로 느끼고 있었다. 지금도 고객을 만난 뒤 이동하는 길이었다.

차 안에서 기사들을 보던 우진은 기사에 걸린 사진을 보며 한숨을 뱉었다. 해피트리와의 만남에서 장학금을 전달하는 모습을 찍은 사진이었다. 물론 자신의 동의하에 언론사에 뿌려지긴 했지만, 사진에 보이는 표정이 그렇게 어색할 수가 없었다. 사진만 찍으면 왜 저렇게 긴장을 하는지 스스로도 이해하기 어려웠다.

그래도 장 노인이 말했던 대로, 기사가 나간 뒤 기부가 늘었다고 했다. 연말에나 늘어나는 게 정상인데, 연말 못지않게 기부가 많이 들어온다고 했다. 우진은 그것을 위안으로 삼으며 휴대폰을 집어넣었다.

그때, 차가 멈추고 매튜의 말이 들렸다.

"저쪽에 수제 모자 매장들이 있습니다. 여기에 차를 주차하고 가는 게 좋을 것 같습니다."

"매장들이 굉장히 아기자기하네요."

틈틈이 모자를 만들어봤지만, 만들어본 경험이 없어서인지 동그래야 멋이 사는 보울러 모자가 나오질 않았다. 그 때문에 우진은 자신이 만든 모자와 모자를 실제로 제작하는 사람들이 만든 모자가 어떤 차이가 있는지 비교하기 위해 삼청동을 찾았다.

아기자기한 가게들이 상당히 많았다. 우진은 손에 자신이 만든 모자를 들고 매장들을 구경하며 이동했다.

"이게 수제예요?"

"네, 그런 거 같습니다."

"디자인이 다 비슷비슷한데요? 디자인은 따로 어디서 받는 건가?"

"한국 특징이죠. 한 제품이 잘나가면 너도나도 할 것 없이 따라 합니다. 그게 제가 특허에 신경 쓰는 이유이기도 합니다."

우진은 피식 웃고는 쇼윈도 안에 보이는 모자를 봤다. 매튜 말대로 하나같이 비슷비슷해 보이는 모자들이었기에, 우진은 약간 실망하며 걸음을 옮겼다. 그때, 지나가던 건물에 붙어 있는 전단지가 보였다.

「수제 모자 제작 수강생 모집 및 수선. 명품 전문 수선. 상담 환영—2F 월드햇」

"모자 만드는 법도 알려주나 봐요."

"올라가실 생각이십니까?"

"그냥 한번 물어나 봐요."

"흠, 모든 걸 스스로 만드는 디자이너는 없습니다. 그래도 가보실 거면 이미지가 있으시니 뭐 배우러 왔다고 하진 마십 쇼. 저 한국말 이제 조금 알아듣습니다."

"하하, 알았어요."

우진은 자신을 걱정하는 매튜의 말에 피식 웃고는 전단지 가 붙은 건물의 계단을 올려다봤다. 여름인데 에어컨도 안 켰 는지 문과 창문이 활짝 열려 있어 약간 고민되긴 했지만, 기왕 여기까지 온 김에 들러보는 게 낫겠다고 판단했다.

계단을 통해 2층에 올라가자 익숙한 재봉틀 소리가 들렸다.

"실례합니다."

"네, 잠시만요. 여보, 손님 왔어."

부부가 운영하는지, 잠시 뒤 안쪽에서 털이 적은 편인 한국 사람답지 않게 볼부터 턱까지 털이 수북한 남자가 나왔다.

"어서 오세… 어? 어디서 봤는데. 우리 수강생이셨나?"

"아니에요."

"아닌데. 진짜 익숙한데. 이 근처 가게 주인이세요? 그것도 아닐 건데. 이 근처 가게 하는 사람들, 여기서 배우고 간 사람들이 많아서 내가 아는데. 아, 진짜 어디서 봤는데."

남자의 말에 뒤에서 재봉 중이던 여자가 작업을 멈추고 우진을 봤다. 그때, 마침 매장 안에서 들려오는 라디오에서 우진의 얘기가 나왔다.

―오늘 초대석 손님으로 프리티의 강유나 씨 모셨습니다. 와우, 지금 보이는 라디오에서 올라오는 실시간 채팅이 난리도 아니에요. 강민주 원피스 입고 오셨다고!

"아… 임우진!"

"아, 네. 제가 임우진이에요."

우진은 어색하게 웃었다. I.J 디자이너 맞냐고 묻는 게 보통이어서, I.J를 빼고 듣는 자신의 이름이 어색했다.

"아이구! 맞네! 맞아! 임우진이네! 아니! 임우진 씨네!"

남자는 계속해서 자신의 이름을 부르며 악수를 청했다.

—

제2장

삼청동

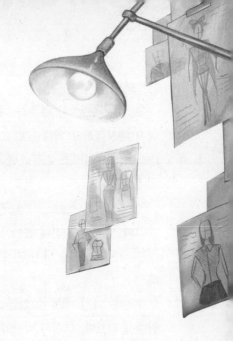

부부는 우진이 부담스러울 정도로 반가워했다.

"이렇게 누추한 곳까지 어떻게 왔어요. 아, 식사는! 식사는 했어요?"

"이이는, 이런 데서 드시겠어?"

이런 비슷한 환경에서 자란 우진은 지금 모자 가게의 모습이 상당히 익숙했다. 우진은 가볍게 웃고는 입을 열었다.

"감사하지만, 밥은 이미 먹었어요. 삼청동 구경 왔다가 모자 만드는 법 알려주는 매장은 처음 봐서 들러봤어요."

"하하, 제 자랑 같아서 말하기 좀 그런데. 하하, 삼청동에서 월드햇 모르면 간첩이죠."

"그렇구나."

"모자 만드는 걸 배우러 다니시진 않을 거 같고. 아! 여기 근처 매장들하고 거래 트려고 하시나 봐요? 어떤 매장이 됐든 I.J하고 거래한다고 소문나면 삼청동 거리 분위기가 확 올라가 겠네요."

"아, 그건 아니에요. 그냥 구경하러 왔어요."

그때, 남자가 우진의 손에 들린 모자를 발견했다.

"그래서 그 모자 사신 거예요? 이 동네 좋은 모자 많죠, 하하."

우진은 다시 매튜를 힐끔 보고선 들고 온 모자를 테이블 위에 올려놨다. 그러자 남자가 모자를 보더니 입을 열었다.

"보울러 같은데. 모양이 신기한데요? 크기 보면 아동용 같은데, 이걸 왜 사셨어요? 하하."

"아, 선물용이에요."

"가만 보자. 모양이 조금 이상해서 그렇지 디자인은 예쁘네. 어디서 사셨어요? 이 동네에는 이런 디자인 없을 건데. 한번 봐드릴까요?"

우진이 어색하게 웃으며 수락하자 남자는 모자를 들어 올렸다. 그러고는 한참을 살피더니 입을 열었다.

"와, 양털로 만든 울 펠트네요. 그런데 이거 원단 자체를 이렇게 쓰면 안 되는데. 흠, 게다가 아무리 펠트 원단이라고 해도 이렇게 딱딱한 거 보면, 스팀으로 각 잡은 게 아니라 안을 완전 누빔 처리 했나 본데요? 요새는 아무리 명품이라고 해도 이렇게까지 누빔 처리 안 할 텐데."

모자 하나 만든다고 스팀기까지 구매할 순 없어서 우진이 선택한 방법을 바로 알아차리는 남자의 말이 흥미로웠다.

"어휴, 이건 뭐 심지를 쇳덩이로 넣어놨나, 무슨 헬멧 대용으로 써도 되겠어요, 하하."

손가락을 구부려 모자를 두드리는 모습에 우진은 어색한 미소를 지었다.

"신기하네요. 요새는 이렇게 만드나……?"

"왜요?"

"모자를 꽤 많이 만져봤다고 생각했는데 이런 건 처음 봐서요. 아! 그렇구나!"

무언가를 알았다는 듯 남자는 손가락을 튕겼고, 우진은 기대하며 그를 바라봤다.

"이거! 장식용이죠? 그렇지, 장식용이면 말이 되네."

우진은 상당히 멋쩍은 얼굴로 다시 물었다.

"장식용 모자하고 일반 착용하는 모자하고 달라요?"

"그렇죠. 아무래도 장식용은 굴러다닐 텐데, 형태 유지하려면 이렇게 해야죠. 일반용인데 이렇게 딱딱하면 진짜 헬멧도 아니고 못 쓰고 다니죠. 제가 한번 보여 드릴까요?"

우진이 고개를 끄덕이자 남자가 자신의 작업대로 안내했다.

"원래 수제 명품을 만들 때는 두상부터 따고 석고부터 제작

해서 만들거든요? 하하, 이건 뭐 그냥 차이점을 보여주는 거니
까."

석고는 없어도 스캐너로 제작한 3D를 바탕으로 모자를 제
작했던 우진은 동의한다는 듯 고개를 끄덕였다.

"보울러 형태가 딱딱해 보인다고, 저기 저 모자 정도로 딱
딱하면 안 되거든요. 일단 심지를 모양 유지한다고 전체로 사
용하면 안 돼요. 조금 얇게 해서 정수리 쪽 동그란 모양으로
만. 그러고 나서 심지를 바탕으로 양털로 펠트를 직접 제작해
야 해요. 그래서 석고 모형이 필요한 거거든요. 거기에 붙여서
만들면 끝이죠."

우진은 충분히 이해했다. 그리고 자신의 실수도 알아차렸
다. 형태를 유지하려고 모자 전체에 심지를 박았고, 그 심지를
바탕으로 직접 제작한 펠트가 아닌 펠트 원단 자체를 사용하
다 보니 모양이 잡히지 않았다.

"대충 이런 차이죠. 이거 뭐, 우리나라에서 제일 유명한 디
자이너 앞에서 말하려니까 부담되는데요? 하하."

우진은 자신에게 힌트를 준 남자에게 감사를 표했다. 그때,
갑자기 가게 안에 누군가 들어왔다.

"언니! 오빠! 이것 좀 빨리 해줘."

갑자기 들이닥친 손님에, 남자는 우진에게 양해를 구하고
손님을 맞이했다.

"왜 시끄럽게 소리를 질러. 뭔데."

"이거 '루피' 모잔데 뒤에 사이즈 조절 밴드가 끊어졌대."

"그것도 못 해? 도대체 뭘 배우고 간 거야."

"아니! 급하다고 하니까 그렇지. 오빠랑 언니가 잘하잖아. 그리고 이거 원단도 우리한테 없고!"

"줘봐. 음, 금방 하겠네. 2만 원."

"왜 2만 원이야. 만 원만 받아!"

"야, 너 이거로 한 5만 원은 받을 거 아니야! 양심이 좀 있어라."

"진짜 너무하네! 알았어! 2만 원 콜! 대신 빨리빨리!"

남자는 우진에게 웃으며 손을 올리더니 곧바로 작업을 시작했다. 모자를 가져온 여자는 우진을 봤음에도 알아보지 못해서인지, 아니면 마음이 급해서인지 주인을 재촉하기만 했다. 오히려 몰라보는 게 편한 우진은 작업하는 남자의 모습을 가만히 지켜봤다. 옆에 있던 매튜가 그런 우진에게 입을 열었다.

"볼일 더 남으셨습니까?"

"아, 네. 인사만 하고 가려고요."

우진은 작업하는 남자를 유심히 쳐다봤다. 그런데 뭐 살필 새도 없이 뚝딱하더니 모자를 들어 올렸다.

"자, 2만 원 줘."

"완전 도둑이네! 여기! 나 간다! 고마워!"

"도둑은 네가 도둑이고."

모자를 가져온 여자가 사라지자 남자는 다시 우진에게 다가왔다.

"하하, 이 동네에서 가끔 가다 뭐 급한 거 맡기기도 해요. 이 동네 매장들이 전부 그런 건 아니니까 오해하지 않으셨으면 좋겠네요, 하하."

"모자 종류는 다 만드시나 봐요."

"그럼요, 하하. 저기 저 모자들은 재고 처리라서 2만 원입니다. 저기 진열된 건 5만 원부터 있고요."

우진이 남자가 가리키는 쪽을 보자 수많은 모자 종류들이 여기저기 널브러져 있었다. 모자를 살펴보던 우진은 문득 아제슬 작업을 하던 때를 떠올렸다. 간혹 모자가 보이는 사람들도 있었기에 모자까지 전부 만들고 싶었지만, 장 노인의 만류로 잠시 접어두었었다. 그런데 남자를 만나자, 매장에 저런 사람이 있으면 모자가 보인다고 해도 문제가 될 것 같지 않았다.

우진이 좀 더 관심 있게 남자가 만든 모자들을 살필 때, 남자가 다급하게 다가왔다.

"그쪽은 선물로 나갈 모자들입니다."

"아, 네."

우진은 보던 모자를 내려놓고는 남자를 쳐다봤다. 남자를 영입할 생각은 없었다. 모자가 매번 보이는 것도 아니기에 남자가 꼭 필요한 사람은 아니었다. 오히려 거래처 정도가 가장 적당했다.

I.J 특성상 수제로 작업해야 했고, 게다가 주문량이 한 달에

하나 있을 수도 있었다. 그래서 사실 다른 매장에 제안하기 힘든 조건이었다. 그런데 모자 판매가 생업이 아닌 이곳이라면 꽤 적합해 보였다. 물론 실력이 받쳐준다는 조건을 충족해야 했지만.

그래도 우진은 혹시나 유니폼이 보이지 않을까 확인하려 손을 눈에 가져갔다. 삼청동을 돌아다닐 생각으로 렌즈를 끼고 왔던 우진은 살며시 렌즈를 뺐다. 아쉽게도 유니폼은 아니었지만, 기대하지 않았던 만큼 실망도 없었다.

이제 남자의 실력을 보는 일이 남았기에 우진은 조심스럽게 입을 열었다.

"저 혹시 모자도 제작하세요?"

"하하, 그냥 선물용만 가끔 제작하죠. 무슨 모자 만드시려고요? 제가 소개해 드릴게요. 어떤 모자 제작하시려고요?"

우진은 잠시 고민하다가 입을 열었다.

"사실 이 모자를 제작하려고요."

"이 모자요? 흠, 저희는 카피 안 하는데. 예전에 한 번 카피 때문에 이 동네 휘청했었거든요."

"카피가 아니고요. 아는 동… 음, 아니, 저희 숍 예비 디자이너가 디자인한 거예요."

"아! 그래요? 어렵진 않을 거 같은데."

"저희도 선물용으로 디자인한 거거든요."

"음, 저희가 모자 제작은 안 하는데… 그럼 대신, 사인하고 사진 좀 찍어줄 수 있을까요?"

"저요?"

"네! 하하, 여기 가게에 걸어두면 좋을 거 같아서. 하하."

우진은 피식 웃으며 고개를 끄덕였다. 그러자 남자도 웃더니 모자를 살폈다.

"크기는 이 정도로요?"

"네, 딱 그 크기예요. 제가 치수 확인했어요. 디자인 도면도 있어요."

남자는 잠시 머뭇거리더니 아내를 힐끔 봤다. 그러고는 조용하게 입을 열었다.

"그럼 5만 원……."

"하하, 네. 물론이죠."

"그럼 편하실 때 찾으러 오세요."

"오래 걸리나요?"

"오래는 아니고요. 일단 펠트지 약품 처리 하고 마르고 재단하고, 그러려면 적어도 5, 6시간은 걸릴 거예요."

"그럼 그때 찾으러 와도 되나요? 제가 내일부턴 스케줄이 있어서요."

"그러세요."

우진은 기대감이 가득한 얼굴로 남자를 쳐다봤다.

＊   ＊   ＊

늦은 밤. 삼청동의 월드햇의 부부는 자신들이 만든 모자를 포장 중이었다.

"아, 이제야 다 끝났네."

"그러니까 아까 그 모자는 주문받지 말라고 했잖아."

"어떻게 그래! I.J 디자이너가 직접 주문하는데! 어휴! 무슨 한 시간 만에 돌아와서 사람 긴장되게 계속 지켜보고 있어. 시어머니도 아니고 뭐가 그렇게 걱정되는지 계속 물어보고, 확인하고. 누가 보면 지가 만드는 줄 알겠어. 내가 20년 동안 모자 만들면서 그런 놈은 처음 봤네."

"그러니까 성공하는 거야. 우리도 그렇게 꼼꼼하게 해야 해."

"꼼꼼도 정도가 있지. 그래도 보는 눈은 있더라, 하하."

아내는 피식 웃더니 남편의 엉덩이를 두드리며 말했다.

"어이구, 그랬어요? 유명한 디자이너가 모자 잘 만든다고 칭찬해서 좋았어요?"

"왜 이래. 그래도 뿌듯하긴 하더라. 하하."

아내는 수염을 쓰다듬으며 웃는 남편을 보더니 갑작스럽게 안았다. 그러자 남편이 잠시 당황하더니 눈치를 챘다는 듯 아내의 어깨에 얼굴을 기댔다.

"나왔구나?"

"응, 아까 당신 작업할 때."

"안 됐어?"

"응, 이제 신용도 회복되는 중이니까 내년에는 될 거 같아. 힘내자, 신랑."

남자는 한참을 말없이 아내를 안고 있다가 입을 열었다.

"고생시켜서 미안."

"또 그러네. 그게 당신 잘못은 아니잖아. 운이 없었던 거지."

"그래도 내가 하자고 했잖아."

"같이 결정했잖아. 너무 신경 쓰지 말고 우리 더 노력하자. 그래야 우리 딸 데려오지."

남자는 아내의 말에 입을 굳게 다물었다. 불과 몇 년 전까지만 해도 삼청동에서 내로라하는 수제 모자 매장을 운영했다. 수많은 모자들이 있었지만, 그중에 가장 인기가 많았던 것은 스냅백이었다. 인터넷에도 줄곧 후기들이 올라왔고, 연예인들도 종종 구매하다 보니 대중들의 반응도 좋았다. 그러다 보니 여러 곳에서 브랜드 론칭하자는 제의가 들어오기도 했다.

결국 남들이 제의했으면 성공 가능성이 있다고 판단해 수제 매장을 접고 혼자 브랜드를 론칭했다. 그리고 자신의 디자인으로 만든 스냅백을 필두로 모자 시장에 뛰어들었다. 몇 년 전만 하더라도 스냅백을 쓰고 다니는 사람이 많았기에 초반 실적이 꽤 괜찮았다. 그런데 유행이 변하는 건 순식간이라고,

스냅백의 판매가 뚝 떨어지기 시작했다. 그 위기를 넘기려고 새로운 볼 캡 및 캠프 캡 등 여러 종류의 모자를 선보였지만, 단색 위주의 볼 캡 특성상 다른 브랜드들보다 특별히 나은 점이 없었다.

거기에 시간이 지날수록 미흡하게 준비한 채 자신감으로만 시작한 결과가 나타나기 시작했고, 결국에는 가격만 비싼 그저 그런 모자가 되어버렸다.

준비 기간까지 해서 딱 1년 만에 망해 버렸다. 욕심내지 말고 자신만의 모자를 만들걸 하는 후회가 들었지만, 너무 늦었다. 평생에 걸쳐 마련한 건물이며, 집이며 모든 것이 수중에서 사라져 버렸다. 남아 있는 것이라고는 아내뿐이었다.

다행인 점은 일을 더 크게 벌이기 전에 망했다는 것뿐이었다. 그 덕분에 건물과, 집 등 남은 게 없더라도 채권자들에게 상당 부분 변제가 가능했다. 그래도 여전히 빚이 남아 있었고, 지금도 꾸준히 갚아나가고 있었다. 그럼에도 끝까지 파산 신청을 하지 않고 꿋꿋이 버틴 데는 이유가 있었다.

4년 전에 만난 아이. 당시 홍보를 위해 찾았던 보육원에서 4살 여자아이와 연이 닿았다. 결혼한 지 10년이 넘도록 아이가 없던 부부는 자신들을 따르는 아이에게 마음이 갔고, 한참을 상의한 결과 입양을 결정했다. 그리고 친해지기 위해 만나는 기간 동안 아이가 더욱 가족처럼 느껴졌다. 아이도 자신들을 아빠, 엄마라고 부르다 보니 더 정이 갈 수밖에 없었다. 그런데 그때 사업이 망하기 시작했다.

결국 입양이 취소되었다. 그 당시 부부 모두 정신적으로 무척 힘들었음에도 입양 취소 절차를 밟으러 보육원에 방문했다.

그러다 입양하기로 되어 있던 아이와 마주쳤고, 그때 어린 아이가 한 말 때문에 지금까지 무너지지 않고 버틸 수 있었다.

"아빠, 엄마. 또 와!"

아직 아무것도 모르는 아이였기에 또 오라고 한 말일 테지만, 그 말을 들은 부부는 아이를 붙잡고 한참을 울었다. 남들은 피도 안 섞였다며 미친 짓이라고 했지만, 부부는 그 아이를 호적에 올리기 위해 어려운 상황을 이겨냈다.

그리고 올해 안에 빚을 청산할 수 있었기에 입양 심사를 다시 넣었다. 그렇게 몇 번을 도전했지만, 이번에도 심사가 통과되지 않았다. 남자는 무거운 마음을 정리하려고 심호흡을 했다. 그러자 아내도 남편을 안고 있던 팔을 풀며 어깨를 팡 하고 쳤다.

"기운 내라고! 이번 주에 진희 만나러 가서 또 울지 말고!"

"안 울어! 잘 나가다가 꼭 저래."

"툭하면 울고, 아니면 애 앞에서 방귀나 뀌고. 저번처럼 힘 주다가 똥만 지려봐!"

"아… 참."

남편은 아내의 장난스러운 말에서 따뜻한 마음을 느끼고 미소를 지었다.

*   *   *

며칠 뒤, 매장 작업실에 앉은 우진은 모자가 담긴 박스를 물끄러미 바라봤다.

모자는 우진이 원한 그대로 나왔다. 외관상으로는 우진이 만들었던 것과 비슷할 정도로 딱딱해 보였다. 하지만 자세히 보면 차이점이 많았다. 머리 모양대로 펠트 원단을 잘라 만들다 보니 주름진 곳 하나 없이 동그랬다. 게다가 전에 우진에게 알려준 대로 작업해서인지 착용감까지 부드러웠다. 확실히 자신이 만든 것과 차이가 있었다.

모자에 대해 전부터 얘기를 조금씩 해서인지 I.J 식구들의 반대는 없었다. 이제 자신의 생각만 결정되면 얘기를 꺼내볼 생각이었다.

비록 자신이 옷을 만드는 것이 아니라 걱정은 됐지만, 상진이 작업할 때는 빛이 보이지 않았기에, 빛을 나게 하는 완성 요소가 모자일 확률이 높았다.

만약 완성된 옷에서 빛이 보인다면 I.J 모자를 맡아줄 수 있냐고 제안할 생각이었다. 일단 옷 완성이 우선이었기에, 우진은 혼자 열심히 작업 중인 상진을 봤다.

"아직 덜 됐으면 다음 주에 가도 되니까 너무 급하게 하지 마. 세운 삼촌한테 다음 주에 가자고 전화할게."

"아! 아니에요. 이제 리본만 달면 되는데 삐뚤어질까 겁나서요."

우진은 상진을 보며 피식 웃었다. 매장에 오기 시작한 지 기껏해야 한 달도 안 됐다. 일요일만 왔으니 겨우 세 번째인데, 얼마나 노력을 했는지 한 주가 지날 때마다 재봉 실력이 변해서 왔다. 자신에게 부탁할 만도 한데, 동생에게 직접 선물하고 싶은 마음 때문인지 혼자 연습해서 조금씩 옷을 완성시켰다.

비록 실력은 조금 부족했지만, 모든 걸 옆에서 지켜본 우진은 상진이 만든 옷에서 따뜻함을 느꼈다. 우진은 상진의 옆에 바싹 붙은 뒤 입을 열었다.

"내가 보고 있을 테니까 달아봐."

"그럼 꼭 봐주세요!"

상진은 조심스럽게 리본을 달았다. 그러고는 완성된 옷을 조심스럽게 들어 올렸다.

"진짜 예쁜 거 같아요. 고마워요, 형."

"잘 만들었네. 손바느질로 한 곳도 깔끔하고. 이대로 판매해도 되겠다."

"정말요? 완전 좋다!"

"수고했어. 그럼 나도 따로 준비한 게 있는데."

우진은 미소를 지으며 자신의 작업대 밑에 놓아둔 상자를 가져왔다.

"우와! 모자도 만들었어요?"

"아니야. 모자는 우리가 만드는 것보다 주문하는 게 나을 거 같아서 따로 주문했어. 내가 보기에는 잘 만들었어. 그리고 신발은 저번에 봤던 삼촌 알지? 자기가 꼭 만들어주고 싶다고 해서 만든 거고. 이따 오시면 인사드려."

"네, 모자도 만드신 줄 알았어요."

상진은 모자를 다른 곳에서 구매한 게 아쉽다는 표정이었다. 그만큼 자신을 믿는다는 느낌을 받은 우진은 피식 웃으며 말했다.

"네가 나중에 디자이너 된 다음에 모자도 직접 만들어."

"아니에요. 감사해서요. 진희 정말 좋아할 거예요!"

"그래. 다행이네."

우진은 진희 얘기에 문득 전에 스쳐 지나갔던 얘기가 떠올랐다.

"그런데 진희는 입양 준비 중이라고 그러던데. 내가 잘못 안 거야?"

"아… 그거요? 저도 자세히는 몰라요. 보육원에 정말 자주 오시는 아저씨, 아줌마가 있거든요. 진희가 그분들을 엄청 잘 따라요. 그래서 그런 얘기가 나온 거 아닐까 싶어요."

"그래?"

"진희가 좋은 곳으로 가면 좋죠. 가게 돼도 선생님들이 얘기 안 해주세요. 한참 나중에 해주시거든요."

"왜? 친구들도 있을 거 아니야."

상진은 볼을 긁적이더니 멋쩍은 얼굴로 입을 열었다.

"저야 이제 다 컸으니까 괜찮은데, 다른 동생들은 자기들은 선택받지 못한 아이라고 생각할 수도 있거든요. 그래서 선생님들이 그 부분에 민감해하세요. 그리고 갓난아이면 몰라도 진희 정도 큰 아이들은 보통 저처럼 고등학교 졸업할 때까지 있게 되거든요. 그런데 그런 얘기는 어디서 들으셨어요? 그런 얘기는 선생님이나 아이들도 보통 잘 안 꺼내는데."

"아버지한테 들었어. 진희가 저번에 아빠 얘기를 하길래 궁금했거든."

"아! 아저씨한테 들으셨구나. 휴, 정말 진희라도 그분들하고 같이 살면 좋겠네요."

우진은 태연하게 대답하는 상진의 등을 두드렸다. 잘 모르고 물어본 질문에 대한 미안함도 있었고, 동생들을 진심으로 생각하는 상진을 응원한다는 의미도 담겨 있었다. 그러자 상진은 우진을 보며 웃더니 분위기를 바꾸려는지 모자를 들어 올렸다.

"이게 저번에 말씀하신 펠트 원단이라는 거예요?"

"응. 그런데 그거랑은 조금 달라. 직접 용액으로 적셔서 원단처럼 만드는 거거든."

"신기하네요. 동생들 무릎이나 팔꿈치에 이거 달아줘도 예쁘겠어요. 모양대로 나오니까 움직이기 편하게 굽힌 모양으로? 그럼 폈을 때 천이 울려나."

우진은 상진의 얘기를 들으며 미소 지었다. 뭐 하나를 보면 언제나 패션에 연관 지어 생각하는 열정적인 친구였다. 게다가 반짝이는 아이디어를 내놓을 때도 있어 감탄스러웠다.

"상진아, 너 나중에 디자이너 되면 우리 숍에서 일할래?"

"정말요? 저야! 형이랑 같이하면 저야 너무 좋죠!"

"하하, 나중에 다른 말 하면 안 된다?"

"안 그래요! 그래도 일단 대학은 나오고요!"

솔직히 대학에서 배운 것보다 매장을 차리고 나서 배운 게 많았지만, 그건 어디까지나 자신이 특이한 상황이어서였다. 현장에서 느끼는 것도 좋지만, 기본적으로 어느 정도 지식이 있는 상태에서 하는 게 더 효과적이라는 생각에 동의하기에, 우진은 고개를 끄덕였다.

*   *   *

보육원에 도착한 우진은 아이들에게 둘러싸여 있는 상진을 봤다. 진희에게 옷을 입혀보지도 못한 채 동생들에게 시달리는 중이었다. 한참 아이들에게 시달리다가 겨우 떼어놓은 상진은 난처한 얼굴로 우진에게 다가왔다.

"휴! 제 방으로 가는 게 좋겠어요."

함께 방을 쓰는 친구들에겐 미리 양해를 구했는지, 방은 텅비어 있었다. 우진은 대충 바닥에 앉았다. 그러자 상진이 여전히 난처한 얼굴로 우진을 살피더니 입을 열었다.

"저기… 형, 저 혹시 다음 주에도 숍에 가도 돼요?"

"난 항상 숍에 있으니까 괜찮은데. 왜?"

"동생들이 자기들도 옷 만들어달라고 해서요. 너무 부담되는 부탁인가요?"

"아니야. 어차피 일요일에 나와 있으니까 난 괜찮아. 그런데 일요일마다 나올 수 있어?"

"네, 선생님들도 허락하실 거예요. 그런데 너무 제가 폐를 끼치는 건 아니죠? 그게 조금 걱정돼요. 무슨 일 있으시고 그러면, 저 신경 쓰지 마시고 언제든지 말씀해 주세요."

상진은 어색한 미소를 지으며 말했다. 우진은 상진이 조금 더 자신감이 있었으면 싶었다. 그러다가 예전 자신의 모습이 떠올랐다. 그때는 자신도 주변에서 어깨 좀 펴라는 말을 들었지만 크게 소용이 없었다. 어디까지나 스스로 믿음이 있어야 지금의 자신처럼 자신감이 생긴다는 걸 직접 겪은 우진은 성진을 보며 말했다.

"언제든지 와."

"그래도 돼요?"

"그럼. 너 학교 졸업하면 I.J에서 디자이너 한다고 했잖아.

학교 졸업하고 안 오면 일요일마다 사용한 전기세 받을 거야."

"당연하죠!"

상진은 조금 편해진 얼굴로 웃었다. 그때, 세운이 진희의 손을 잡고 나왔다. 구경을 하러 왔는지 보육원 선생님들까지 함께 왔다. 방에 들어온 진희는 세운의 손을 뿌리치더니 상진에게 뛰어왔다.

"큰오빠! 내 선물 뭐야?"

"진희 너, 배신이야! 조금 전까지 아저씨 최고라고 했으면서!"

세운의 장난 덕분에 상진은 미소를 지으며 진희를 불렀다.

"오빠가 만든 옷인데. 입어볼래?"

"옷? 에이, 됐어. 또 오빠들하고 똑같은 옷이잖아. 난 됐어."

"하하, 저번에 만들어준 그런 거 아니야. 한번 봐봐."

진희는 상진에게 옷을 한번 받아봤었는지 시큰둥한 얼굴로 상자를 열었다. 그러자 아이답게 표정에 모든 것이 드러났다. 진희는 이게 자신의 옷이 맞느냐는 얼굴로 상진을 봤고, 상진이 고개를 끄덕이자 곧바로 옷을 벗기 시작했다.

"하하, 아무 데서나 막 벗으면 안 된다니까. 이리 와, 오빠가 입혀줄게."

상진은 천천히 조심스럽게 옷을 입혔다. 원피스를 입히고, 양말까지 신긴 뒤 구두를 내밀었다.

"그거 여기 아저씨가 만들어주신 거야. 인사드려야지."

"히히, 아저씨, 고마워요!"

우진이 세운의 반응이 궁금해 쳐다보자 역시나 세운은 콧구멍까지 벌렁거리며 웃음을 참고 있었다. 그러는 사이 진희는 옷을 전부 입었고, 상자 안엔 모자만 남았다. 우진이 렌즈를 빼려 할 때, 구경 온 보육원 선생님들이 감탄하는 소리가 들렸다.

"우와, 진짜 상진이 네가 만든 거야? 일요일마다 외출하길래 걱정했었는데. 이런 거 만들러 다닌 거였어? 정말 너무 잘 만들었다."

"진희 완전 공주님인데?"

"진짜 너무 예뻐! 진희야, 사진 한번 찍자!"

선생님들의 말에 진희는 자신의 모습이 궁금했는지 거울을 찾기 시작했다. 하지만 거울이라고는 책상에 놓인 작은 손거울이 전부여서, 진희는 곧바로 일어섰다.

"진희야, 어디 가!"

"1층! 거울 볼 거야!"

"진희야, 진희야! 뛰지 마!"

신발까지 신고 있다 보니 진희는 상진이 붙잡을 새도 없이 밖으로 뛰쳐나갔다.

"휴, 모자도 써야 하는데. 형, 저희도 내려갈까요? 저러고 내려가면 한참 돌아다닐 거예요."

렌즈를 빼려던 우진은 머쓱하게 웃고는 고개를 끄덕이며 일어났다. 1층으로 내려가니 로비에 있는 거울 앞에서 춤을 추고 있는 진희가 보였다. 치마를 붙잡고 빙빙 돌기도 하고 양손으로 꽃받침을 만들어 얼굴을 받치기도 했다.

"너무 귀엽다! 내 심장! 아… 안 되겠다. 우진아, 나 일 그만두고 태국 간다."

"식당 차리시게요?"

"어! 결혼해야겠어!"

우진과 상진이 세운의 농담을 들으며 피식 웃었다. 그러고는 춤을 추고 있는 진희를 불렀다.

"진희야!"

"큰오빠! 나 공주님 같아! 나 내일 이거 입고 학교 갈래!"

"하하, 진희 마음에 들어서 다행이네. 그런데 모자도 써야해. 이거 쓰면 더 예쁠걸?"

"정말?"

진희는 그제야 조금 얌전해졌고, 상진은 웃으며 모자를 씌워줬다. 확실히 모자를 쓰니 옷 전체가 더 살아나는 느낌이었다. 게다가 해맑은 미소까지 더해지자 우진까지 미소가 지어졌다. 그동안의 경험상 렌즈를 빼지 않아도 빛이 보일 것 같았다. 그래도 확인차 렌즈를 빼려 할 때, 복도로 누군가가 들어왔다.

"어? 진희야!"

"아빠!"

"어이고… 이게 뭐야. 엄청 예쁘네. 여보, 여보. 이리 와봐!"

숍에서 상진에게 들었던 입양 희망자인 모양이었다. 그런데 어디선가 본 듯한 느낌이었다. 아제슬 때 하도 많은 고객을 받았으니 그중 한 명일 수도 있었고, 일하면서 만난 수많은 사람들 중 한 명일 수도 있었다. 그때, 남자가 하는 행동이 눈에 들어왔다.

"우리 큰오빠가 만들어준 옷이에요!"

"어이구! 그래, 그래! 아저씨야! 우리 진희 엄청 예쁘네!"

"히히."

"큰오빠 실력이 엄청 좋네? 너무 예쁘다… 어? 이 모자?"

남자는 진희의 모자를 보더니 고개를 갸웃거렸다. 그러고는 좀 더 자세히 보기 위해 무릎까지 꿇었다.

"이상하네. 내가 며칠 전에 만든 모자 같은데?"

그제야 우진은 남자를 어디서 봤는지 떠올렸다. 얼굴 전체를 덮고 있던 수염을 깎아서 하마터면 못 알아볼 뻔했다. 우진은 반가운 마음에 한 발 앞으로 나섰다.

"안녕하세요, 사장님."

"어? 어?"

남자는 진희의 모자와 우진을 멍한 얼굴로 번갈아 쳐다봤다. 그러더니 생각이 쉽게 정리되지 않는지 우진에게 질문을 했다.

"디자이너님이 어떻게 우리 진희 모자를……"

"아, LJ 예비 디자이너가 저기 저 친구거든요. 동생한테 준다고 만든 거예요."

"상진이……? 상진이가 디자인한 거였어요? 이 옷도, 모자도 전부?"

남자의 물음에 상진이 머리를 긁적이며 앞으로 나왔다.

"형이 한 달 동안 도와주셨어요."

그러자 남자는 우진의 손을 덥석 잡았다. 그러더니 고개를 숙여가며 입을 열었다.

"우리 진희 챙겨주셔서 감사합니다. 감사해요."

너무 과할 정도로 고마움을 표시하는 남자의 행동에 우진은 당황했다. 이렇게까지 고마워하는 걸 보니 진희가 혹시 진짜 자식일지도 모른다는 생각이 들었다.

*　　　*　　　*

보육원 건물 앞 벤치에 자리한 우진은 말없이 아이들을 보는 남자를 가만히 바라봤다. 대충 어떤 사정인지 얘기를 듣긴 했지만, 만난 지 얼마 안 된 사이였기에 자세한 얘기를 듣진 못했다. 사업이 망했고, 아이의 입양이 미뤄졌다는 정도. 남자는 자신의 말을 끝내고는 멋쩍게 웃으며 건물 앞에 뛰어다니는 아이들을 봤다.

우진도 남자를 따라서 아이들에게 시선을 옮겼다. 아이들은 남자에게 선물받은 모자를 쓰고 있었다. 아이들을 오랫동안 봐와서인지 아이들마다 좋아하는 모자를 알고 있었고, 그에 맞춰서 각기 다른 여러 종류의 모자를 준비해 왔다. 그러다 보니 아이들은 모두 마음에 들어 했다.

아이들에게 모자를 나눠 줄 때 살펴본 바로는 솜씨도 상당히 좋았다. 에너지가 넘치는 아이들을 배려해 모자마다 전부 땀 흡수 판이 달려 있었고, 모자 크기를 조절하는 백 오프닝은 그저 동그란 동굴 모양이 아니라 아이들이 좋아할 만한 모양으로 되어 있었다. 별 모양이나 사각형 모양의 백 오프닝. 수제 모자만이 가질 수 있는 장점이었다. 진희에게서까지 빛이 보였으니 실력 면에서 부족함이 느껴지지 않았다.

그때, 남자가 진희를 보고는 입을 열었다.

"예쁘죠? 하하, 이제 빛도 얼마 안 남았으니까! 조금만, 아주 조금만 더 열심히 해서 빨리 진희 데려가야죠."

우진은 고개를 끄덕이다 말고 문득 남자의 수입이 궁금해졌다. 그렇지만 대놓고 물어보기도 어려웠기에 우진은 가만히 생각하다가 질문을 했다.

"수강생들은 많아요?"

"많진 않죠. 그래도 꾸준히 있습니다. 3달 코스로 보통 20명 정도 받네요."

"그럼 수강료는 얼마예요?"

"달마다 15만 원씩 총 45만 원이죠. 별로 안 비싸요. 혹시 배우시게요? 하하, 꼭 오세요. 오시면 가게 앞에다가 I.J 디자이너도 배우고 갔다고 적어놓게."

"그냥 궁금해서요. 그럼 모자도 따로 판매하시고요?"

"판매도 하는데 2층이라서 잘 팔리진 않죠. 대부분 수선이에요. 아! 저번에 보셨죠?"

"네, 봤어요. 그런 분들이 많아요?"

"그때그때 다르죠. 그래도 동네가 수제 모자 전문이라서 노는 날은 없죠. 하하."

거기서 월세 등 빠지는 돈까지 대충 계산해도 I.J 테일러들의 수입과 비슷했다. 물론 이번에 헤슬 토트백에 참여한 홍단아나 시계 부품을 제작하는 성훈, 그리고 신발을 제작하는 세운에 비하면 적은 금액이었다. 자신이 참여한 제품에서 인센티브를 받는 형식이다 보니 어쩔 수 없었다.

하지만 지금 우진 앞의 남자는 I.J에 온다고 해도 수입에 차이가 없을 것 같았다. I.J에서는 모자가 주력이 아니었고, 수량도 딱히 정해져 있지 않았기에 한 달에 물량이 하나가 될 수도 있었고, 아예 없을 수도 있었다. 그렇기에 월급을 많이 주는 것은 불가능했다.

돈이 전부가 아니라고 생각할 수도 있지만, 우진이 그동안 겪은 바로는 돈이 상당히 중요했다. 지금도 빚을 갚으려고 아등바등 살아가는 사람을 자신의 욕심 때문에 오라고 하기가 꺼려졌다.

그럼 남자가 매장을 유지하면서 가끔 I.J 모자만 만드는 방법이 남았는데, 거기에도 걱정될 문제가 남아 있었다. I.J 모자를 만드는 순간 소문이 날 것이고, 그럼 남자에게는 도움이 되겠지만 I.J에게는 아니었다. 월드햇이 이름이 없다 보니 대중들에게 너무 생소했다. 그리고 지금까지 판매했던 가격도 오히려 다른 매장에 비해 싼 편이었다. 잘못하다가는 명품을 샀는데 알고 보니 시장에서 떼다가 팔고 있었다고 인식될 수도 있었다.

이름을 알리는 것부터 시작해야 하는데 남자에게 그럴 여유는 없어 보였다. 그렇다고 매튜나 장 노인에게 시킬 수도 없었다. 직원이 아니면 엄연히 거래처였고, 능력이 안 되면 다른 곳을 알아보는 게 더 낫다고 할 게 뻔했다. 그리고 우진도 비슷한 생각을 하는 중이었다. 예전이라면 일단 같이 일하자는 말부터 했을 테지만, 지금은 딸린 식구가 많다 보니 조심스러울 수밖에 없었다.

그때, 아이들에게 둘러싸여 있던 상진이 이쪽으로 오는 것이 보였다. 그러자 남자가 웃으며 상진을 반겼다.

"휴, 힘들다."

"하하. 동생들이 저렇게 잘 따르는데 좋지."

"평소에는 안 저래요. 다 옷 만들어달라고 해서요."

"맞다. 너 대단하던데? 우리 진희 옷 보고 깜짝 놀랐어."

"아! 형이 많이 도와주서서 그래요."

"그래도 그게 어디야. 애들도 좋아 보이니까 막 만들어달라고 조르는 거지."

상진은 기분 좋은 듯 씨익 웃고는 말을 이었다.

"그래도 아저씨가 모자 가져오신 덕분에 달랠 수 있어서 다행이에요."

"내가 딱 맞춰서 가져왔지?"

"네, 감사해요. 아, 그런데 혹시 다른 모자들도 만들어주실 수 있으세요?"

"모자? 만드는 건 어렵지 않지. 애들 모자 만들어주려고? 디자인은 있어?"

"일단은 다 똑같이 만들어주셨으면 좋겠어요. 아무래도 동생들 옷 전부 만들어주려면 제가 여기 나가고 나서도 한참 지나야 될 것 같아서요. 그 전에 싸우지 말고 기다리게 똑같은 모자를 줄 생각이거든요."

상진은 우진을 힐끔 보더니 조심스럽게 휴대폰을 내밀었다.

"형, 제가 그린 모자들 중에 동생들 모두 쓸 만한 게 뭐가 있을까요? 형이 골라주셨으면 좋겠는데."

우진은 그다지 어렵지 않은 일이라 고개를 끄덕이고는 휴대폰을 받아 들었다. 이미 한 번씩 봤던 것이기에 오래 걸리지는 않았다.

"단체로 쓰기에는 이 연분홍색 야구 모자가 좋겠어."

"볼 캡이요? 그런가……."

"동생들 달래려고만 하는 건 아니잖아. 한 가족, 그런 소속 감 느끼게 하려는 거 아니야?"

"어떻게 아셨어요?"

깜짝 놀라는 상진의 모습에 우진은 피식 웃었다. 그렇게 동생들을 챙기는데 모르는 게 이상했다.

"나도 유니폼을 만들어봤는데, 화려한 거보다는 단순해야 해. 너무 화려하면 안 입게 되거든. 무난하고 누가 입어도 소화할 수 있는 게 중요해. 여기서 남자아이들은 핑크색 싫어할 테니까 하늘색으로 만들면 되겠네."

상진은 자신의 스케치를 골랐을 뿐인데도 역시 우진이라며 치켜세웠다. 옆에 있던 남자도 고개를 끄덕이고는 입을 열었다.

"괜찮은 거 같아. 아마 이 주는 걸리겠는데? 그런데 이거 내가 만든 모자에도 있었는데, 이게 뭐야?"

"아! 그거요."

상진이 머뭇거리자 우진이 대신 입을 열었다.

"상진이가 나중에 디자이너 되면 낼 브랜드 로고예요."

"그래요? 우리 진희 모자에 있던 거 뚝 잘라낸 거 같네."

"맞아요. 상진이 동생들 뒷모습이에요. 로고에는 세 명뿐이지만, 그걸 이어서 패턴을 만들면 열 명, 스무 명, 그 이상까지 되고요."

"이야, 그렇게 깊은 뜻이! 상진이 대단하네."

상진은 부끄러운 한편 좋은지 얼굴이 붉어진 채 우진을 바라봤다. 우진도 자신이 칭찬받은 것 같은 기분에 미소 지었다. 그러고는 남자를 쳐다봤다. 비록 조건이 맞지 않아 함께하기에는 무리가 있었지만, 상진에게 도움이 된다는 것에 만족하기로 했다.

*   *   *

몇 주 뒤. 우진이 한창 작업 중일 때, 야릇한 미소를 지은 장 노인이 작업실로 내려왔다.

"좋은 일 있으세요?"

"그럼, 있고말고."

우진은 들고 있던 초크를 내려놓고 장 노인을 봤다. 그러자 장 노인이 씨익 웃더니 종이를 내밀며 입을 열었다.

"임 선생, 옷부터 한 벌 맞춰야겠어."

"저요?"

우진은 고개를 갸웃거리며 장 노인이 내민 종이를 쳐다봤다.

"콘텐츠진흥원은 뭐고 디자이너 패션 포럼은 뭐예요?"

"우리나라 브랜드나 디자이너들이 모이는 자리이니라. 작년에 이어서 2회인데 문체부가 주관하는 거라서 일단 참석하는 게 좋겠고만."

"아, 아니에요. 전 됐어요."

"가야 할 건데? 거기 제일 밑에 안 봤느냐?"

우진은 다시 종이를 보다 말고 장 노인을 쳐다봤다.

"껄껄. 보통 그런 거 지원해서 심사 통과되면 받는 건데, 아무것도 안 하고 받는 사람은 처음 본다."

"대통령상?"

우진의 말에 작업실에 함께 있던 테일러들의 시선이 동시에 우진에게 쏠렸다.

"대통령상 받으세요?"

"선생님! 축하드려요!"

우진은 머리를 긁적이고는 장 노인에게 물었다.

"절 왜 주는 거예요?"

"왜기는. 지금 한국에서 가장 유명한 디자이너가 누구냐. 바로 너 아니냐. 세계에서 그렇게 I.J, I.J 그러는데, 그만큼 대한민국 위상을 높였으면 받는 건 당연한 게야, 껄껄. 그리고 너를 초청해서 상을 줌으로써 이 행사를 자리 잡게 하겠다, 그거지."

"언제인데요?"

"다음 주 수요일이니라."

"어, 그날 예약 잡혀 있는 날이에요."

"숍으로 오기로 한 거 확인했느니라. 그리고 예약도 중요하지만 저 상도 중요하다! 네 이력에 떡하니 박히게 될 텐데."

"그래도 그냥 그런데. 할아버지도 세금 걷어간다고 싫어하셨잖아요."

"돈 주고받는 것도 아니잖느냐. 그리고 그만큼 냈으면 당연히 받아야지."

이력에 한 줄 더 생긴다고 특별할 게 없다고 생각하던 우진은, 꼭 참석해야 한다는 장 노인을 보며 피식 웃었다. 경력에 목매는 걸 보니 장 노인의 나이가 느껴졌다.

"스케줄 조절하라고 일러둘 테니 일단 네 옷부터 만들거라."

"아니에요, 아니에요. 그냥 스케줄은 그대로 두세요. 알아서 만들게요."

"괜찮겠느냐?"

"일요일에 만들어도 되니까 걱정 마세요."

우진은 자신의 옷을 어떻게 만들어야 할지 벌써부터 걱정됐다.

*　　　*　　　*

일요일에 매장에 나와 있던 우진은 자신이 그린 스케치를 한 장, 한 장 넘겨보는 중이었다.

"선생님, 너무 고민하지 않으셔도 됩니다. 제가 보기엔 전부 좋은 것 같습니다."

"그래요? 그냥 조금 신경 쓰여서요."

일요일인데도 혼자서 옷을 만들 우진을 돕겠다고 나온 매튜였다. 우진은 매튜의 말에 이대로 만들어도 되는지 고민 중이었다. 자신은 왼쪽 눈으로 보이지 않다 보니 여러 가지 디자인을 만들었다. 상을 받는 자리이다 보니 대부분 정장 스타일이었고, 스스로도 꽤 잘 나온 것 같다고 생각했다.

그럼에도 작업을 시작할 수가 없었다. 포럼에 참석하는 사람들이 패션에 관련된 사람들이다 보니 유난히 신경 쓰였다. 뭔가 특별한 것을 보여줘야 할 것 같은 압박감에, 이대로 만들어도 되나 싶은 생각이 들었다. 그 때문에 스케치만 그릴 뿐 쉽게 정하지 못하는 중이었다.

그때, 상진이 등과 양손에 박스를 들고 매장으로 올라왔다.

"형, 안녕하세요. 매튜 아저씨, 안녕하세요."

"상진아, 그게 뭐야. 보육원에서 여기까지 들고 온 거야?"

"아! 네. 무겁진 않아요. 이거 아저씨가 형 드리래요."

"이게 뭐야?"

"모자인데 한번 보세요. 아저씨가 치수를 잴 수 없어서 조절할 수 있게 만드셨다고 그랬어요. 그리고 I.J 계신 분들 수대로 맞춰 왔어요."

우진은 상진이 가져온 박스를 열었다. 그러자 아무런 무늬가 없는 네모난 박스가 보였다. 그 박스를 다시 열자, 그 안에는 챙이 변형되지 않도록 위로 향한 모자가 보였다.

"이거 전부 직접 만드신 거야?"

"저는 잘 몰라요. 아마 그러실 거예요. 그래서 한 주 늦어지셨다고 그랬거든요."

"허, 우리한테까지 안 주셔도 되는데."

"아저씨가 기부해 주신 답례라고 하셨어요."

"그래도 엄청 힘드셨겠네."

상진은 멋쩍게 웃으며 말했고, 우진은 모자를 이리저리 살폈다. 바느질이며 균형 등이 확실히 솜씨가 좋다는 게 느껴졌다. 그리고 모자에는 라벨까지 달려 있었다. 코튼 원단은 모자 전체에 사용됐을 것이고, 펠트는 챙에 사용됐을 것이다.

모자의 정면에는 상진이 그린 로고가 하얀색 실로 박혀 있었다. 지금 날씨에 딱 적당한 시원한 느낌에 우진은 만족스러웠다.

"잘 쓰겠다고 전해 드려. 아니다. 내가 나중에 직접 전화할게. 매튜 씨도 이거 한번 써보세요."

우진은 하늘색 모자를 쓰고는 거울을 봤다. 일요일이라 검은색 티셔츠 한 장을 걸치고 나온 데다가 매장이라 단안경까지 끼고 있던 상태에서 모자를 쓰자 굉장히 이상했다.

"하하, 나 젊은 전당포 주인 같지 않아?"

"안 그래요."

"너 그런데 왜 웃어. 하하, 그냥 웃어. 뭐 어때."

"그냥 조금 이상한 거 같긴 해도 괜찮아요."

우진은 피식 웃고는 모자를 벗었다. 그때, 뒤에서 아무렇지도 않게 챙을 구부리는 매튜가 보였다. 그러고는 모자를 푹 눌러썼는데, 반팔 와이셔츠 차림에 모자를 걸친 모습이 너무 잘 어울려 헛웃음이 나왔다. 가볍게 눌러쓴 모자 밑으로 삐져나온 금발도 상당히 잘 어울렸다. 안 어울릴 것 같은 와이셔츠와 모자가 이상하다고 느껴질 만큼 잘 어울렸다. 우진은 그런 매튜를 물끄러미 바라봤다.

제3장

모자

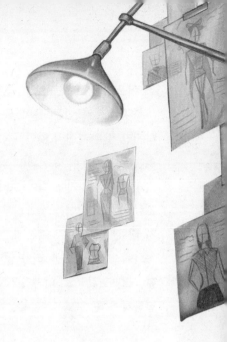

　포럼 당일. 숍에 왔던 고객이 돌아간 뒤 우진은 서둘러 옷을 갈아입었다. 무난한 검은색 정장으로 갈아입은 뒤 사무실로 나오자 이미 준비를 마친 매튜가 보였다.

"아직 여유 있으니 천천히 준비하시죠."

"정말, 그러고 가실 거예요?"

"네. 선물로 주셨는데 값을 해야죠."

　매튜는 당연하다는 얼굴로 옷깃을 잡아당겼다. 진한 파랑색으로 된 정장. 격식보다 스타일에 중점을 둔 블레이저 재킷이었다. 거기에 슈트 안에는 셔츠 대신 면으로 된 티셔츠를 입었다. 며칠 전 셔츠를 입고 있던 매튜가 모자를 쓰자 상당히 잘 어울리는 모습을 보고 즉흥적으로 만든 옷이었다.

즉흥적으로 만든 옷치고는 매튜에게 굉장히 잘 어울렸다. 하지만 빛은 보이지 않았다. 그렇다고 왼쪽 눈에 다른 옷이 보이는 것도 아니었다.

우진이 느끼기에 빛이 보이지 않는 이유는 신발에 있었다. 조금 가벼워 보이는 옷차림이라 하얀색 스니커즈 같은 운동화가 더 잘 어울릴 것 같은데, 항상 구두만 신는 매튜가 그런 운동화를 가지고 있을 리가 없었다. 그렇다고 운동화를 디자인할 시간도 없었고, 디자인을 한다고 해도 자신의 궁금증을 해결하기 위해 일도 많은 세운에게 만들어달라고 할 수는 없었다.

스니커즈 대신 그나마 가장 어울리는 검은색 구두를 신기자, 빛은 안 보였지만 그것만으로도 꽤 괜찮게 보였다. 다만 그 모든 것은 모자를 함께 썼을 때 어울렸다. 모자를 벗고 있는 지금은 사람이 약간 가벼워 보였다.

그때, 매튜가 상진에게 받은 모자를 들어 올렸다. 그러고는 다시 모자챙을 동그랗게 말고는 모자를 착용했다.

과해 보이는 정장에 모자를 더하면 더 과해 보일 수 있었다. 하지만 과함에 과함을 더하자 매튜가 입고 있는 정장이 딱딱한 느낌보다는 점퍼나 카디건처럼 가볍게 걸치는 옷처럼 느껴졌다. 셔츠에 모자를 쓴 매튜를 보고 만든 옷이었기에 당연한 결과였다. 그동안은 자신이 한 디자인이 약간 과하다 싶은 느낌이면 액세서리나 헤어스타일에서 무거운 느낌을 줘서 가벼움을 중화시켰는데, 이번에 즉흥적으로 만든 옷으로 새로운 걸 하나 배운 느낌이었다.

그때, 사무실에 있던 홍단아와 준식이 준비를 마친 매튜를 보더니 입을 열었다.

"매튜 실장님, 아이돌 같은데요? 하하."

"어! 진짜. 꼭 남자 아이돌 보면 쪼그맣고 춤 잘 추는 애들 하나씩 있잖아요. 그런 애들 같아요."

매튜가 한국말을 제대로 알아들을 리 없었기에 엄지를 내밀며 칭찬했다. 매튜도 자신의 모습에 만족을 하는지 칭찬에 보답하듯 폼 나게 재킷을 잡아당겼다. 그 모습에 홍단아는 다시 엄지를 내밀다 말고 우진을 보며 물었다.

"그런데 선생님은 왜 그냥 정장 입으셨어요? 매튜 실장님처럼 멋있게 하고 가시지."

우진은 멋쩍게 웃었다. 단안경을 끼고 갈 생각이라 가장 무난하게 만든 옷이었다. 그러자 옆에 있던 장 노인이 우진을 힐끔 보더니 입을 열었다.

"의사가 제 병 못 고치는 법이지. 늦지 않게 준비 다 했으면 빨리 가거라. 지금 출발하면 딱 맞을 게다. 참, 수상 소감 적어놓은 것도 잘 챙겨두고. 꼭 외워서 하거라."

우진은 고개를 끄덕이고는 재킷을 걸쳤다.

＊　　　＊　　　＊

디자이너 패션 포럼 장소에 도착한 우진은 천천히 엘리베이터에 올라탔다.

"잠시 차에 계시죠. 주인공은 원래 늦게 등장하는 법입니다."

"하하, 무슨 주인공이에요. 늦지 않게 올라가요."

생각보다 빨리 도착했기에 행사장 도우미만 보일 뿐 디자이너로 보이는 사람은 아무도 없었다. 그래도 늦는 것보다 낫다는 생각에 우진은 행사 장소인 14층 버튼을 눌렀다. 잠시 뒤 엘리베이터 문이 열렸고, 그제야 사람들이 하나둘씩 보이기 시작했다.

"다들 선생님을 알아보시나 봅니다."

"다 매튜 씨 보는 거 같은데요?"

우진은 매튜를 보고 피식 웃었다. 방금 말한 대로 사람들은 우진을 한 번 봤다가 곧바로 매튜에게 시선을 돌렸다. 그러고는 스캔하듯 위아래로 매튜를 유심히 살폈다. 행사장을 오며 지나친 대부분의 사람들이 보인 반응이었다.

행사장으로 들어가니 마치 영화에서나 봤던 모습이 펼쳐졌다. 하얀색 보가 덮인 테이블이 가득했고, 가운데는 드레스를 형상화한 얼음조각까지 보였다. 이런 장소가 처음이다 보니 어색해하던 우진은 앉아 있을 자리를 찾아 이동했다. 그때,

누군가가 뒤에서 자신을 불렀다.

"선생님! 선생님!"

"아! 장 기자님."

"진짜 오랜만에 뵙네요, 하하."

"취재 오셨어요?"

"하하, 오늘 행사 후원이 Moon 매거진인데 제가 빠질 순 없죠. 그런데 이분은… 매튜 씨? 와, 이거 뭐 I.J 있으면 다 모델 되는 겁니까? 아, 이럴 게 아니라 사진 좀 찍어도 될까요?"

아예 홍보하기로 마음먹은 매튜는 포즈까지 취해주며 촬영했다.

"제가 자리 안내해 드리겠습니다. 선생님 자리는 앞쪽이세요. 오늘 수상 예정된 분들은 앞쪽에 준비되어 있거든요."

장 기자에게 안내받은 자리는 단상에서 가까운 자리였고, 테이블에는 I.J 임우진이라는 푯말까지 놓여 있었다. 자리를 안내한 장 기자는 잠시 머물다가 다른 곳으로 가버렸다.

"휴, 너무 앞인데요."

"주인공은 원래 가장 앞인 겁니다."

"좀. 왜 자꾸 주인공이라고 그러세요."

"원래 제일 좋은 상 받으면 주인공입니다."

우진은 부끄러운 마음에 누가 듣기라도 했을까 봐 주변을 살폈다. 그때, 자리에 앉아 있던 여러 사람들과 눈이 마주쳤다. 그러자 눈이 마주친 사람들이 미소를 지으며 먼저 고개를 가볍게 끄덕여 인사를 건넸다. 우진 역시 가벼운 목례로 인사에 답한 뒤 고개를 돌렸다. 다른 디자이너들이나 패션 관계자들과 교류가 없던 우진은 이 상황이 어색했다.

위축되는 그런 느낌은 아니었다. 다만 하나같이 자신에게 다가오고 싶어 하는 게 느껴져 부담스러웠다. 그때, 눈치 없게 매튜가 자리에서 일어섰다.

"시작하기 전에 화장실 좀 다녀오겠습니다."

화장실 간다고 하는 걸 막을 수도 없었다. 매튜는 곧바로 나가 버렸고, 우진은 혹시 뒤에서 누가 인사라도 건넬까 봐 앞만 보고 있었다.

그런데 한참이 지나도 자신의 생각과 달리 다가오는 사람이 없었다. 그런 생각을 한 스스로가 민망해질 정도로 아무런 반응이 없었다. 우진은 스스로를 높게 평가하고 있었다는 생각에 머쓱해진 대신, 약간 마음은 편해졌다.

그때, 단상 위에서 포럼을 시작하려고 준비하는 모습이 보였다. 우진은 화장실 간 매튜가 소식이 없자 언제 오는지 살펴보려 고개를 돌렸다. 그때, 사람들에게 둘러싸여 있는 매튜가 보였다. 매튜가 유명한 건 알고 있었지만, 저렇게까지 사람들에게 관심을 받을 줄은 몰랐다.

자신도 엄청 유명해졌다고 스스로 생각하고 있었는데, 자신보다 더 관심을 받는 매튜를 보자 약간 부러운 마음도 들었다. 그래도 저런 사람이 I.J에 함께하고 있다는 걸 위안 삼으

며 지켜볼 때, 스피커를 통해 사회자가 포럼을 시작하니 자리
에 앉아달라는 말을 했다. 그리고 매튜도 자리로 돌아왔다.

"매튜 씨는 아직도 인기 많으시네요."

"무슨 말씀이십니까?"

"저기 뒤에서 사람들하고 대화하던 거 봤어요."

"제 인기 아닙니다. 전부 선생님하고 따로 자리를 마련해 달
라는 그런 얘기였습니다. 오늘 보니 선생님 파급력이 더 대단
한 것 같습니다. 전부 선생님이 디자인하신 옷에 대한 얘기더
군요."

"아……."

우진은 민망하면서도 기분 좋은 상황에 미소가 생겼다. 고
개를 돌려 뒤를 보니 매튜가 말한 대로 많은 사람들이 자신
만 보고 있었다. 매튜의 말이 계속 이어졌다.

"그리고 이 옷에도 관심을 보였습니다. 정확히 말하면 이
모자입니다."

"모자요?"

"여기 상진 군의 로고를 보고 I.J에서 새로운 제품이 나오냐
고 묻길래, 아니라고 했습니다. 옷이야 I.J 옷이니까 어쩔 수
없다고 해도, 모자가 다른 브랜드라니까 관심을 보이더군요."

"어! 그냥 우리 거라고 하시지!"

그러자 매튜가 갑자기 의심스럽다는 얼굴로 우진을 쳐다봤
다.

"남의 디자인이 욕심나십니까?"

"아니요! 그런 거 아니에요! 전부 패션업에서 일하는 사람들이잖아요. 예전에 라킹처럼 따라서 만들까 봐 걱정돼서 그런 거예요."

"그렇군요. 깜짝 놀랐습니다. 그리고 그런 걱정은 안 하셔도 됩니다. 제프 씨가 로고 등록해 주셨던 것처럼 저 로고도 상진 군 명의로 등록해 놨습니다."

"언제요?"

"숍 일이 아니라 제가 따로 시간 내서 했습니다."

"아, 그래도 말씀 좀 해주시지. 잘하셨어요."

매튜는 오히려 자신이 오해해서 미안하다고 사과했고, 우진은 웃으며 괜찮다고 답했다. 그러다가 매튜를 보니 약간 걱정이 되었다.

"그래도 로고만 바꿔서 내놓을 수도 있겠죠?"

"야구 모자야 기존에도 많이 나오고 있으니까요. 지금 이 모자도 특별한 건 아닙니다. 선생님의 옷을 만나 특별해졌을 뿐. 아마 나오게 된다면 지금 제 모습처럼 색다르게 정장에 쓰는 모자처럼 나오겠죠. 그것도 걱정 마십쇼."

"왜요?"

"아까 사진도 찍었고, 저 뒤에서도 기자들에게 많이 찍혔습니다. 다른 브랜드에서 내놓는다고 해도 이미 I.J의 아류작일 뿐이죠."

이상한 데서 오해만 없다면 일에 대해서는 누구보다 믿음직한 매튜였다. 우진은 그런 매튜를 보며 피식 웃다가 매튜의 모자가 눈에 들어왔다. 그리고 그 모자를 보며 혼자 생각에 잠겼다.

다시 뒤를 돌아 포럼에 참석한 사람들이 여전히 자신에게 관심이 있는 걸 확인한 우진은 다시 생각에 잠겼다. 잘하면 월드햇이 유명해질 수도 있을 것 같았다. 그럼 부담 없이 모자와 더불어 상진이 머무는 보육원까지 도움을 받을 수 있을 것 같았다.

"매튜 씨, 이거 어디 브랜드라고 말했어요?"

"월드햇이라고 말했는데 모르더군요."

우진이 웃으며 마저 생각을 정리할 때, 뒤늦게 도착한 사람들이 테이블에 앉았다. 자신을 발견한 사람들이 인사를 건네고 말을 걸려 했지만, 우진은 양해를 구하고 밖으로 나왔다.

*   *   *

사회자의 진행에 따라 환영사 및 축사 등이 이어졌고, 본격적인 행사에 앞서 우진이 기다리던 시상식을 시작했다. 장 기자가 소개했던 대로 우진의 테이블에는 전부 상을 받는 사람들이 자리해 있었다. 그리고 그들 중 우진이 가장 마지막으로 단상에 올랐다.

"표창장 Infinity of Jin's 디자이너 임우진. 귀하는 패션 디자인을 통하여 국가 산업 발전에 이바지한 공로가 크므로 이에 표창합니다."

짝짝짝짝.

사람들의 축하 속에 상을 받은 우진은 마이크 앞에 섰다. 수상 소감을 준비했음에도 상당히 많은 카메라 수에 우진은 바짝 얼어버렸다. 카메라만은 적응이 안 됐다. 때문에 한참을 띄엄띄엄 말하다가, 준비한 소감 대신 열심히 하겠다는 말로 수상 소감을 마쳤다. 그리고 무대를 내려오자 앞 테이블에 있던 사람이 웃으며 말을 건넸다.

"대통령상 받을 정도로 유명하신데 아직 카메라가 떨리시나요?"

"아, 카메라는 좀처럼 익숙해지지가 않네요."

"하긴, IJ의 패션 제안에서도 똑같은 표정이었네요, 하하."

미숙한 모습을 봐서인지 앞에 있던 사람들은 자신을 처음보다 편하게 대했다. 그리고 남아 있는 진행에 앞서 잠시 휴식 시간이 시작되자, 같은 테이블에 있던 사람들이 본격적으로 우진에게 질문을 했다.

어떻게 유명해졌냐부터 앞으로 유행할 패션에 대한 생각을 묻는 건 당연했다. 그리고 그 대화의 중심에는 우진이 있었다. 다른 테이블에 있던 사람들도 우진의 테이블에 관심을 갖기 시작했고, 점점 사람들이 몰려들기 시작했다. 대부분이 젊은 디자이너, 모델, 기업에서 나온 사람들이었다. 그들은 그동안 궁금했던 것들을 물어보기 시작했다.

패션업계 종사자들이 많이 모이다 보니 기자들도 대화에 관심을 가졌고, 무리가 점점 커졌다. 그 한가운데에 있던 우진은 다행히 사람들에 가려져 카메라를 보지 못한 채 사람들의 질문 공세에 답했다. 질문이야 자신의 생각을 말하는 것이기에 어렵지 않았다. 다만 월드햇에 대한 얘기를 어떻게 꺼내고 싶은데 적절한 질문이 없었다.

그러던 중 한 브랜드 관계자의 질문이 들렸다.

"그런데 평소에도 전부 옷을 만들어 입으시는 건가요? 다른 브랜드들을 이용해 보신 적 없으신가요?"

"당연히 있죠. 어렸을 때나 유학 갔을 때도 대부분 사서 입었거든요."

"하긴 디자이너라고 전부 자기가 만든 옷만 입는 건 아니죠, 하하."

자신의 솔직한 답변에 다른 사람들도 웃으며 맞장구쳤다. 그러다가 무슨 대화를 하는지 궁금해하는 매튜가 눈에 들어왔다. 우진은 그런 매튜를 보다가 지금이 월드햇을 알릴 기회라고 생각했다.

*　　　*　　　*

다음 날. 월드햇의 이재원은 어제 갑자기 찾아온 우진이 한 말이 무슨 뜻인지 궁금했다. 갑자기 우진이 전화를 하더니 약속을 정했다. 그러고는 꽤 늦은 시간이 돼서 가게로 찾아왔다. 화룡정점은 갑자기 I.J 모자를 만들어달라고 부탁한 것이었다.

처음 그 제안을 받을 때는 뛰어오를 듯 기뻤다. 여러 가지 잴 것도 없이 무조건 해야 하는 것이었다. 그런데 수량이 정해져 있지 않다는 말에 실망할 수밖에 없었다. 한 달에 하나가 될 수도 있다고 했다. 수량도 적은데 I.J 이름 때문에 신경까지 써야 하는 걸 생각하면 손해라는 생각이 들었다. 돈은 돈대로 안 되고 고생은 고생대로 할 것 같은 기분에 거절하려고 할 때, 우진이 이상한 말을 했다.

"여보, 왜 내 모자를 내 마음대로 팔지 말라고 그러지? 그게 무슨 말일까?"

"당신 모자는 마음대로 팔라고 했잖아. 상진이 디자인만 팔지 말라고 했잖아."

"팔 생각도 없었는데, 그게 무슨 소리지?"

"이제 올 때 됐네. 궁금한 거 적어뒀다가 오면 물어봐."

어제 우진은 상진과 함께 다시 오겠다는 말을 하고선 돌아갔다. 그리고 오늘 저녁으로 약속을 잡았다. 재원은 아내 말대로 궁금한 걸 적으려 했지만, 뭘 알아야 적을 텐데 도무지 감이 잡히지 않았다. 그때, 열려 있는 문을 노크하는 소리가 들렸다.

"사장님, 안녕하세요."

우진이 가게를 들어오며 인사했고, 그 뒤로 매튜와 상진이
따라 들어왔다.

"오셨어요. 상진이도 왔구나. 학교 갔다가 온 거야?"

"형이 학교로 마중 나왔어요."

상진은 가게를 둘러보며 대답했고, 재원은 상진까지 데리고
온 이유가 더욱 궁금해졌다. 재원은 일단 우진의 일행에게 의
자를 내주었다. 우진은 의자에 앉자마자 바쁘다는 듯이 입을
열었다.

"제가 의뢰하는 모자만 만드시는 것만으로는 부족하실 거
란 거 알아요."

"그게, 조금 그렇긴 하죠. 아무래도 일반 판매 모자보다는
신경을 더 써야 하니까요."

"그렇죠. 사장님도 돈을 버셔야 하니까 이해해요. 그래서
어제 사장님께 도움이 될 것 같아서 판매 얘기를 드린 거고
요."

"아… 그런데 제가 잘 이해를 못 했어요."

"제가 어제 너무 급해서 제대로 설명을 못 했나 봐요. 다시
말씀드릴게요. 일단 판매할 품목은 저기 매튜 씨가 쓰고 있는
모자 있죠. 그거뿐이에요."

"저 모자요?"

"네. 아무한테나 파는 건 아니에요. 아! 일단 이것부터 좀
보여 드리고 설명해야겠네요."

우진은 매튜에게서 서류를 건네받았다. 그러고는 재원에게 보여주며 말을 이었다.

"사실 기분 나쁠 수도 있는데, 나중에는 충분히 이해하실 거예요. 상진이가 아직 미성년자라서 성지보육원 원장님이 법정대리인이시더라고요. 이건 원장님하고 상진이한테 받은 대리인 임명장이고요."

"이걸 왜……?"

"저 모자 디자인이 상진이한테서 나온 거잖아요. 그것 때문에 그래요."

"하… 내가 저걸 만들어서 팔아먹을까 봐 그러는 겁니까?"

재원은 자신을 나쁜 사람으로 보는 것 같은 말에 기분이 언짢았다.

"그건 아니고요. 사장님도 해보셨겠지만, 일을 하기 앞서 딱 정하고 해야지 서로 편해지잖아요."

"그래서 뭘 어떻게 하라는 건데요."

"일단 그 모자를 판매하는 건 맞아요. 대신 아무한테나 판매하는 게 아니에요."

"한정판 말씀하시는 거예요?"

"아, 한정판은 아닌데 비슷할 수도 있겠네요. 제가 말하는 건… 구매 가능한 사람에 제한을 뒀으면 해요. 기부금을 내면 영수증을 받을 수 있잖아요. 그 영수증이 있는 사람만 저 모자를 구매할 수 있는 거죠. 대신 기부 금액은 제한이 없고요."

"음, 그럼 기부금이 모자값이 되는 건가요? 그건 저한테 무리 같은데……."

"아! 그렇지 않아요. 모자값은 모자값대로 받아야죠."

재원은 고개를 갸웃거렸다. 모자 하나 사는데 기부도 해야하고 모자 가격까지 내야 한다? 자신이라고 해도 돈을 이중으로 지불하면서까지 구매할 것 같진 않았다.

그리고 무엇보다 의심스러운 건, 여기서 돈을 벌게 되는 사람은 자신뿐이라는 것이었다. 처음 보는 사람이 이런 말을 했다면 사기꾼이라고 의심이라도 할 텐데, 상대는 현재 한국에서 가장 유명한 디자이너였다. 우진의 얘기를 듣던 재원은 심각한 얼굴로 입을 열었다.

"그럼 사람들이 욕할 거 같은데요. 기부금을 이용해 저만이득을 챙기게 되잖아요. 뭐 수제로 만들다 보니 많이 벌진못하지만 그래도 조심해야 하거든요. 요즘 마녀사냥이니 뭐니한번 잘못 찍히면 큰일 나요. 인터넷 파급력이 어마어마한 거아시잖아요. 그렇다고 아까 말씀드린 것처럼 제가 자선사업을할 형편도 아니고요."

우진은 이해한다는 얼굴로 미소 짓고는 옆에 있던 상진을한번 쳐다보고 말을 이었다.

"그래서 상진이하고 같이 온 거예요. 모자를 판매하게 되면디자인이 상진이 거니까 상진이도 자신의 몫을 받아야 하잖아요."

"아… 그렇죠."

"I.J가 보통 다른 브랜드랑 계약할 때 로열티나 라이선싱비를 받는 형식으로 거래하거든요. 그래서 저희 기준에 맞춰서 준비했어요."

우진은 서류 봉투에서 계약서를 꺼내 설명했다.

"모자 패턴은 이미 많이 사용되고 있어서 카피란 개념을 적용하기는 어렵잖아요. 그래서 가장 중요한 게 상진이가 만든 로고라고 생각해요. 그리고 사장님이 이 로고를 사용하시는 조건으로 상진이가 21%를 받았으면 좋겠어요. 상진아, 로고 이름이 뭐라고?"

그러자 옆에 있던 상진이 약간 부끄러운지 아주 조용하게 말했다.

"F.F……."

"Forever Family라는 뜻이래요. 그러니까 사장님은 F.F 로고를 사용하시고 그 비용을 주시면 돼요."

"음……."

"그리고 그 21% 중 20%는 다시 성지보육원에 기부하게 될 거예요. 상진이는 1%만. 아무래도 수량이 많지 않을 것 같아서 21%라고 해도 얼마 안 될 것 같거든요. 그래서 기왕이면 상진이 동생들이 있는 성지보육원에 기부를 했으면 해요. 이게 상진이가 원한 조건이에요."

아직 이런 경험이 없는 상진은 우진의 말이 맞다는 듯 고개를 끄덕였다. 우진은 그런 상진을 보며 미소 짓고는 다시 말을 이었다.

"그럼 수익금 중 일부는 기부한다고 말할 수 있어요. 그리고 판매 가격은 제가 정할 순 없지만, 아무래도 지금 판매하시는 모자들하고 크게 차이는 없었으면 좋겠어요. 너무 비싸면 기부금까지 냈는데 모자도 비싸다고 거부감이 들 수도 있을 거 같거든요. 참, 사이트는 있으시던데. 보니까 온라인판매는 닫혀 있더라고요."

"네, 뭐. 수강생만 받고 여기 매장이나 SNS에서 주문을 받는데. 주문은 별로 없죠."

우진은 오히려 잘됐다는 얼굴로 입을 열었다.

"영수증을 인증해야 하는데 잘됐네요. SNS에 인증한 사람만 주문이 가능하도록 하시는 게 좋을 거예요. 온라인으로 판매하시면 아마 전화받느라고 일도 못 하실 거예요. 그리고 머리 치수 재는 법도 올려두시고요."

우진의 말에 재원은 고개를 갸웃거렸다. 자신이 생각하기에는 I.J라면 모를까, 그렇게 많은 주문이 들어올 것 같진 않았다. 그런데 우진은 확신을 가지고 말하고 있었다.

"그렇게 많이 팔릴 것 같진 않은데요… 혹시 디자이너님이 홍보해 주고 그러는 겁니까……?"

"아, 저는 아니고요. 여기 이분이 이미 하셨어요."

"음, 많이 팔릴까요……? 이번에 수강생도 반으로 줄어서 시간은 많은데."

"오히려 저는, 제가 주문한 모자를 만드실 시간이 없을까 봐 걱정이에요."

우진은 웃으며 말을 했고, 재원은 잠시 고민하다가 아내를 쳐다봤다.

"당신 생각은 어때?"

"우리한테 손해가 있어? 내가 옆에서 듣기로는 위험 부담이 하나도 없는 거 같은데. 주문 들어오면 만들면 된다는 거 아니야? 너무 좋은 조건 같은데."

"너무 좋으니까……"

이미 한번 사업을 실패해 본 재원은 의심이 된다는 말을 하려다가 입을 다물고는 다시 우진을 봤다.

"혹시 저희한테 이렇게 해주시는 이유가 있나요……?"

"하하, 아니요. 그런 거 없어요. 아! 있다. 제가 주문한 모자 정말 완벽하게만 만들어주셨으면 좋겠다는 거 하나 있어요."

"그거야 당연하죠. 휴… 뭐 저희가 드려야 할 계약금 같은 건 없겠죠?"

"당연하죠. 보시는 대로 I.J에서 주문을 받는다고 생각하시면 돼요. 한번 읽어보세요."

재원은 우진이 내미는 계약서를 꼼꼼히 읽어 내려갔다. 일이 잘못될 리도 없고, 만약 잘못된다 하더라도 자신에게 돌아오는 피해가 전혀 없었다. 재원은 한참을 고민하다가 아내를 보며 입을 열었다.

"우리 하자."

"그래, 한번 해봐."

"디자이너님! 계약합시다!"

우진은 씨익 웃고는 고개를 끄덕였다.

"두 개를 하셔야 해요. 일단 오늘 시간이 없어서 계약서부터 작성하시고 필요한 서류는 따로 준비해서 보내주세요. 그럼 상진이 거부터 하시죠."

재원이 다시 계약서를 살피는 동안 우진은 상진의 어깨를 두드렸다. 그러자 상진이 멋쩍게 웃으며 입을 열었다.

"형, 고마워요."

"그런데 1%로 괜찮겠어? 수제니까 정말 얼마 안 될 거야."

"괜찮아요. 형 덕분에 생긴 돈인데요, 뭐. 저는 동생들이 조금 더 잘 지내면 그걸로 만족해요. 감사해요!"

"감사 안 해도 돼. 나도 잘되려고 그런 거니까."

"아닌 거 알아요. 형, 그런데 사람들이 살까요?"

계약서를 읽던 재원도 상진과 마찬가지로 모자가 잘 팔릴지 궁금했는지 우진을 봤다. 그런데 우진은 대답하지 않고 그냥 웃고만 있었다. 굉장히 자신만만하다는 얼굴로.

재원은 이미 결정도 했는데 머뭇거리는 건 아니라고 생각하고는 곧바로 계약서에 도장을 찍었다. 그 뒤로 I.J와의 계약까지 마쳤다.

"사장님, 그럼 잘 부탁드려요."

"저야말로 잘 부탁드려야죠."

"그럼 잠시만요. 전화 좀 할게요."

우진은 웃는 얼굴로 휴대폰을 꺼내더니 곧바로 통화 버튼을 눌렀다.

"장 기자님, 오래 기다리셨어요?"

갑자기 기자라는 소리에 재원 부부나 상진은 고개를 갸웃거렸지만, 우진의 말은 이어졌다.

"그 모자 삼청동 월드햇이라는 곳에서 판매하는 거예요. 온라인 주문은 안 되고요. 월드햇 SNS에 인증하고 주문하는 형식이에요."

우진은 한참을 통화하고서야 상진과 재원 부부를 보며 입을 열었다.

"9시 정도에 기사가 올라갈 거예요. 아마 문의는 그 전에 들어올 수도 있고요."

"기사요?"

우진은 멋쩍은 미소를 짓고는 자리에서 일어났다.

"그럼 곧 바쁘실 텐데, 푹 쉬세요."

*　　　*　　　*

다음 날. 재원은 우진이 돌아간 뒤부터 밤새도록 휴대폰만 들여다보느라 잠을 설쳤다. 분명 9시에 기사가 올라온다고 했는데, 휴대폰을 잘 사용하지 않아 그런지 몰라도 기사 찾기가 너무 어려웠다. 아직까지 기사를 보진 못했지만, 그래도 준비를 해야 했기에 우진이 알려준 대로 SNS에도 모자에 대한 설명까지 올려놓았다. 그런데도 아직까지 문의 전화가 한 통도 없었다.

"도대체 어디서 기사가 나온다는 거지?"

"늦어질 수도 있잖아. 천천히 기다려 봐."

아내의 다독거림에도 휴대폰을 들여다보던 재원은, 기사를 도저히 못 찾겠는지 우진에게 전화를 걸려 했다. 그때, 마침 전화가 울렸다. 처음 보는 번호에 재원은 떨리는 마음으로 통화 버튼을 눌렀다.

"네……."

―거기가 월드햇인가요?

"네. 월드햇 맞는데요. 어디세요?"

―훈장 때문에 전화했는데, 거기서 훈장 파는 거 맞죠?

"네? 훈장이요? 저희는 모자 가게인데."

―그러니까요. 훈장 구매하려고 하거든요.

훈장이 뭘까 계속 생각하던 재원은 아무래도 이번에 판매하기로 한 모자를 말하는 것 같았다.

"혹시 F.F, 그러니까 하늘색 모자 말씀하시는 건가요?"

재원의 질문이 끝남과 동시에 전화 너머에서 대답이 들려왔다.

—네. 맞아요. 그거 기부 영수증 SNS에 올리고 주문하면 되는 거죠?

재원은 얼떨떨한 상태로 모자를 구매하는 방법을 설명했다. 그러고는 오히려 고객에게 질문을 했다.

"그런데 훈장이라는 게… 무슨 말씀이신지."

—아, 임우진 디자이너가 그렇게 말해서 아실 줄 알았네요. 그때 포럼에서 훈장이라고 그랬는데. 기사에도 나왔고요.

"혹시 기사가 어디서 나왔는지 알 수 있을까요? 하하……."

고객을 통해 기사를 어디서 봐야 하는지 알게 된 재원은 급하게 통화를 마치고서 곧바로 인터넷에 접속했다. 딱 하나의 기사가 나와 있었다. 기사라기보다는 패션 디자이너 포럼에 대한 후기 같았다.

"이러니까 내가 못 찾지!"

*   *   *

기사를 읽어 내려가던 재원은 우진에 대한 얘기를 발견하고는 아내까지 부른 뒤 기사 내용을 함께 읽었다. 기사 내용에는 우진이 대통령 표창장을 받았다는 내용으로 시작해, 우진이 입고 있는 옷에 대해서도 나와 있었다. 정작 모자 얘기는 보이지 않자 기사를 대충 읽으며 빠르게 스크롤을 올렸다.

"천천히 좀 올려."

"뭔 얘기가 이렇게 많아."

"여보, 저기 사진. 저 사람, 디자이너랑 같이 온 외국인이잖아. 옷도 똑같네."

재원은 스크롤 올리던 걸 멈추고는 기사를 읽어 내려갔다.

「올해 화제의 강민주 원피스, 캐리 커머번드와 같은 패션 아이템을 선보인 I.J는 참석자들 사이에서도 단연 화제였다. 주띠엘 끌로에, 이브노이 등 많은 브랜드 관계자들을 비롯해 강승희, 오연주 같은 모델까지 I.J의 디자이너 임우진 씨에게 관심을 보였다.

한 브랜드의 관계자에게 평소에도 다른 브랜드를 이용하냐는 질문을 받은 디자이너 임우진 씨는, 디자인만 좋다면 이용한다고 밝혔다. 그리고 I.J의 수석 MD로 알려진 매튜 카슨을 그 예로 밝히며, 매튜 카슨이 착용한 모자를 본인도 가지고 있다고 덧붙였다.」

기사에는 포즈를 취한 매튜의 사진까지 있었다. 그리고 짧게나마 모자를 소개했다. 기사에서는 가지고 싶다고 가질 수 있는 모자가 아니라고 소개하며, 모자를 구매하는 방법까지 설명했다. 그런데 월드햇에 대한 얘기는 전혀 없었다.

「기부를 실천하고 기부를 독려하는 디자이너. 디자인만 명품이 아니라 심성도 명품인 디자이너라는 생각이다.」

"이게 끝인가?"
"그러게. 그 디자이너 칭찬만 잔뜩 해놨네."
재원은 고객이 도대체 어떻게 알고 전화했을까 궁금해하며 스크롤을 내렸다. 그러다가 연관 기사에 자신이 만든 모자가 떡하니 걸려 있는 걸 발견했다.

「디자이너 임우진의 최애 템! 그 모든 것을 밝히다」

기사는 월드햇 상호를 그대로 게재했다. 조금 전에 봤던 기사에서 잠깐 언급했던 내용이 자세하게 적혀 있었다.

「I.J가 이번에 기부하고 받은 거거든요. I.J 직원분들도 하나씩 다 갖고 있어요. 디자인도 괜찮은데, 이 모자를 보면 제가 좋은 일을 한 것 같아 뿌듯하다는 기분까지 들거든요. 일종의 훈장 같은? 그런 느낌이에요.」

"저래서 훈장이라고 했구나."
우진이 자신에게 했던 얘기가 그대로 기사에 실려 있었다. 그 기사를 보니 거짓말이 아니라는 사실에 조금은 마음이 편해졌다. 그렇다고 해도 아직 문의가 들어온 건 조금 전에 걸린 전화가 다였기에, 자신이 너무 기대했던 건 아닐까 싶었다. 그래도 일단 문의가 들어왔으니 주문이 들어왔나 확인하려 SNS에 접속했다.

그리고 SNS에는 단 하나의 글이 올라와 있었다.

"여보, 이 사람 TV에 자주 나오는 모델 아니야?"

"그러네. 뭔 영수증을 4개나 올려놨어?"

"모자도 4개 주문했네. 어이구, 그 디자이너가 물량 감당할 수 있냐고 그래서 걱정했는데. 이 정도는 뭐."

"이 정도면 좋지. 우리 하루 종일 팔아도 4개 팔까 말까 하는데. 감사하게 생각해. 이거 만들어서 우리 진희 빨리 데려와야지."

기대에 한참 못 미치는 물량이었지만, 재원은 애써 웃으며 고개를 끄덕였다. 그러고는 곧바로 준비해 놓은 재료로 작업을 시작했다.

*　　　　*　　　　*

일주일 뒤. 재원은 일이 없어 조금 이른 시간에 집으로 돌아왔다. 지금까지 만든 모자가 총 7개였다. 첫날 4개를 제외하고는 하나씩 주문이 들어왔고, 신기하게도 주문자가 전부 모델이었다.

"여보, 우리 모자가 모델들한테 인기가 있나?"

"아닐걸?"

"이상하잖아. 전부 모델이야."

"내 생각에는 아마 그 임우진하고 무슨 포럼? 거기에 있었던 사람 같은데. 기사에 모델들이 눈여겨봤다고 그랬잖아. 그리고 모델들도 전부 훈장이라고 그랬고."

"그런 건가?"

"너무 급하게 생각하지 마. 이 정도도 만족스럽지 뭐."

"나도 안 급해. 그냥 원단도 주문 넣고 해야 하니까 물어본 거지."

재원은 말을 하고는 TV 앞에 팔을 괴고 누웠다. 그러고는 채널을 이리저리 돌려보다가 연예 정보 프로그램에서 익숙한 이름을 들었다.

"여보, 여보, 장우연 나온대. 요새는 모델도 영화도 찍고 그러네."

아내를 부르는 동안 TV에서는 잠시 다른 연예인 인터뷰부터 나왔다. 평소에 연예 정보 프로그램을 보지 않던 재원은 모르는 연예인의 소식을 들으며 장우연이 나오기를 기다렸다. 그리고 잠시 뒤, 기다리던 장우연이 나왔다.

—찌는 듯한 여름. 그 무더위를 날려 보낼 'Someday'의 주역들을 소개합니다. 안녕하세요.

총 4명의 배우들이 나왔고, 그중에 장우연도 끼어 있었다.

"어? 여보! 이리 와봐!"

"왜 자꾸 불러. 밥 안 먹을 거야?"

"아니! 장우연이 우리 모자 쓰고 나왔어!"

"그래? 잠깐만!"

아내도 서둘러 TV 앞에 자리했다. 주문받은 날 바로 만들고 바로 배송했지만, 이렇게 빨리 TV에 자신이 만든 모자가 나올 줄은 몰랐다. 한 주의 소식을 전하는 연예 정보 프로그램 특성 덕에 가능한 일이었다. 부부는 TV 앞에 앉아 대화도 없이 장우연이 나오길 기다렸다.

"뭐야, 왜 저 느끼한 아저씨만 나와. 왜 다른 사람들하고만 인터뷰하는 거야."

"여보, 진정해. 왜 당신이 그래."

재원이 흥분하는 아내를 달래는 사이 TV에 장우연이 나왔다.

—이번에 'Someday'에서 기자 장혜리 역을 맡은 장우연입니다.

잠시 영화에 대한 소개가 이어졌지만, 재원은 음소거를 해도 될 만큼 인터뷰 내용에는 관심 없었다.

"모델이라 그런가? 엄청 잘 어울리네. 안 그래?"

"젊다. 모자를 쓰고 나와도 예쁘네. 그런데 매튜? 그 사람도 파란색 정장 입더니 쟤도 파란색 정장 입었네."

"그러게. 뭐 무슨 색이면 어때, 모자만 잘 어울리면 되지."

그때, 리포터가 장우연의 패션에 대해 입을 열었다.

―현직 패션모델답게 정말 화려하세요. 정말 파도가 밀려 드는 것처럼 시원시원한 느낌이네요! 같은 동료 배우들한테 도 패션에 대한 조언들도 해주고 그러세요?

―제가 그럴 필요도 없이 전부 패션 감각이 뛰어난 선배님 들이신데요.

재원은 며칠 전 전화받았을 때를 생각하고는 피식 웃었다. 다짜고짜 따지듯이 말하던 것과는 전혀 딴판이었다. 저러니 연예인 한다는 생각을 한 재원은 마저 화면을 봤다.

―사실 요즘 가장 유명한 곳 아시죠?

―아! 혹시 아이 뭐뭐?

―네, 거기 예약하기가 너무 어렵잖아요. 그래서 그냥 느낌 만 비슷하게 살려봤어요.

―정말 세련된 느낌이에요. 끝나고 어디서 샀는지. 무슨 말 인지 알죠?

장난스러운 대화를 끝으로, 인터뷰가 끝나 다 함께 인사를 하기 전까지 장우연은 더 이상 나오지 않았다.

"월드햇이라고 한번 말해주지!"

"그래도 당신이 만든 모자 TV도 나왔네."

"옛날에도 많이 나왔잖아, 하하. 휴, 이때 딱 홍보하면 기가 막힐 텐데. 이게 기부가 껴 있어서 그러기도 좀 애매해. 그렇지?"

"알아주겠지. 밥이나 먹고 자자. 피곤해."

비록 가게 이름이 나오진 않았지만, TV에 나온 것만으로도 만족스러웠다. 재원은 식사하는 내내 미소를 지으며 그 어느 때보다 기분 좋게 식사를 마쳤다.

평소 취침 시간인 11시가 되자 슬슬 잠이 오기 시작해, 재원은 잠을 자려고 방으로 들어갔다. 그때 갑자기 휴대폰이 울렸다.

"이 늦은 밤에 누구지? 여보세요."

─거기 F.F 팔죠?

"네네! 월드햇입니다."

─모자 사려고 그러는데요. 꼭 기부금인가? 그 영수증이 필요해요?

SNS에 자세하게 올려놓았는데도 전화로 문의가 왔다. 그럼에도 재원은 설명을 해주었다. 재원은 통화를 마친 뒤 아내에게 자랑했다.

"방송 효과가 대단하긴 대단한가 봐! 어떻게 알고 전화했지?!"

"뭐라는데?"

"아, 기부는 안 했나 보더라고. 뭐, 계약한 게 있는데 그냥 팔 순 없잖아."

띠리리리.

"뭐야, 전화 또 왔다!"

"받아봐! 난 SNS 확인할게!"

*　　　*　　　*

다음 날. I.J 작업실에서 작업을 하던 우진은 매튜의 방문에 잠시 휴식을 가졌다.

"아직도 문의 와요?"

"네. 전부 월드햇으로 돌렸는데도 문의 옵니다. 아직 실시간 검색어에도 I.J 이름이 있습니다."

"휴, 월드햇 사장님도 정신없겠네요."

"아마 그럴 겁니다."

우진은 피식 웃으며 휴대폰을 꺼냈다. 그러고는 매튜가 말한 실시간검색어를 보려고 인터넷에 접속했다.

1. 장우연 옷.

2. 루제.

3. I.J 스타일.

4. 기부금 영수증.

5. 삼청동 수제 모자.

검색어를 확인한 우진은 피식 웃었다. 장우연이 매튜를 따라서 파란색 정장을 입었다. 물론 자신이 만든 건 아니었다. 그냥 색만 같았을 뿐 다른 브랜드였다. 덕분에 그 옷의 브랜드인 '루제'까지 검색어에 자리했다.

한국인 특성 중 하나가 또다시 발휘되고 있었다. F.F를 가지고 있는 것만으로 칭찬 일색이다 보니 너 나 할 것 없이 모자를 구매하려고 했다. 이제 F.F 모자는 패션을 넘어 훈장처럼 여겨졌다. 기부를 해야 구매할 수 있다는 조건 때문이라고는 하나, 기부 역시 줄을 이었다.

하도 사람들이 인증 글을 올리자 평소 기부에 관심이 없거나 어떻게 해야 하는지 몰라서 못했던 사람들까지 기부에 나섰다. 모자를 구매하지 않는 사람까지 기부 인증에 동참하다 보니 SNS에는 전부 기부 내용으로 도배됐다. 커뮤니티에도 기부 인증이 엄청나게 올라왔다. 금액도 천차만별이었지만, 많은 사람들이 올린 글에 우진은 내심 뿌듯했다.

생각했던 것보다 패션에 대한 자신의 영향력이 큰 것 같았다. 어느 정도 예상은 했지만 이 정도까지는 아니었다. 월드햇을 조금 유명하게 하고 싶은 마음과 상진의 마음을 편하게 해주고 싶은 마음에 조금 수고만 들였을 뿐인데 거대한 효과를 낳았다. 물론 자신 혼자만의 힘이 아니었다. 매튜도 있었고, 멀리 보자면 장우연까지 도와준 셈이었다.

"잠깐의 수고만으로 I.J보다 몇 배는 많이 기부한 다른 브랜드들보다 더 많은 효과를 보고 있습니다. 역시 대단하십니다."

"하하, 아니에요."

"아닌 게 아닙니다. 포럼에서 선생님께 처음 설명 들었을 때, 사실 엄청 놀랐습니다. 저희로서는 손해 보는 것이 없어서 제가 아무것도 지적할 게 없더군요."

"그냥 운이 좋았죠."

"그럴 수도 있지만, 그 운이 선생님에서부터 시작된 겁니다. F.F 모자를 최초로 착용했다는 것만으로 얻은 효과가 굉장합니다. 이제 I.J는 비영리사업을 하는 것도 아닌데 이걸로 사회적 브랜드라는 인식까지 갖추게 되었습니다. 오래된 명품 브랜드들이라면 다들 갖고 싶어 하지만 쉽게 가질 수 없는 그런 이미지죠."

우진은 매튜의 칭찬에 멋쩍은 웃음을 지었다. 가만히 내버려 두면 끝도 없이 칭찬이 이어질 것 같아서, 우진은 괜히 작업 중인 테일러들을 살펴보려 일어났다.

그런데 테일러들 중 최범찬의 표정이 약간 피곤해서 힘이 없는 것처럼 보였다. 가만히 생각해 봐도 왜 저런지 알 수가 없었다. 예약 고객만 받기에 피곤하지도 않을 텐데 무척이나 기력이 없어 보였다.

"혹시 몸이 안 좋으세요? 표정이 안 좋으세요."

"네? 아닙니다!"

손사래까지 치는 모습에 우진은 더 물을 수 없었다. 자신에게 말 못 할 무언가가 있나, 라고만 추측할 때, 계단을 통해 내려오는 장 노인이 보였다.

"무슨 일 있으세요?"

"내가 무슨 일 있어야만 내려오는 사람이냐."

작업실에 내려온 장 노인은 웃으며 우진을 봤다. 우진이 그가 왜 저렇게 인자한 얼굴로 자신을 볼까 궁금해할 때, 장 노인이 테일러들을 향해 입을 열었다.

"자네들, 이게 언제 나가는 옷인가?"

"내일모레예요. 거의 다 완성해 가요."

"그렇고만. 그럼 정리하고 내일들 하는 게 어떻겠나. 저기 우리 대표, 대통령상까지 받아놓고 하도 돌아다녀서 이제야 축하연을 할까 하는데. 지금 가는 게 좋을 것 같네만. 퇴근 후에 약속 있는 사람도 있을 거고. 다들 어떤가?"

업무 시간 중 회식인데 반대할 리가 없었다. 그리고 물론 우진은 주인공이라 축하 파티에 빠질 수 없었다.

제4장
공모전

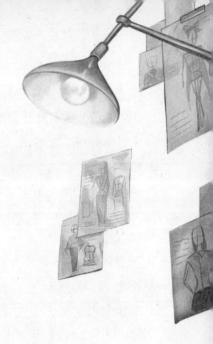

　I.J 매장 근처 고깃집에 자리 잡은 I.J 식구들은 저마다 떠드느라 정신이 없었다. 축하 파티인 만큼 성훈과 다른 직원들까지 자리했다. 하지만 축하는 아주 잠시일 뿐, 곧바로 식사와 술자리로 변했다.

　그런 I.J 식구들을 우진은 미소 지으며 바라봤다. 그러고 보면 아제슬이 끝난 뒤에도 짧은 휴가를 줬을 뿐 따로 회식을 한 적이 없었다. 다 같이 가면 불편해할까 봐 뷔페 이용권을 받았을 때도 각자 나눠 줬는데, 지금 모습을 보면 앞으로도 회식을 종종 해야 할 것 같았다.

　그러다 숍에서 표정이 좋지 않았던 최범찬이 자리에서 일어나는 게 보였다. 지금이야 회식 자리여서 웃고 있긴 했지만, 순간순간 매장에서 봤던 표정이 보여 신경이 쓰였다. 범찬이 가게 밖으로 나가는 걸 본 우진은 옆에 있던 다른 테일러들을 보며 물었다.

"최범찬 테일러님, 무슨 일 있으세요?"

"네? 무슨 일이요? 잘 모르겠는데요?"

"표정이 안 좋으셔서요."

"그래요? 음… 저희는 못 느꼈는데. 웃고 떠들고 얘기도 잘 했는데. 왜 그러세요?"

항상 붙어 있던 테일러들도 모르는 눈치였다. 하지만 우진이 느끼기에는 분명 표정이 좋지 않았다. 우진은 테일러들에게 계속 식사하라고 말하고는 바람도 좀 쐴 겸 밖으로 나왔다. 가게 입구에서 조금 떨어진 구석진 곳에 최범찬이 보였다. 불도 붙이지 않은 담배를 문 채 휴대폰을 보고 있었다. 우진은 그런 범찬에게 천천히 다가갔다.

"담배 피우세요?"

"선생님! 아, 이거요. 그냥 피우지는 않고 물고만 있는 겁니다. 하하, 이렇게 하면 피우고 싶은 생각이 좀 줄어들거든요. 원단에 냄새 배면 안 되잖아요."

우진은 피식 웃고는 옆에 섰다. 그런데 막상 옆에 서니 어디서부터 어떻게 말을 꺼내야 할지 몰라 어색함이 흘렀다. 범찬도 마찬가지였는지 괜스레 불도 안 붙인 담배를 태우는 시늉을 했다. 그렇게 잠시 시간이 흘렀고, 우진은 분위기를 조금 가볍게 할 생각에 입을 열었다.

"혼자 나와서 뭐 보고 계셨어요?"

"아! 하하, 선생님 기사 보고 있었습니다."

"저요?"

"네. 기사들이 전부 임우진도, 아니, 선생님도 인정한 모자라고 올라오네요. 정말 대단하신 거 같아요."

범찬은 웃으며 휴대폰을 보여줬다.

"벌써부터 I.J 스타일이라고 하면서 매튜 실장님 사진도 많이 퍼지는 중인가 봅니다."

"그러네요."

"게다가 좋은 일까지 앞장서서 한다고 평가도 엄청 좋고요."

범찬은 자신의 일이라도 되는 듯 상기된 목소리로 한참이나 말했다. 범찬의 휴대폰을 보며 얘기를 듣던 중 갑자기 휴대폰에 메시지가 도착했다.

─공모전 정말 안 낼 거?

"아! 아… 이게 갑자기."

범찬은 급하게 말까지 더듬으며 몸을 돌린 채 휴대폰을 가렸다. 이미 메시지를 본 우진은 그런 범찬을 보며 입을 열었다.

"공모전? 무슨 공모전인데요?"

"네? 아! 아닙니다. 그냥 친구가 장난으로 한 소리예요. 하,

하하.”

그때, 또 범찬의 휴대폰에 메시지가 도착했고, 이번엔 아예 확인조차 하지 않았다. 우진은 당황하는 범찬을 보고서는 다시 물었다.

“어떤 공모전인데요? 테일러도 공모전 같은 게 있나요? 기술 대회 같은 게 있다는 건 아는데.”

“아… 그게.”

범찬은 난감한 표정으로 우진을 힐끔 보더니 이내 말을 뱉었다.

“조이클럽 아세요?”

“숍 뒷골목에 있는 편의점 아니에요? 거기서 조금만 더 가도 하나 더 있잖아요.”

“네, 거기 맞습니다. 조이클럽 본사에서 이번에 이벤트로 새로운 유니폼 공모전을 열었거든요.”

얘기를 듣던 우진은 고개를 끄덕였다. 처음 면접할 당시 들었던 얘기로는 디자이너가 되려고 이장호 디자인에 들어갔다가 테일러가 됐다고 했다. 그런데 아직까지 미련이 남은 모양이었다.

그때, 최범찬이 씁쓸한 미소를 지으며 말했다.

“공모전에 참가할 생각 없으니까 걱정하지 마세요. I.J 소속 인데 다른 회사 공모전에 참가할 만큼 생각 없지는 않습니다, 하하.”

"왜요? 하셔도 돼요."

"네?"

"하셔도 돼요. 자기 일 다 하고 하면 상관없죠. 혹시 저거 때문에 하루 종일 신경 쓰셨던 거예요?"

우진이 생각한 게 맞았는지, 범찬은 자신의 얼굴을 쓰다듬었다.

하루 종일 말이라도 해볼까 고민했는데 이렇게 얘기하게 될 줄은 몰랐다. 자신 때문에 테일러들 사이 분위기가 흐트러질까 봐 말도 안 하고 혼자 고민한 문제를 이렇게 아무렇지도 않게 받아들일 줄은 몰랐다.

"정말 해도 되나요?"

"하세요. 기왕 나가시는 김에 1등 하시고요."

"아, 그건……."

"농담이에요. 편하게 하세요."

공모전에 참가하는 게 뭐가 문제라고 걱정하는지. 우진은 별것도 아닌 걸로 신경 쓰는 범찬을 보며 피식 웃었다.

"그럼 바람 조금만 쐬고 들어오세요. 저 먼저 들어갈게요."

"네! 감사합니다!"

이장호 디자인에 있을 때와는 너무 달랐다. 그곳에서 겪었던 경험들 때문에 자신도 모르게 안 된다는 생각을 하고 있었는지도 몰랐다. 그런 곳과 I.J를 비교한 자신이 약간 부끄러워지기까지 했다. 그때, 안으로 들어가던 우진이 갑자기 뒤를 돌았다.

"공모전이요."

"네? 네……."

"상금도 있어요?"

"아, 상금이요? 1억이라고 알고 있습니다."

"와, 많이 주는구나. 원래 그렇게 많이 줘요?"

"그건 아닙니다. 이 공모전이 좀 큰 공모전이라서 그런 경우지, 대부분 상금이 상당히 적습니다. 보통 많아봤자 500만 원 정도 합니다."

"그렇구나. 음, 나도 참가해 볼까?"

범찬은 진심인지 장난으로 저러고 가는 건지 모를 우진의 뒷모습을 한참이나 바라봤다.

*　　　　*　　　　*

다음 날. 하루가 지날수록 F.F 모자를 착용하고 인증하는 사람들이 늘어났다. 대부분 패션에 민감한 모델이나 연예인들이었다. 모자 하나로 이미지를 올릴 수 있는데 안 하는 것도 이상했다. 그러다 보니 누가 먼저랄 것도 없이 인증 숏을 올렸다.

그리고 작업실에서 사진들을 찾아보던 테일러들은 무척이나 놀랍다는 얼굴로 입을 열었다.

"최우신도 있는데요? 대충만 봐도 20개네."

"일반인까지 하면 더 많지. 공장에서 찍어내는 것도 아닌데 엄청나네."

"그러니까요. 선생님한테 듣기로는 부부가 운영한다고 들었는데. 하루에 몇 개씩이나 소화하는 걸까요?"

"그런데 최 실장님, 안색이 안 좋으세요. 어제 선생님도 물어보셨는데, 무슨 일 있으세요?"

"무슨 일은. 잠을 설쳐서 그래. 그런데 정말 그 부부 대단하다."

테일러들은 어깨를 으쓱거리고는 다시 휴대폰을 보며 재원 부부의 속도에 감탄했다. 그때, 계단을 통해 우진이 내려왔다.

"블라우스 다 됐죠?"

이번 고객의 블라우스 담당은 범찬이었다. 범찬은 완성된 블라우스가 담긴 상자를 우진에게 내밀었다. 언제나처럼 우진은 블라우스를 꼼꼼하게 확인했고, 범찬은 밤새 잠을 설치게 만든 우진을 물끄러미 봤다.

"선생님······."

"네?"

"그게, 어제 하신 말씀 있잖아요."

"어제요? 어제 무슨··· 공모전이요?"

우진의 말에 조금 떨어져 있던 테일러들이 관심을 보였다. 범찬은 다른 테일러들이 관심을 보이자 부끄럽기는 했지만, 어차피 말을 할 참이었다. 지금은 테일러들보다 우진이 먼저였다. 엄청나게 많은 사람들이 몰리리라 예상되는 공모전에서 1등 할 자신은 없지만, 우진이 참가한다면 1등 할 확률이 더 줄어들었다.

"정말 참가하실 생각은 아니시죠……?"

"하하, 시간이 없어요. 아, 제가 도움이 될지는 모르겠지만, 제출하기 전에 한번 보여주세요."

범찬이 기쁨과 안도의 한숨을 내쉬는 사이 우진은 테일러들에게 다른 지시를 내렸다. 그러고는 다시 급하게 계단으로 올라가 버렸다. 그러자 테일러들이 곧바로 몰려들었다.

"실장님, 공모전이 뭐예요?"

"범찬아, 선생님이 무슨 공모전 말하는 거야?"

범찬은 머쓱한 표정으로 공모전에 대해 설명했다. 그러자 다른 테일러들은 저마다 생각이 가득한 표정을 지었다. 범찬은 약간 당황하기도 했고, 서운하기도 했다. 다들 자신을 응원해 줄 거라는 생각과는 다른 반응이었다. 그때, 순태가 입을 열었다.

"실장님도 디자이너 하시는 거예요?"

"디자이너는 무슨. 그냥 공모전에 내보는 거야."

"그래도요. 휴, 저도 사실 요즘 디자인해 보고 싶었거든요."

순태의 말이 끝나기 무섭게 다른 테일러들이 놀랍다는 표정으로 입을 열었다.

"너도 그래?"

그러자 순태도 자신과 같은 생각을 하는 동료들의 모습에 놀랍다는 표정을 지었다.

"주말마다 오는 상진이 있잖아요. 걔 보면 부럽기도 하고… 사실 I.J에 먼저 온 건 저희인데, 선생님이 상진이한테만 디자인에 대해서 알려주는 것 같아서 약간 서운했거든요. 다들 안 그랬어요? 우리가 테일러이긴 하지만 뭔가 섭섭하고 그러지 않았어요?"

"……"

다들 동의한다는 듯 고개를 끄덕였지만, 대답을 입 밖으로 내진 않았다.

"그렇다고 왜 저희한테는 안 알려주냐고 내색하기도 그렇고. 시작도 안 한 상태인데 알려달라고 할 순 없잖아요. 그래서 요즘 판권이하고 같이 스케치해 보고 있어요."

"판권이 너도?"

"네… 그냥 그림 그려보는 거죠, 뭐."

다른 테일러들의 말에 범찬은 허탈하게 웃었다. 자신도 매주 일요일마다 숍을 찾는 상진을 보고 자극을 받았다. 상진과 자주 마주친 건 아니지만, 가끔 가다 우진이 칭찬하는 말을 들었고 작업물을 눈으로 직접 보니 자극이 됐다.

다들 비슷한 생각을 하고 있었다는 생각에 범찬은 기쁜 마음보다 솔직히 약간 걱정됐다. I.J에서 자신들을 테일러로 구했는데 다들 디자이너를 해버리면 분명 숍을 운영하는 데 문제가 있을 것 같았다. 그러면서도 오랜 시간 함께했던 동료들을 응원해 주고 싶은 생각도 있었다.

*　　　　*　　　　*

우진은 예약을 변경하는 고객들 때문에 사무실에서 스케줄을 변경 중이었다.

"가끔 예약 변경할 때마다 일정이 꼬이니까 문제네요."

다른 때 같았으면 그냥 넘어갈 수도 있었지만, 지금 사무실은 전쟁터나 다름없었다. 평소에도 I.J와 거래하고 싶다는 전화는 종종 있었다. 예약은 홈페이지에서만 받는데 무턱대고 예약하겠다고 전화하는 사람도 상당했다. 그런데 거기에 더해 F.F 모자에 대한 문의까지 걸려왔다.

가장 많은 연락이 온 곳은 연예인들이 소속되어 있는 엔터테인먼트의 스타일리스트들이었다. 연말에 있을 시상식에 캐리 인형에 사용된 커머번드 드레스를 이용하고 싶다는 연락이었다. 보통 드레스를 만드는 기간이 있으니 미리 연락을 한 것이었다. 시상식에 참가할 정도니 이름만 대면 누구나 알 만한 그런 연예인들이었다.

전부 거절하긴 했지만, 하도 문의가 많이 오다 보니 전부 전화를 붙잡고 있었다. 자신이 전화를 받으려고 해도 사무실 식구들이 말렸기에 도움이 되지도 못했다. 우진은 이곳에 있는 것보다 테일러들에게 변경된 스케줄이나 알려줄 생각으로 계단으로 향했다.

그리고 2층에 도착했을 때, 테일러들끼리 나누는 대화가 들렸다. 서로 휴대폰과 스케치북을 보며 의견을 나누고 있었다. 들리는 대화 내용으로 봐서는 디자인에 대한 얘기였다. 우진은 내려가려다, 갑자기 테일러 중 순태가 하는 말에 걸음을 멈췄다.

"이 정도면 상진이처럼 칭찬받지 않을까요?"

"하하. 똥 싸라, 똥 싸. 그걸 누가 입어."

"왜요! 완전 파격적이잖아요. 임우진 선생님과 더불어 차세대 디자이너 이순태까지 보유한 I.J!"

"아주 김칫국만 잔뜩 먹네. 판권이는 그나마 괜찮은데?"

범찬이 공모전에 참가하려고 마음을 먹은 모양이었다. 범찬뿐만이 아니라 테일러들이 전부 상진에게 자극을 받은 것처럼 보였다. 그때, 범찬의 목소리가 들렸다.

"그런데 천천히 멀리 봤으면 좋겠어. 우리가 지금 당장 하고 싶다고 되는 것도 아니고. 전부 디자인을 하다 보면 숍에 문제 생길 수도 있을까 걱정되네. 괜한 걱정일 수도 있는데, 두 가지를 병행하려다 보면 한쪽이 소홀해질 수도 있잖아. 재봉도 지금은 조금 익숙해졌다고 해도 완벽한 건 아니라서. 조금 천천히 시간을 두고 준비하자."

그 말에 계단에 멈춰 선 우진은 잠시 생각했다.

물론 범찬의 말도 옳았다. 하지만, 우진이 숍을 운영하면서
나 제프와 데이비드를 만나면서 느낀 점이 있었다. 걱정만 해
서는 아무것도 얻을 수 없었다. 어떤 결과가 나오든 간에 일
단 시작을 하는 것이 중요했다.

자신도 만약 제프 우드가 아니었다면 범찬처럼 고민만 했
을 것이다. 그럼 당연히 지금의 I.J도 없었을 테고.

*   *   *

테일러들이 퇴근한 뒤에도 숍에 남아 있던 우진은 자리에
남아 매튜, 세운과 대화 중이었다.

"상진이 모자가 잘 팔려서 그런 건가? 잘 있다가 갑자기 왜
디자인을 하고 싶어 하지?"

"원래 재봉하다 보면 내 마음대로 만들고 싶잖아요. 삼촌은
그럴 때 없어요?"

"하하, 몇십 년을 내 마음대로 만들어 팔아봤잖아. 난 내 한
계를 알지."

"삼촌은 그랬는데 테일러들은 시작도 안 해봤잖아요."

세운은 조금은 이해했다는 듯 고개를 끄덕였다. 하지만 걱
정되는 부분도 있었기에 조심스럽게 입을 열었다.

"그런데 다들 디자인한다고 헛바람 들면 옷은 누가 만들어?"

"디자이너도 옷 만들잖아요."

"야, 어떤 디자이너가… 음… 네가 있었지. 그럼 애들한테 디자인하는 거 알려주려고?"

"그게 문제예요. 상진이한테 알려줄 때도 그냥 조언 정도가 다였거든요. 그래서 생각해 보니까, 최 실장님처럼 다른 분들도 공모전에 참가하면 제가 도움을 줄 수 있을 것 같더라고요. 어떻게 생각하세요?"

세운은 감이 안 잡히는지 쉽게 대답을 하지 못했다. 그리고 자신 대신 대답해 줄 수 있는 매튜를 봤다.

"음, 괜찮은 거 같습니다. 일단 디자이너가 늘어나는 게 가장 좋은 일입니다. 먼 얘기일 수도 있지만, 그렇게만 된다면 인터넷 예약은 선생님이 맡으시고 매장에 찾아오는 일반 고객은 테일러들이 맡을 수도 있습니다."

"그렇긴 하겠네."

"그리고 만약 공모전에 참가해서 수상을 하게 된다면 I.J가 역시 실력 있다는 소리를 들을 수 있을 겁니다. 그래도 혹시 떨어질 수도 있으니 일단은 I.J 소속인 걸 밝히지 않고 참가해야겠죠?"

우진은 고개를 끄덕이다 말고 입을 열었다.

"저도 참가해도 돼요?"

"안 됩니다. 선생님은 얻으시는 것보다 잃는 게 많습니다. 이미 실력 좋기로 유명한데 탈락이라도 했다가는 I.J 전체에 타격이 옵니다. 물론 탈락하실 거란 얘기는 아닙니다."

공모전을 가볍게 생각하고 말했던 우진은, 만약 떨어졌다가 소문이라도 나면 I.J에 그대로 돌아온다는 생각에 침을 꿀꺽 삼켰다. 괜히 위험한 일을 나서서 할 필요가 없었다.

"그리고 테일러분들에게 전부 다른 공모전에 참가하라고 하는 게 좋을 것 같습니다."

"공모전이 그렇게 많아요?"

"아까 선생님이 말씀하신 순태 씨나, 관권 씨 같은 경우는 이제 시작하는 단계라고 하셨으니 그에 어울릴 만한 작은 공모전이 좋을 것 같습니다. 그리고 다른 공모전들도 제가 한번 알아보겠습니다."

"아, 매튜 씨 바쁘신데 그냥 각자 알아보라고 하는 게 좋을 거 같아요."

"잘되면 숍에 도움 되는 일인데 제가 빠질 순 없죠. 대신, 선생님은 테일러분들이 거기에만 신경 쓰지 않게 조율을 해주셔야 합니다."

우진은 매튜를 보며 고개를 끄덕였다. 이 정도 계기를 만들어주는 게 딱 적당해 보였다. 나머지는 테일러들 본인들이 선택해야 하는 일이었다.

*　　　　*　　　　*

다음 날. 점심을 먹고 작업실로 내려온 우진은 테일러들을 불러 모았다. 그러고는 매튜가 미리 준비해 준 서류철 5개를 테일러들에게 나눠 줬다.

"최 실장님이 공모전 참가하시려는 건 아시죠? 그래서 혹시 다른 분들 중에도 참가하고 싶으신 분이 있을 거 같아서 준비했어요. 최 실장님은 이미 정하신 거 같아서 따로 준비 안 했고요."

테일러들은 그제야 서류철을 내려다보더니 서로의 얼굴을 쳐다봤다.

"공모전이 엄청 많은데 대부분 로고나 생필품 막 그런 게 많더라고요. 패션에 관련된 건 몇 개 안 되고요. 일단은 전부 장신구까지 포함해서 패션에 관련된 것만 추린 거니까, 하고 싶으신 분들은 참고하세요."

테일러들은 어떻게 해야 할지 모르겠는지 대답하지 못했다. 어차피 당장 대답을 들으려고 했던 건 아니었기에 우진은 생각할 시간을 주려고 자리를 비켜줬다.

"아, 참고로 공모전 참가하신다고 일에 지장 있으면 안 되는 거 아시죠? 그리고 공모전에 I.J 소속 이런 거 적으시면 안 돼요. 그리고 혹시나 제가 도움 될 수도 있으니까 언제든지 물어보시고요. 대신 업무 시간에는 말고요."

우진이 자신이 할 말만 하고 가버리자 테일러들은 저마다 생각이 많은 얼굴이 되었다. 그러다가 순태가 작업실을 두리

번거리며 말했다.

"왜 갑자기 공모전 알려주는 거지? 어제 우리끼리 한 애기 들었나? 여기 CCTV 있나?"

"저기 있잖아. 저건 어차피 목소리도 안 들리는데. 그런데 정말 공모전 참가해도 되는 건가?"

"왠지 하면 안 될 거 같지 않아? I.J라고 하지 말라고 그러는 거 보면 '어디 할 테면 해봐라' 그 느낌이던데. 했다가 쫓겨나는 거 아니야?"

"그건 아니지. 선생님이 도와준다고도 했잖아."

"그런가?"

다들 우진의 의도를 모르는 눈치였다. 그래도 일단은 우진이 준비해 준 서류가 궁금했는지 한 명씩 열어보기 시작했다. 안에는 캐릭터 공모전부터 패션 공모전까지, 엄청 다양한 공모전이 있었다.

"이렇게 정성 들여 조사한 거 보면 정말 해도 된다는 거 같은데……?"

"그러게. 정말 해도 되나? 이장호 같았으면 말도 못 꺼냈을 텐데."

"그러니까. 공모전에 참가해서 상 받으면 대부분 퍼블리싱 가능이 조건일 텐데."

다들 같은 생각이었는지 고개를 끄덕거렸다. 공모전에 출품해서 상을 받게 되면 I.J와는 상관이 없는 일이 되어버리는데도 자신들을 위해서 이렇게까지 신경 써주는 게 고마웠다. 순태와 판권의 대화를 듣던 다른 테일러들도 같은 마음을 느끼고는 공모전을 담아놓은 서류철을 더 조심히 다뤘다.

그리고 각자의 작업대에서 공모전을 살펴보기 시작했다.

"이건 상금이 백만 원이네. 무슨 사이버대학 같은 데에서 주최하는 건데 상금이 너무 짠 거 같다."

"순태야, 우리 팀으로 같이 낼래? 여기는 게임 캐릭터 공모전이야. 상금 백만 원이긴 한데 열 명이나 뽑아. 제출도 그냥 디자인 시안만 내면 되는데."

"뭔데?"

순태와 판권을 필두로 테일러들은 각자에게 어울리는 공모전을 찾기 시작했다.

＊　　　　＊　　　　＊

고객과 약속이 저녁에 잡혀, 우진은 사무실에 자리하고 있었다. 우진은 심각한 표정으로 스케치북을 보며 한숨을 뱉었다. 계기를 만들어줬다고 해도 이렇게 빨리 결정할 줄은 몰랐다. 마치 전부터 준비했던 사람들처럼 결정이 빨랐다. 그래서 기대하며 스케치를 봤는데 문제가 심각했다. 이 정도면 자신이 파슨스에 있을 때보다도 못했다.

특히, 순태와 판권 두 사람은 스케치의 기본도 안 되어 있었다. 인체 비율은 웹툰이라도 그린 것처럼 머리가 크거나 허리가 아예 없거나 대부분 비현실적으로 그려났고, 디자인 역시 너무 과했다. 남색으로 된 가면부터 빨간 뿔 달린 머리띠, 그리고 옷들은 전부 가죽이었다. 레깅스처럼 딱 붙는 가죽 바지와 가죽 라이더재킷. 과해도 너무 과했다.

그동안 그림 연습을 안 했냐고 물어보니, 한 게 이 정도였다고 했다. 일단 어느 정도 실력이 되어야 조언을 해주든지 할 텐데, 기본이 너무 없었다. 결국 우진은 자신이 그림을 가르쳐 주는 것보다 다른 방법을 택했다.

"카우 씨, 한 시간씩만 부탁해요."

"그럼 오후 말고 오전에 알려줍니다? 9시부터 10시까지? 그리고 댕한테 게임 좀 그만하라고 해주세요? 대표님 말은 듣거든요? 산책도 안 하고 하루 종일 휴대폰만 붙잡고 게임만 합니다?"

"하하, 알겠어요."

댕이 게임에 빠진 덕분에 어렵지 않게 팻사라곤의 도움을 받을 수 있었다. 애니메이션을 이용해서 스케치를 그리게 할 생각이었다. 처음에는 힘들겠지만, 두 사람에게는 오히려 손보다는 컴퓨터를 이용하는 게 낫다고 판단했다.

이후 우진은 마저 스케치를 확인했다. 다른 사람들은 순태, 판권과 다르게 그나마 기본은 잡혀 있는 편이었다. 하지만 어디서 한 번쯤 본 듯한 카피 제품 같은, 흔한 작품들이었다. 유진 같은 경우는 캐릭터 공모전에 참가한다고 하더니 메시지톡에서 많이 본 듯한 이모티콘을 그려냈다.

그나마 테일러 중 범찬이 가장 나았다. 디자이너를 꿈꿨던 만큼 우진이 보기에도 느낌이 좋았다. 조이클럽 공모전에서 노리는 포인트를 제대로 파악한 스케치였다. 대부분 아르바이트로 일하는 사람들이라, 쉽게 갈아입을 수 있도록 디자인한 조끼였다. 조이클럽 로고에 사용된 색인 파란색 바탕에 보라색과 하얀색을 적절히 섞었고, 유니폼인 만큼 너무 튀지도 않고 화려하지도 않게 밸런스를 잘 맞춘 디자인이었다. 다만 유니폼 조끼이다 보니 특별하다는 느낌은 없었다. 기존의 마트 유니폼에서 색만 바꾼 듯한 느낌이었다.

스케치를 모두 본 우진은 범찬을 제외한 테일러들에게는 조언할 거리도 없었기에 고민하지도 않았다. 다만 범찬에게 어떤 식으로 조언을 해야 할지 생각했다. 한참을 고민하던 우진은 갑자기 자리에서 일어났다. 매장 가까이에 조이클럽도 있으니 잠깐 보고 와서 말해주는 게 더 나을 거라고 판단했다.

우진이 엘리베이터를 타고 1층 로비로 내려오자 준식이 다가왔다.

"어디 가세요? 스케줄 아직 많이 남았는데."

"잠깐 편의점에요."

"필요하신 거 말씀하시면 제가 사다 드릴게요."

"그러지 마세요. 혹시 누가 그런 거 시켜요?"

"하하, 아닙니다. 그럼 같이 가시죠."

준식은 크게 웃으며 우진을 따라붙었다. 우진은 매장을 나가자마자 준식이 따라붙은 이유를 알 수 있었다. 다행히 기자들은 없었지만, 최근 하도 TV에 나오다 보니 편의점까지 짧은 거리를 걷는 동안에도 알아보는 사람이 상당했다. 한국 사람은 물론이고 중국인까지 자신을 알아봤다.

렌즈가 아닌 단안경을 착용한 이유도 컸지만, 지금은 단안경을 뺄 수 없었다. 우여곡절 끝에 편의점에 도착한 우진은 일단 캔 커피부터 샀다.

"윤 매니저님도 뭐 드세요."

"커피 드시러 오신 거예요?"

"그런 건 아니고요."

우진은 피식 웃고는 캔 커피를 들고 카운터로 향했다. 아르바이트생인지 주인인지 알 수는 없지만, 직원으로 보이는 사람은 중년 여성이었다. 여성은 우진을 알아봤는지 바코드를 찍으면서 우진을 힐끔거렸다. 그사이 우진은 천천히 단안경을 올렸다. 혹시나 싶었지만 역시나 유니폼은 보이지 않았다.

"저기 팬이에요. TV보다 훨씬 잘생겼네!"

"아, 감사합니다."

"사진 한 번만 찍어주시면 안 될까요?"

연예인도 아닌데 팬이라는 소리는 영 적응이 되지 않았다.

그렇지만 대중들의 관심을 먹고 사는 건 같았기에 우진은 어색하게 웃으며 수락했다. 그러자 직원은 급하게 유니폼을 벗어 던졌다. 직원과 사진 촬영까지 마친 우진은 곧바로 편의점을 나왔다.

"저기 한 군데 더 가요."

"편의점이요……?"

"네. 사람들이 알아봐서 그런데, 같이 좀 가주세요."

준식은 의아해하며 우진을 따라나섰다. 사람이 많은 거리인 만큼 알아보는 사람이 더 많아졌고, 우진은 걸음을 빨리 옮겨 편의점에 도착했다.

"아, 덥다. 거기서 여기 오는데 목마르네요."

우진은 웃으며 음료수를 꺼내 왔고, 준식은 됐다며 사양했다. 이번 편의점의 아르바이트생은 젊은 남자였다. 계산을 하느라 얼굴을 마주하니 당연하다는 듯 자신을 알아봤다. 하지만 아까 편의점의 직원과 다르게 우진을 보며 머뭇거렸다. 저 눈빛을 하도 받아 어떤 눈빛인지 눈치챈 우진은 웃으며 말했다.

"사진 찍어드릴까요?"

"네!"

"그러세요."

남자는 급하게 나오더니 사진을 찍으려다 말고 아까 중년 여성처럼 조끼를 벗어버렸다. 그 모습을 본 우진은 뭔가 감이 잡힐 것 같았다.

이곳에서 일하는 사람조차 유니폼을 부끄러워하는 것 같았다. 유니폼답게 조이클럽의 로고가 들어간 색으로 만들어진 조끼였다. 범찬의 스케치에서도 봤던 익숙한 색이었다. 그래도 색상 조합만 봐서는 이상하지 않았다.

우진은 일단 알바생과 사진부터 찍은 뒤 다시 조이클럽 유니폼을 쳐다봤다. 그리고는 잠시 생각하더니 뒤에 있던 준식을 돌아봤다.

"윤 매니저님, 오늘 스케줄 저랑 가시죠?"

"네. 저하고 이순태 테일러 배정되어 있습니다."

"그거 지금 연락해서 최 실장님으로 좀 바꿔주세요. 그리고 죄송한데, 지금 좀 준비해서 와주실 수 있으세요? 제 거는 차에 실었으니까 스캐너만 챙겨 오시면 되거든요."

"지금요? 7시 예약인데요?"

"알아요. 갈 데가 있거든요. 매장에 같이 가면 저 때문에 오래 걸릴 거 같으니까 이리로 좀 와주세요."

준식은 궁금한 얼굴로 편의점을 나섰고, 편의점에 남은 우진은 편의점 직원에게 다가갔다.

*   *   *

예약 고객을 만나러 가는 도중, 우진은 조이클럽뿐 아니라

가는 길에 있던 거의 모든 편의점을 방문했다. 우진은 편의점을 방문하는 동안 특별한 말은 없었다. 그저 들어가서 간단한 물품을 구입하고, 알아보는 편의점 직원들과 사진을 찍는 게 전부였다.

우진과 함께한 범찬은 우진이 자신 때문에 일부러 시간을 냈다는 걸 알았기에 고마운 마음으로 따라다녔다. 다만 우진의 의도를 파악하기는 어려웠다. 편의점을 다녀올 때마다 고개를 끄덕이는 걸 보면 뭔가 생각이 있는 것 같은데 도통 말을 해주지 않았다.

"최 실장님, 왜 자꾸 저 보세요, 하하."

"아, 아닙니다."

"그런데 편의점 유니폼 진짜 다양하네요. 별로 관심 없어서 몰랐는데. 편의점 진짜 많네요."

우진은 편의점을 나오며 별 뜻 없이 한 얘기였지만, 범찬은 우진의 말 한마디 한마디에 숨어 있는 뜻을 찾으려 귀를 기울였다. 다양한 유니폼 사이에서 특별한 걸 찾으라는 건가 싶기도 했고, 다른 유니폼들을 참고하라는 건가 싶기도 했다. 우진의 입에서 나오는 말을 전부 메모하다 보니 오히려 더 혼란만 가중됐다.

"그런데 편의점 알바했다는 글 같은 거 보면 학생들이 써서 전부 학생인 줄 알았는데 꼭 그렇지만은 않네요. 작은 편의점들이 많이 생겨서 그런가?"

범찬은 고개를 돌려 편의점을 다시 봤다. 유니폼을 보느라 별생각이 없었는데, 방금 들른 편의점만 하더라도 나이가 들어 보이는 남자가 유니폼을 입고 있었다. 편의점 직원을 물끄러미 보던 범찬은 지금까지 들렀던 편의점 직원을 떠올렸다. 하지만, 유니폼에 신경 쓴 탓에 일하던 사람들은 기억이 나지 않았다.

범찬은 차에 올라타자마자 우진에게 물었다.

"선생님, 혹시 유니폼이 아니고 사람 보신 건가요?"

"네, 당연하죠. 유니폼도 일단은 옷이잖아요."

당연하다는 대답에 범찬은 머리가 순간 멍했다. 유니폼이라고 해서 어떻게 하면 조이클럽의 이미지를 잘 녹여낼까만 생각했지, 입을 사람에 대해서는 생각해 본 적이 없었다. 우진의 말을 들으니 뭔가 떠오를 것 같았는데 뒤죽박죽 엉켜 있어 실마리가 제대로 잡히지 않았다. 그때, 우진의 말이 이어졌다.

"사진 찍을 때 봤죠? 가뜩이나 주머니가 많아서 낚시 조끼 같은데 색도 알록달록하니까, 젊은 사람은 대부분 유니폼 창피해하더라고요. 아저씨나 아줌마들은 주인이라서 그런가 신경 안 쓰는 거 같았지만요."

"아……."

범찬은 입을 다물고 생각을 정리했다. 직원이 유니폼을 창피해한다는 것부터 풀어나가기 시작했다. 물론 근무 중에 유니폼을 벗을 일은 없겠지만, 일단은 부끄러워한다는 점이 크게 다가왔다. 그건 아르바이트생 잘못이 아니라, 유니폼을 입는 사람을 고려하지 못해 생긴 일이다.

만약 아르바이트생이 부끄러워하지 않을 정도의 유니폼이라면 조이클럽 자체에도 큰 도움이 될 것처럼 보였다. SNS로 주로 소통하는 세대답게, 자연스럽게 SNS에 노출될 기회를 창출할 수도 있을 것 같았다.

하지만, 우진이 아까 말했던 것처럼 직원들의 나이나 취향이 다양했다. 나이가 있는 사람들도 있었고, 남자, 여자까지 고려해야 했다. 지금 당장은 스케치를 할 순 없지만, 범찬은 일단 생각한 것들을 휴대폰에 메모했다.

"뭐 적으세요?"

"아! 감사합니다. 선생님!"

갑작스러운 범찬의 인사에 우진은 씨익 웃으며 다시 물었다.

"정하셨어요?"

"아직요. 일단 숍에 가서 그려보려고 정리 중입니다."

"어떻게 하실 건데요?"

"음… 젊은 사람이 부끄러워하지 않으면서 나이 든 사람도 거부감 없이 입을 수 있는 조끼를 그리려고 합니다. 그런데 조금 어렵네요."

우진은 범찬의 대답에 만족스러운 미소를 지었다.

"그런데 유니폼이니까 로고 같은 것도 눈에 띄게 보여야 해요. 저희 유니폼 보셨죠?"

"아! 팔뚝에 로고 있죠. 이해했습니다."

"그리고 베이스를 조끼로 하실 거죠?"

"아무래도 조이클럽에서 조끼를 권장해서 그래야 할 것 같습니다."

"조끼면 다른 것도 좀 신경 써야겠네요."

범찬은 잠시 생각하더니 곧바로 입을 열었다.

"아! 안에 입는 옷. 자기 옷하고 전체적으로 어울려야겠군요."

그 말에 우진은 고개를 끄덕이며 피식 웃었다. 옆에서 뭔가 열심히 메모하는 범찬이 어떤 디자인을 보여줄지 기대되었다.

*   *   *

며칠 뒤. 우진은 점심 식사 후 사무실에 앉아 범찬의 스케치와 작업물을 번갈아 살폈다. 몇 번의 수정을 걸쳐 최종으로 나온 작업물이었다. 공모전이 며칠 안 남았기에 수정을 하고 싶어도 시간이 없었다. 그리고 더 손댈 곳도 없어 보였다.

파랑색 바탕에 하얀색과 보라색을 가미한 기존의 유니폼과는 완전히 달라져 있었다. 조이클럽에서 만족할지는 알 수 없지만, 우진이 보기에는 범찬의 디자인이 오히려 더 세련되어 보였다. 보라색 바탕의 조끼였고, 목 부분의 테두리는 하얀색과 파란색 선이 장식되어 있었다. 그리고 가슴 부위에 하얀색으로 동그라미가, 그 안에는 파란색으로 'Joy'라는 글자가 새겨져 있었다.

보라색을 바탕으로 쓴 게 전체적인 이미지를 깔끔하고 차분하게 만들었다. 원래 너덜너덜하게 달려 있던 주머니는 전부 떼어버리고, 점퍼처럼 허리 부분에만 주머니를 만들었다. 전체적으로 깔끔하다는 말이 가장 잘 어울렸다.

그리고 원단 선택만 보더라도 상당히 신경 썼다는 게 보였다. 조이클럽에서도 너무 부담되지 않을 기능성 원단을 선택했다. 폴리에스테르와 레일론과 면으로 된 혼방이었다. 쉽게 주름이 가지 않으면서 면을 섞어 너무 뻣뻣하지 않은 그런 원단인 데다가 가격도 적당했다. 그리고 개인 조끼가 아니고 편의점 특성상 여러 사람이 돌려 입어야 하는 것까지 고려해 고른 원단이었다. 우진은 작은 부분까지 신경을 썼다는 점에서 큰 점수를 주고 싶었다.

우진이 유니폼을 보며 웃고 있을 때, 세운이 말을 걸었다.

"밥 먹었으면 좀 쉬지 뭐 하고 있어. 아, 그게 범찬이 거야?"

"네. 잘 나왔죠?"

"난 잘 모르겠는데. 유니폼이 유니폼이지 뭐."

"삼촌이 입고 계신 것도 유니폼이잖아요."

"이거랑 다르지! 그런데 뽑힐 거 같아? 딱 한 명 뽑는다는데, 어렵겠지?"

"음, 제가 조이클럽 관계자라면 뽑을 거 같아요."

"야, 우리 직원이라고 너무 후한 거 같은데?"

세운은 피식 웃고는 말을 이었다.

"너무 범찬이 거만 보지 말고 다른 애들도 좀 봐주고 그래. 기왕 봐주기로 했으면 같이 봐줘라. 쟤들 카우하고만 붙어 있잖아. 괜히 이상한 거 배우게 하지 말고 틈틈이 봐줘."

세운이 가리킨 곳에는 팻사라곤과 무슨 대화를 하는지 쉴 새 없이 떠들고 있는 순태와 판권이 보였다. 배우기 시작한 뒤부터 아침 시간만으로 부족했는지 점심까지 팻사라곤에게 붙어 있었다. 시작한 지 며칠 되지 않아 계속 따라다니는 것 같았다. 하지만 순태와 판권이 참가하려고 했던 공모전은 조이클럽의 공모전보다 마감 날짜가 더 빨랐기에, 이번에는 무리라는 생각이 들었다.

그래도 다들 상진의 일로 서운해했던 것이 기억나 우진은 팻사라곤의 자리로 향했다. 순태와 판권은 갑자기 들이닥친 우진을 보며 뭔가 들킨 사람들처럼 깜짝 놀랐다.

"뭐 하는데 그렇게 놀라세요."

"아닙니다!"

우진이 모니터를 보자, 예전에 보았던 가죽옷에 뿔 달린 머리띠를 달고 있는 그림이 보였다.

"후, 배우는 게 아니라 카우 씨한테 맡기고 있던 거예요?"

"아닙니다! 아침에는 배우고 점심에만 그려달라고 한 겁니다."

열심히 배우는 줄 알았던 우진은 조금 실망했지만, 점심시간을 이용해 하고 싶은 일을 하는 것이기에 그 부분까지 지적할 순 없었다. 다만 열심히 하는 범찬과 조금 차이가 느껴졌다. 그때, 우진의 분위기를 느꼈는지 순태가 조심스럽게 입을 열었다.

"저… 아침에는 열심히 배우고 있어요. 그냥 공모전이 며칠 안 남아 조금 아쉬워서… 경험 삼아 참가해 볼까 해서 팟 실장님한테 부탁했어요."

우진이 딱히 지적할 만한 사항은 아니었다. 다만 우진은 테일러들이 실력을 좀 더 다듬은 뒤 공모전에 참가하길 바라는 마음이었다. 그래도 순태 말처럼 결과가 어떻게 되든 경험해 보는 것도 나쁘진 않을 것 같았다.

"카우 실장님."

"네?"

"테일러분들 잘 좀 봐주세요."

"당연하죠? 저까지 포함입니다?"

"네? 뭐가 포함이에요."

"공모전에 제 이름까지 포함해서 상금 타면 나누기로 했습니다?"

우진은 벌써 상금을 탄 듯 천연덕스럽게 엄지까지 내미는 팟사라곤을 보며 헛웃음을 뱉었다. 그래도 팟사라곤이 전부 하는 것과 다름없었기에 그것도 맞는 말이라고 생각했다.

　　　　　*　　　　　*　　　　　*

　한 달 뒤. 여름이 가고 가을이 왔음에도 강민주 원피스를 입은 사람이 종종 보였다. 입기 편한 것도 있었고, 가격도 다른 원피스에 비해 월등히 싸다 보니 아직까지 인기가 시들지 않았다.

　우진이 지금 보고 있는 기사만 하더라도 원피스에 대한 기사였다. Moon 매거진에서 선정한 상반기 최고의 인기 아이템이 나열되어 있었고, 그중 가장 꼭대기에 강민주 원피스가 자리했다. 기사에서는 아마 상반기뿐만이 아니라 하반기까지 올해를 통틀어 최고의 패션이라고 치켜세웠다.

　기사를 같이 보던 세운은 기분이 좋은지 미소 지으며 우진을 툭 건드리고는 말했다.

　"상은 안 준대?"

　"하하, 상 안 받아도 돼요. 저번에 갔을 때 엄청 지루하더라고요."

　"그래도 저기 딸랑 하나 있으니까 휑하잖아. 아예 없는 거면 모를까. 가득 채워 버려."

　우진은 피식 웃었다. 상에 의미를 부여하고 있진 않지만, 저상을 보며 좋아하던 직원이나 부모님을 보면 하나 정도 더 타는 것도 나쁘지 않을 것 같았다.

"완전 가을이네. 진짜 작년 이맘때부터 올해까지 나쁜 일은 하나도 없었다. 안 그래?"

I.J를 처음 오픈하고 잠시 문제가 있었던 것 말고는 지금까지 좋은 일만 가득했다. 자신뿐만이 아니라 I.J 직원들을 비롯해 해외까지 진출한 포지션이나 품질로 유명해진 스위스 시계, 그리고 얼마 전 알게 된 삼청동 월드햇까지. 전부 좋은 소식만 들려왔다. 계속 좋은 소식만 들리다 보니 얼마 뒤에 나올 최범찬의 공모전 결과도 기대되었다.

그리고 이미 선물까지 준비했다. 범찬의 선물뿐만이 아니라 그동안 열심히 배우고 노력한 다른 테일러들의 선물까지. I.J 식구들은 전부 하나씩 가지고 있는 유니폼이었다. 물론 고객과 직접 대면하는 테일러들이라 유니폼 입을 기회는 적을 테지만, 다들 갖고 싶어 하는 걸 알기에 우진이 준비한 것이었다.

우진이 책상 밑에 놔둔 박스를 보자 세운이 피식 웃으며 말했다.

"범찬이 붙으면 축하 선물이고, 떨어지면 위로 선물이고. 너 그러다가 애들 공모전 결과 나올 때마다 선물 준비해야 된다. 누군 주고 누군 안 주고 그러면 서운해한다고."

"하하, 다들 성인인데요."

"성인이니까 더 그렇지. 쟤들은 네가 선생님이고 네가 대표인데. 원래 누구나 이쁨받고 싶은 거야. 너, 학교 다닐 때 안 그랬어?"

테일러들은 아직까지도 자신을 어려워했다. 그러다 보니 세운의 말이 그럴싸하게 느껴졌다. 우진은 다시 상자를 가만히 보다가 결국 책상 밑에서 상자를 꺼냈다.

"지금 주고 오는 게 낫겠어요."

"하하, 생각해 보니까 내 말이 맞지? 같이 가자. 구두도 가져가야 하니까."

우진은 피식 웃고는 세운과 함께 유니폼이 담긴 상자를 들고 작업실로 향했다. 예약을 기다리는 기간임에도 테일러들은 작업대에 앉아 각자 필요한 공부를 하는 중이었다. 테일러들을 방해하기 싫었던 우진은 각자 작업대 위에 상자를 올려두었다. 그러자 테일러들이 우진을 쳐다봤고, 우진은 머쓱하게 웃으며 입을 열었다.

"I.J 유니폼이에요. 각자 만들어 입으라고 하고 싶었는데, 아무래도 첫 유니폼은 제가 만들어 드리는 게 좋을 거 같아서 준비했어요."

"유니폼이요?"

우진의 말이 끝나기 무섭게 테일러들은 급하게 상자를 열었고, 테일러답게 자신들의 치수와 맞는지 확인부터 했다. 그러고는 탈의실도 가지 않고 그 자리에서 옷을 벗더니 옷을 갈아입기 시작했다. 그러자 세운이 큰 소리로 말했다.

"그러다가 유 실장님이나 홍 대리님 내려오시면 어쩌려고 여기서 입어, 하하."

세운의 말에도 테일러들은 환한 미소를 지으며 유니폼을 마저 입었다. 그 모습을 본 세운은 테일러들에게 엄지까지 내밀었다.

　"이야, 잘 어울린다. 하하, 이 옷 입으면 딱 I.J 사람이다, 그 느낌이 난단 말이야."

　우진이 보기에도 다들 잘 어울려 보였다. 그러다 문득 저 모습으로 과연 빛이 날까 안 날까 궁금해진 우진은 단안경을 들어 올렸다.

제5장
병원

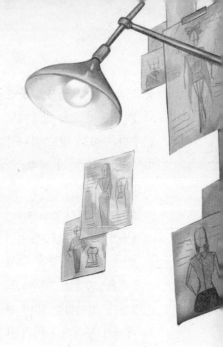

　며칠 뒤. 일요일이 아님에도 스케줄을 전부 비운 우진은 세운과 함께 이동 중이었다.

"다 왔다. 너 정말 부모님한테 말 안 해도 돼?"

"일단 병원부터 가보고요."

"그런데 너 막 토하고 어지러워하면서 안과를 온 거야? 차라리 종합검진을 받아보지."

　우진은 대답도 없이 깊은 한숨을 뱉으며 차에서 내렸다. 왼쪽 눈으로 사람을 볼 때 느끼던 어지럼증이 더 심해졌다. 전에는 다수의 사람을 볼 때만 느꼈는데, 며칠 전 테일러들에게 유니폼을 선물해 주었을 때는 한 명씩 봤을 뿐인데도 어지러움을 느꼈다. 그러자 그동안 우진이 어지러워하는 걸 몇 번이나 본 세운이 오늘 반강제로 병원에 끌고 온 것이다.

우진은 아무 일도 아니길 바라는 마음으로 발걸음을 옮겼다. 이미 예약까지 해놓은 상태였기에 병원 로비에서 기다릴 필요도 없었다.

"갔다 와. 여기 있을게."

"한 시간 걸린다는데 어디 다녀오세요."

"됐어. 갈 데도 없어. 검사 잘 받고 와."

우진은 고개를 끄덕이고는 간호사의 안내를 받아 검사를 시작했다. 검사하는 내내 왼쪽 눈으로 사람을 봐야 했기에 검사 자체가 무척이나 버거웠다. 그래도 미리 예약을 한 덕분인지 검사는 생각보다 빨리 끝났다. 아직 결과를 듣진 못했지만, 검사를 했다는 것에 마음이 조금 편해진 우진은 왼쪽 눈을 감은 채로 로비에서 기다리는 세운에게 향했다.

"벌써 끝난 거야?"

"네. 금방금방 하는 거 같아요."

"그래서 뭐라는데?"

"아직 검사 결과 안 나왔어요. 조금 기다리라고 그랬어요."

세운과 대화를 나눌 때, 간호사가 다가왔다. 간호사는 우진이 유명인임을 배려해 일부러 조용하게 안내했다. 옆에 있던 세운까지 얼른 따라나섰다. 우진이 그런 세운을 가만히 보자 세운이 입을 씰룩이며 말했다.

"괜찮은지 아닌지 내가 들어야지. 의사가 안 괜찮다고 해도 너는 가게 문 닫기 싫어서 괜찮다고 할 거잖아."

우진은 자신보다 먼저 나아가는 세운을 가만히 보다가 이내 걸음을 옮겼다. 그리고 진료실 안에 들어가자 조금 편안해졌던 마음이 다시 불안해지기 시작했다. 심각한 표정으로 모니터를 보는 의사를 보자 심장이 마구 뛰었다. 떨리는 마음으로 의자에 앉자 의사가 우진을 보더니 입을 열었다.

"진료기록을 보니까 아주 오래전에 실명되셨더라고요."

"네, 맞아요."

"음… 일단 오른쪽 눈은 깨끗하고요. 문제는 왼쪽 눈인데. 혹시 최근에 머리를 크게 부딪친 적 있으세요?"

"아니요. 그런 적 없어요."

의사는 무언가를 적어가면서 우진에게 질문을 계속했고, 그럴수록 우진은 심장이 터져 버릴 것 같았다.

"그럼 평소에 구토나 어지럼증을 느끼신 적이 많았나요?"

"많이는 아니고 가끔 그랬는데. 최근에 좀 심해진 거 같아요."

"통증은 없으셨고요?"

"네. 통증은 없었는데. 혹시 문제 있는 건가요?"

의사는 모니터를 가리키더니 입을 열었다.

"여기 한번 보세요. 여기가 시신경이거든요. 이게 다 죽어 있는 시신경이에요. 그런데 상당히 부풀어 올랐어요. 유두부

종치고도 너무 부어올랐어요."

"심각한 건가요?"

"일단은 심각하죠. 이 정도면 통증이 없다고 해도 평상시에 이상함을 많이 느끼셨을 텐데. 이거 잘못해서 뇌압이 더 상승해 버리면 문제가 심각해요. 일단 종합병원에서 정밀검사를 받아보시는 걸 추천합니다. 이 정도로 부은 걸 보면 뇌도 확인을 해보셔야 하거든요."

우진은 모니터에서 눈을 떼지 못했다. 그러자 옆에 있던 세운이 우진의 등을 두드렸다.

"일어나. 빨리 다른 병원 가게!"

*　　　　*　　　　*

숍으로 돌아가는 차 안에서 창밖을 보던 우진이 입을 열었다.

"저기가 조이클럽이었구나."

"하아… 그게 눈에 들어와? 집으로 갈 거지?"

"숍에 들렀다가 가요."

세운은 우진을 물끄러미 봤다. 그러고는 이내 한숨과 함께 알았다는 듯 고개를 끄덕였다.

저녁 무렵 매장에 도착한 우진은 로비에 털썩 앉았다. 자신의 스케줄을 변동한 김에 임시 휴일로 정했고, 그 때문에 매장에는 아무런 인기척도 없었다. 안대를 착용한 우진은 그런 매장을 천천히 둘러봤다. 그때, 세운이 우진의 앞에 앉았다.

"일단 부모님한테 먼저 알리는 게 우선이야."

"후, 그래야죠."

"지금 당장 해! 당장 수술해야 한다는데! 네가 말 안 하면 내가 말한다."

"조금만 기다려 주세요."

"하아, 이 가게 때문에 그래? 이딴 가게 죽으면 뭔 상관이야! 너 위험하다잖아! 이것도 네가 있어야 지켜지는 거지. 일단 수술부터 빨리 잡자!"

우진은 눈을 감고 숨을 들이마셨다. 안과를 나와 세운에게 끌려간 대학병원에서 최악의 결과를 들어버렸다. 하루빨리 수술을 해야 한다고 했다. 부푼 시신경이 뇌의 변연계까지 영향을 줘 과도하게 활성화된 상태라고 했다. 전두엽이 조절하지 못할 정도라는 말과 함께, 그 정도면 어지러움증을 넘어 헛것까지 보일 수 있다고 했다. 분노 조절이 안 된다거나 감정에 반드시 문제가 있을 거라고 했다. 우진이 평소 이상함을 느끼던 부분이었다.

일단 수술은 간단하다고 했다. 안구적출. 의사는 원래 실명된 눈이기에 큰 문제가 없다는 말을 아무렇지도 않게 뱉었다. 우진도 만약 왼쪽 눈에 홀로그램이 보이지 않았다면 당장 결정했을 것이다. 하지만 지금은 아니었다.

I.J를 있게 만들어준 것도 왼쪽 눈이었고, 지금 자신을 걱정하며 화를 내는 세운을 비롯해 I.J의 모든 인연이 왼쪽 눈에서 시작되었다. 왼쪽 눈이 아니었다면 지금의 자신도 없었을 게 확실했다. 그리고 그런 인연들 때문에 더더욱 쉽게 포기할 수가 없었다.

물론 옷을 만드는 게 가능은 하겠지만, 지금처럼 확신에 차서 만들 순 없었다. 전처럼 스스로를 의심하고 걱정해야 하는 상태로 돌아가고 싶지 않았다. 그리고 매장도 걱정이었다. 모든 일의 중심에 자신이 서 있었고, 만약에 자신이 빠지게 된다면 I.J는 멈춰 버릴 것이 분명했다.

수술을 받아야 한다는 걸 알고 있지만, 이런 생각들 때문에 쉽게 결정을 내릴 수 없었다. 우진은 다시 한숨을 내뱉으며 일어났다. 그리고는 매장 곳곳을 천천히 살피며 걸어 다녔다. 그리고 그 모습을 보던 세운이 우진을 따라붙었다.

"우진아, 솔직히 너 같은 일을 안 겪어봐서 잘은 몰라. 물론 힘든 결정이겠지. 그래도 수술하면 낫는다니까, 빨리 낫고 다시 하면 되잖아. 수술도 간단하다고 그랬고. 수술받고 다시 하면 되는데 왜 가게 그만할 것처럼 굴어."

우진은 답답해하는 세운이 이해됐다. 자신도 답답한데 아무것도 모르는 세운이야 오죽할까 싶었다. 우진은 그런 세운을 뒤로하고 걸음을 옮겼다.

작업실을 전부 살펴볼 때, 계단을 통해 사무실 전화가 울렸다. 사무실에 아무도 없어서인지 유난히 크게 들리는 전화 벨 소리에 우진은 걸음을 옮겼다.

"뭔 전화를 받으려고! 내가 받을 테니까 그냥 있어! 말도 엄청 안 들어요!"

세운은 우진을 노려보더니 급하게 올라갔다. 우진은 쓸쓸한 미소를 지은 채 사무실로 올라가는 세운을 봤다. 사무실로 따라 올라가자 전화기에 화를 내는 세운의 목소리가 들렸다.

"어디시라고요? 누구요? 아니, 이 사람이 장난하나! 당신 지금 장난쳐?"

세운은 전화에 대고 신경질을 부리더니 이내 끊어버렸다. 우진은 그 모습을 보고 인상을 찌푸렸다. 그러자 세운이 우진을 보고서 입을 열었다.

"그렇게 보지 마! 고객 아니고! 거래처 아니다!"

"그래도 전화를 그렇게 받으시면 안 되죠. 저희하고 관계된 사람일 텐데."

"이… 이! 아픈 놈이 누굴 걱정하는 거야! 하아."

세운은 잠시 심호흡을 하더니 다시 우진을 봤다.

"너한테 화낼 게 아닌데 미안하다."

세운은 고개를 돌린 채 애꿎은 전화기만 만지작거렸다.

"내가 어떻게 해야 할지 몰라서 그래. 그냥 너무 불안하고, 걱정돼서 그래. 난 우진이 네가 빨리 수술받았으면 하는 생각뿐이야."

우진도 그런 세운의 마음을 충분히 느꼈다. 세운만 저렇지
는 않을 것이다. 장 노인이나 매튜를 비롯해 I.J 식구들이 지
금 자신의 상태를 안다면 모두 세운과 같은 반응일 게 분명했
다.

그때, 또다시 전화가 울렸다. 다시 전화를 받은 세운은 또
인상을 찌푸리더니 입을 열었다.

"네! 제가 남 박사입니다. 팔사태권브이 출동시키겠습니다!
라고 해줄 줄 알았냐? 인마! 너 어디야! 어디? 가우스? 가우스
가 뭔데, 이 자식이!"

전화를 끊은 세운은 우진을 보더니 설명했다.

"때가 어느 때인데 장난 전화를 해. 팔사태권브이 찾잖아."

"그게 뭔데요?"

"몰라? 어유, 저런 어린 녀석이 도대체 왜 심하게 아픈 거야.
옛날 만화에 나온 로봇이니까 몰라도 돼."

"아, 태권브이. 팔사태권브이이는 몰랐어요."

우진은 장난 전화 덕분에 오늘 처음으로 웃었다. 하지만 그
것도 잠시, 사무실을 돌아보니 다시 심란해졌다. 강민주 원피
스나 화려한 커머번드 같은 디자인을 내놓지 못해도 다들 함
께하려 할지 걱정도 됐고, 함께하기 시작한 지 얼마 되지 않
은 테일러들도 걱정됐다. 자신이 없어지면 가장 타격을 받는
사람들이었다. 이제 디자인을 배우는 사람들이다 보니 걱정이

됐다.

그러다가 문득 오늘이 범찬의 공모전 결과가 나오는 날이란 걸 깨달았다. 우진은 서둘러 컴퓨터부터 부팅시켰다.

"집에 가서 쉬자니까 뭐 하려고."

"공모전 결과만 확인하려고요."

"아, 범찬이 오늘 나오지. 지금은 그런 거 신경 쓰지 마. 잘 됐으면 너한테 전화 왔겠지."

조이클럽 홈페이지에 들어가 보니 팝업창으로 결과가 떠 있었다. 수상자의 이름은 전혀 처음 보는 사람이었다. 많은 사람이 참여할 테니 결과가 어려울 것이라고 생각은 했는데, 막상 눈으로 다른 사람이 수상한 결과를 확인하니 씁쓸했다. 만약 당선됐다면 마음이 조금 가벼웠을 텐데, 오히려 더 무거워졌다.

하루 종일 좋지 않은 소식만 들었던 우진은 씁쓸한 얼굴로 사무실을 둘러봤다.

"삼촌, 가요."

*　　　*　　　*

조이클럽의 마케팅 팀 직원들은 공모전 결과를 발표하고 나서도 쉼 없이 바빴다. 공모전 심사위원회에서 뽑은 결과는 총 7벌이었고, 그 7벌 중 이사회를 통해 최종 선발된 디자인을 발표했다.

기존의 유니폼처럼 파랑색 바탕이었고, 유니폼의 가슴 부분에는 하얀색 선이 그어져 있었고, 그 하얀색 선 안에 보라색의 얇은 줄을 그려놓은 디자인이었다. 기존에 사용되었던 유니폼이 조끼였다면, 이번에 뽑힌 디자인은 일본 편의점에서나 봤을 것 같은 남방 형식의 디자인이었다.

여기까지는 진행 과정에 포함되어 있던 것이니 이해할 수 있었다. 다만 지금 손에 들린 조끼가 문제였다. 공모전에는 떨어졌지만, 이사회에서 유니폼을 상반기와 하반기로 나누자는 말로 선택된 디자인이었다. 디자인은 기존과 같은 조끼였지만, 색상부터 주머니까지 완전히 다른 디자인이었다.

이번에 뽑힌 디자인들이 전부 괜찮았지만, 그건 어디까지나 본사 입장이었다. 사실 본사야 주문하면 그걸로 끝이었다. 오히려 남는 장사였기에 본사는 더 환영하는 분위기였지만, 편의점 점주들의 입장은 달랐다. 소모품으로 구분되어 점주들이 직접 구매해야 했기에 반발은 불 보듯이 뻔했다. 그럼 또 점주들에게 직접적인 항의를 받는 관리 팀과의 마찰은 이미 정해진 수순이었다.

이리 치이고 저리 치일 게 예상되지만, 이사회에서 나온 지시 사항이다 보니 처리할 수밖에 없었다.

"김 대리, 일단 이 사람하고 연락해 봐."

"최범찬 씨요?"

"그래, 차라리 안 한다고 했으면 좋겠다. 그리고 영인 스포츠에서 제안서 도착했어?"

"네! 바로 가져가겠습니다."

직원에게 보고서를 받은 팀장은 서류철을 열었다. 서류철 안에는 조이클럽의 유니폼 제작을 맡고 있는 영인 스포츠에서 보낸 제안서가 있었다. 이번 공모전에 뽑힌 디자인이 기존의 패딩 조끼 유니폼보다 비싸게 책정되어, 제안서를 보기도 전에 겁부터 났다. 그래도 조끼니까 쌀 거란 생각을 가지며 제안서를 보던 팀장은 깜짝 놀랐다.

"이거 맞아? 8,000원? 기존 유니폼보다 싼데? 이거 만 원으로 발주하라고 해도 별말 없겠는데?"

"영인에서 원단 이거 맞냐고 확인까지 했으니까 맞습니다."

"와, 이거 잘하면 이 조끼 때문에 유니폼 교체 문제없이 넘어가겠다. 동절기 유니폼이 비싼 만큼 하절기 유니폼을 싸게 주는 것처럼. 이 기획안 한번 짜보고. 빨리 최범찬인지 그 사람하고 연락해 봐."

* * *

다음 날. 밤새 고민한 우진은 세운의 트럭을 타고 숍으로 가면서도 I.J 식구들에게 어떻게 말해야 할지 걱정이었다. 숍에 가자마자 난리 날 게 뻔했다.

"후."

"아침부터 한숨은. 차라리 잘됐지. 영감님이 눈치 하나는 기가 막혀. 난 진짜 아무 말 안 했다."

IJ 식구들끼리 만든 단체 메시지방에 미자의 말이 올라왔다. 병원에 잘 다녀왔냐는 안부였는데 그 대답을 어떻게 해야 할지 몰라 한참을 고민하다가 잘 다녀왔다고 답장을 보냈다. 그러자 장 노인이 메시지 대신 세운에게 확인 전화를 걸었다.

"다짜고짜 얼마나 아픈 거냐고 그러더라. 너도 영감님 목소리 들었으면 거짓말 못 했을 거야. 세상 무너지기라도 한 목소리더라. 그래서 그냥 대답 안 했어."

"아마, 할아버지 며느님 때문에 그럴 거예요."

"아, 아팠다고 그랬지? 그래서 그런가? 진짜 엄청 걱정했어. 너한테 물어보고 싶은 걸 얼마나 참았겠냐. 그리고 미자도 왜 나한테 전화해서 진짜 괜찮냐고 물어보고. 아무튼 대부분 예상하고 있을 거야."

숍에 가면 다들 물어볼 텐데 우진은 어떤 얼굴로 IJ 식구를 마주해야 할지 걱정되었다. 그러는 사이 매장에 도착했고, 매장에 들어서자 가장 먼저 준식이 보였다. 아니나 다를까 준식까지 무슨 얘기를 들었는지 우진을 보자마자 걱정스러운 눈빛을 보냈다. 직접적으로 묻진 않았지만, 자신을 걱정하는 게 느껴졌다. 그리고 준식뿐만이 아니라 테일러들까지 모두가 같은 반응이었다.

사무실에 올라오자 아침부터 바쁘게 움직이는 사무실 식구들이 보였다. 그리고 우진을 보자마자 하던 일을 멈췄다. 그 모습을 본 세운은 우진에게 조용히 속삭였다.

"나한테 물어보면 난 거짓말 안 할 거야."

"후… 제가 말해야죠. 해야 하긴 하는데……."

그사이 사무실 모든 식구들이 우진에게 몰려왔다. 그리고 그중 장 노인이 우진 앞에 서더니 얼굴을 이리저리 살폈다. 그러더니 툭하고 말을 뱉었다.

"일단 스케줄 당분간 전부 취소했으니 그리 알거라. 다들 왜 몰려든 게야. 거래처하고 고객들한테 공지해야 할 거 아니야. 어여 일들 하게나."

세운에게 밤새 전화로 닦달했다는 것과 달리, 장 노인은 딱히 병원에 다녀온 결과를 물어보지 않았다. 어떻게 대답해야 할지 걱정했던 자신이 오히려 당황스러웠다. 다들 장 노인의 말대로 돌아갔고, 우진의 앞에는 매튜와 장 노인만 서 있었다. 그러자 장 노인이 다시 툭하고 말을 뱉었다.

"나는 몰라도 매튜 실장한테는 말해주거라. 매튜 실장이 알아야 숍이 운영될 테니."

장 노인은 그 말을 끝으로 다른 식구들처럼 자리로 돌아갔다. 우진은 자리로 돌아간 사무실 식구들을 주욱 둘러봤다. 전부 걱정하는 얼굴로 궁금해하면서도 자신이 얘기해 줄 때까지 기다리고 있었다. 우진은 한참이나 사무실 식구들을 보고서는 옆에 있던 매튜에게 물었다.

"매튜 씨, 제가 만약에 전처럼 좋은 디자인을 뽑지 못해도 여기 계실 거예요?"

"어디 문제가 있으신 겁니까?"

"그냥요."

"음… 좋은 디자인이라는 게 어떤 걸 말씀하시는 겁니까?"

"뭐, 강민주 원피스나 커머번드 같은 거요."

"둘 다 재정적으로 큰 도움은 안 된 것들이군요."

매튜는 피식 웃더니 입을 열었다.

"왜 그런 걸 물어보시는지 모르겠지만, 파견으로 왔던 I.J에 머물게 된 이유는 선생님의 디자인도 물론 좋았지만, 옷보다 사람을 먼저 생각하는 모습 때문입니다. 그리고 I.J 이름도 제 입에서 나온 만큼 저한테는 꽤 소중한 곳이죠."

그러고는 곧바로 자리로 돌아가 서류를 가져오더니 우진에게 내밀었다.

"제가 필요한 이유입니다. 얼마나 어디가 아픈지 알진 못하지만, 상무님께 듣기로는 전처럼 열정적으로는 하실 순 없을 거라고 들었습니다. 일단은 휴식도 필요하실 테고요."

매튜의 얘기를 들으면서 서류를 보던 우진은 깜짝 놀랐다.

"이게 뭐예요?"

"선생님이 안 계신 동안 진행했으면 할 일들입니다. 급하게 준비하느라고 큰 토대만 잡은 겁니다. 시작은 아마 한 달 뒤부터나 가능하겠지만, 시작하게 되면 최대 1년간은 문제없이 운영될 거라고 봅니다. 그리고 가장 첫 번째는 바로 이 옷!"

매튜는 자신이 입고 있는 재킷을 가리키며 말했다.

"모자와 캐주얼 정장의 매칭. 제 덕분에 요즘 패션계에서 가장 핫한 아이템입니다. 고객에게 주문받아 만드신 제품도 아닌 만큼, 대량으로 판매해도 문제가 없을 거라고 판단했습니다. 계절이 계절인 만큼 한 달 정도만 판매하게 될 것 같습니다."

서류에는 파란색 정장만 있는 것이 아니었다. 예전 패션쇼 당시 홍단아가 탐냈던 블라우스부터 패션쇼 때 사용했던 코트까지 계절별로 옷들이 준비되어 있었다.

"테일러들도 실력이 늘어서 문제는 없을 겁니다. 고객들도 예약은 못 받는다고 해도 다른 제품을 판매하면 오히려 긍정적이리라 예상됩니다."

"이걸 전부 혼자 하신 거예요?"

"아닙니다. 다 같이 아침부터 회의한 겁니다."

우진은 말없이 서류를 가만히 바라봤다. 점점 사람이 늘어나 어깨가 무거워졌고, 그러다 보니 다들 자신만 바라보고 있다고 생각했는데 그게 아니었다. 어깨에 매달린 게 아니라 처음부터 옆에서 함께 걷고 있었다.

그리고 I.J 식구들이 고른 대부분의 디자인은 왼쪽 눈으로 보고 그린 것이 아닌, 고민 끝에 나왔던 디자인들이었다. 왼쪽 눈으로 안 보이면 어떻게 디자인을 해야 하나 고민하고 있던 자신에게 큰 힘을 주는 계획서였다. 다들 자신이 어떤 상태인지도 모르면서 준비했을 것이다. 그럼에도 우진이 직접 그렸던 디자인을 고른 계획서를 보자 우진은 큰 용기를 얻었다.

그때, 매튜가 조심스럽게 물었다.

"치료받으시는 데 얼마나 걸리십니까?"

우진은 그런 매튜를 물끄러미 봤다. 그러고는 사무실 식구들을 향해 큰 목소리로 말했다.

"다들 잠시만 모여주시겠어요?"

＊　　　＊　　　＊

테일러들까지 사무실에 자리했고, 모두가 모인 걸 확인한 우진은 병원에 다녀온 얘기를 꺼냈다. 우진의 얘기를 들은 IJ 식구들은 다들 안타까워했다.

"왼쪽 눈이 말썽이고만. 도대체 보이지도 않는데 붓기는 왜 부은 게야."

장 노인은 안타까워하며 말을 뱉었고, 그 말을 들은 테일러들은 알고 있었냐는 얼굴로 서로를 봤다. 그 모습을 본 우진은 웃으며 왼쪽 눈을 가리키며 입을 열었다.

"어렸을 때 실명됐거든요."

테일러들은 우진이 하는 말을 믿기 힘든지 상당히 놀란 표정이었다. 그러자 장 노인이 입술을 씰룩이더니 말을 뱉었다.

"그게 뭐 대수라고. 양쪽 눈 다 보이는 사람보다 옷만 잘 만들더고만. 아무튼 네가 스위스 때도 쓰러진 거 보면 꽤 오래 전에 다친 거 같은데. 언제부터 그런 게야."

"작년부터 그러긴 했는데 이렇게 심하진 않았거든요. 수술하면 괜찮아질 거래요."

"다행이고만. 수술이 어렵고 그렇진 않은 게냐?"

"간단하다고 했어요. 그래도 수술하면 당분간은 병원에 있어야 할 거 같아요."

우진의 말에 유일하게 울먹거리던 미자가 그제야 입을 열었다.

"저… 병문안 가도 돼요?"

"그럼요. 수술 잘 끝내면 알려 드릴게요."

다들 자신을 걱정하고 있었지만, 우진은 얘기를 꺼내놓으니 마음은 한결 가벼웠다.

"다들 걱정하지 마세요. 잘 받고 올게요. 그리고 저 없는 동안 고생 좀 해주세요."

"고생은 무슨. 원래 사무실 일은 우리가 다 했고만. 그나저나 가기 전에 테일러 책임자는 뽑거라. 그래야 주문이 몰려도 문제없을 테니까."

우진은 고개를 끄덕였다. 책임자는 테일러들 중 이장호 디자인에서 실장을 맡았던 범찬과 수종 두 사람이면 충분하리라는 생각이 들었다.

"두 분이 맡아주시고. 당분간 사무실 식구들이 준비하는 동안은 할 게 없으실 거예요. 그래도 전처럼 디자인 공부도 열심히 하시고. 공모전도 많이 참가하세요. 제가 돌아와서 봐 드릴게요."

"아픈 놈이 누굴 걱정하는 게야."

"하하, 봐드린다고 했는데 못 봐드려서요. 아, 그리고 최 실장님도 너무 실망하지 마세요."

다들 우진을 신경 쓰느라 범찬의 공모전 결과를 신경 쓰지 못했는지 그제야 다들 범찬을 위로했다.

"처음이잖아. 더 열심히 해서 다른 공모전 붙으면 되는 거야. 너무 실망하지 마."

우진이 아닌 범찬에게 위로가 쏠렸고, 당사자인 범찬은 어색한 미소를 지으며 입을 열었다.

"저… 사실은 공모전은 떨어졌는데, 하절기 유니폼으로 계약하고 싶다고 연락이 왔어요."

"뭐?"

"정말요?"

LJ 식구들을 비롯해 우진까지 놀랍다는 표정으로 범찬을 봤다.

"선생님이 아프셔서 먼저 말을 하기가 그렇더라고요. 그렇게 대단한 것도 아니고."

"그게 왜 대단한 게 아니에요. 축하드려요! 아! 계약 같은 건 처음이실 테니까 매튜 실장님한테 도움받으세요."

"개인적인 일인데……."

"도와주실 거예요. 하하."

얼마 전 매튜가 얘기했던 말이 떠올랐다. 매장에 찾아오는 고객들은 테일러들이 받고 자신은 예약 고객만 받는 일. 그 일이 실제로 이뤄질 것 같았다. 그렇게 된다면 왼쪽 눈이 안 보이더라도 부담감이 덜할 것 같았다. 범찬의 소식까지 자신을 응원해 주는 기분에 우진은 더욱 마음이 편해졌다.

그때, 갑자기 사무실에 전화가 울렸다. 미자가 급하게 전화를 받았고, 고개를 갸웃거렸다.

"누구야?"

"어떤 사람이 팔사태권 찾는데요?"

미자의 말에 세운이 버럭거리며 말했다.

"그 미친놈! 또 전화했어?"

"로비에 와 있다고 그러는데 윤 매니저님, 내려가 보셔야 할 것 같아요."

"왜 우리 매장에서 로봇을 찾아! 팔사태권브이? 우리 매장에 그런 게 있을 리가 없잖아!"

그때, 얘기를 듣고 있던 팟사라곤이 조용히 손을 들었다.

"저 찾는 거 같습니다?"

"뭐? 팟 실장 찾는 거라고?"

"저하고 순태, 판권까지 찾는 거 같습니다? 공모전에 내보낸 팀 이름이 팟사태권입니다?"

"뭐? 그런데 왜 매장으로 전화 와?"

"셋이 같이 있는 곳이 I.J이니까요? 당선된 거 같은데 제가 내려가 보겠습니다?"

우진은 연속해서 들려오는 좋은 소식에 진심으로 기쁜 듯 환한 미소를 지었다.

*　　　*　　　*

모바일게임 개발 업체인 가우스에서 이번 공모전을 기획한 오 팀장은 출근하자마자 직원들을 불러 모았다. 아침부터 할 일이 쌓여 있었기에 빨리 마무리 지어야 했다.

"박 대리는? 아직도 출근 안 했어?"

"아! 대상 직접 만나고 온다고 좀 늦을 겁니다."

"연락됐어? 봐, 내 말이 맞지? 안 받으면 받을 때까지 하라고. 노력이 부족해서 그래."

"어제 팀장님 퇴근하시고 받긴 받았어요. 그런데 그런 사람 없다고 그러더라고요."

"어? 제대로 확인한 거 맞아?"

"다시 걸었는데도 장난 전화 하지 말라고 그러더라고요. 그게 본명을 안 적어놔서 팀명을 불러서 그런 거 같아요. 그래서 박 대리한테 출근하면서 들렀다 오라고 했습니다."

"하… 인기상만 안 탔어도 제외시키는 건데. 왜 휴대폰 번호를 안 적어놓은 거야."

이번 공모전이 큰 의미가 있는 건 아니었다. 유저들을 위한 이벤트로, 유저들에게 받은 팬아트를 게임에 적용시키는 이벤트였다. 유저들의 참여도 얻을 수 있는 데다가, 제작비도 줄일 수 있고, 덤으로 유저와 함께한다는 인지도까지 쌓을 수 있는 기획이었다.

그러다 보니 상금도 크지 않았는데 유저들의 참여가 생각보다 많았다. 그중엔 좋은 작품들도 꽤 되었고, 유저들을 더욱 끌어들이기 위해 인기상까지 유저들 손으로 뽑게 만들었다. 그리고 유저들에게서 가장 많은 표를 받은 작품과 제작 팀에서 뽑은 1등이 같은 작품이었다. 자신들이 만든 게임 '일레븐'에서 가장 인기 있는 세일러복을 입고 있는 '소미'라는 캐릭터를 아주 파격적으로 그려냈다. 기존의 귀여웠던 이미지 대신 가죽 레깅스를 입은 아주 도발적이고 섹시한 디자인이었다. 게다가 퀄리티도 다른 디자인들과는 급이 달랐다.

한 가지 디자인으로 여러 동작을 그려냈고, 하나같이 전문가의 느낌이 묻어났다. 애니메이션으로 제작한 디자인을 본 제작 팀은 바로 게임에 적용시켜도 문제없을 정도라며 극찬했다. 이미 이 디자인을 게임에 적용하고 판매할 계획까지 짜는 중이었다. 정가 11만 원이지만, 공모전 특별가로 33,000원에.

투표 결과로 봐서는 안 팔리는 게 이상했다.

"집이 어딘데? 멀어?"

"아, 그거 때문에 제가 확인차 다녀오라고 했어요. 주소가 이상하더라고요. I.J 아시죠?"

"알지."

"주소가 거기더라고요. 혹시나 해서 전화번호도 찾아보니까 I.J 전화번호고. 그래서 확인도 할 겸 박 대리 보냈습니다."

"그래? I.J라… 만약에 일레븐에 I.J 커스텀 나오면 잘 팔리겠지?"

"당연하죠."

그때, 마침 박 대리에게 전화가 왔다.

—주 과장님! 여기 진짜 I.J 맞고요! 팻사태권도 있는 것 같습니다! 기다리라고 했으니까 만나고 다시 연락하겠습니다!

제6장

테일러들

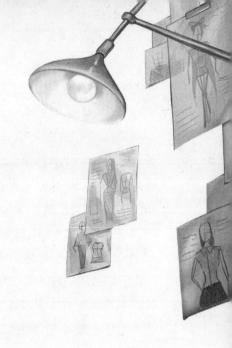

팟사태권을 직접 만나고 온 박 대리는 자신이 겪었던 얘기를 꺼내놓았고, 팟사태권의 정체를 알게 된 가우스는 하루 종일 축제 분위기였다. 홍보 팀뿐만이 아니라 제작 팀에서도 I.J에서 참여한 거냐고 확인하러 수시로 찾아왔고, '일레븐'에 투자한 투자사들에게서까지 연락이 왔다.

지나가는 이벤트로 기획한 공모전이 이런 행운을 불러일으킬 줄은 예상하지 못했다. I.J에서 참여한 디자인으로 게임 내 아이템이 나오게 된다면 유저 유입이 늘어날 건 당연해 보였다. 그렇다면 이번 기회를 제대로 이용해야 했다.

직원들이 작성한 보도 자료를 보고 있던 팀장은 직원들에게 일일이 지시했다.

"이렇게까지 쓸 필요는 없지. I.J에 근무하는 테일러라는 말은 빼고 그냥 I.J라고만 넣어. '일레븐'의 공모전에 한국의 유명한 숍 I.J가 참여했다. 최고의 유명세를 떨치고 있는 숍답게 메인 캐릭터 '소미'에게 입혀놓은 붉은 악마 일러스트는 무척 세련되고 파격적인 디자인이다. 이런 식으로, 오케이?"

"그래도 돼요? I.J에서 고소하고 그러면 어떡해요."

"뭘 고소를 해. 임우진이 디자인했다고 했어? 안 했잖아. 그 사람들 I.J 소속이라면서. 그냥 I.J라고 했으니까 문제없어. 그리고 거기서 항의하면 그때 수정하면 되니까 내 말대로 해. 제작 팀한테 언제 업데이트 가능하냐고 연락해서 거기에 맞춰 준비하고."

부하 직원은 약간 마음에 걸리긴 했지만, 팀장의 말도 틀린 건 없었기에 고개를 끄덕였다.

*   *   *

며칠 뒤. I.J 숍은 우진이 없는 동안 계획한 일을 진행하기 위해 평상시보다 더 바쁘게 움직였다. 하지만 일을 하면 할수록 우진의 공백이 느껴졌다.

홈페이지와 SNS에 건강상의 문제로 당분간 예약을 받지 않는다는 알림을 올렸음에도 언제부터 예약을 받는지 문의하는 글이 끝없이 올라왔다. 간혹 몇몇은 우진을 걱정했지만, 대부분의 사람들은 우진이 아프다는 것에 관심이 없었다. 오로지 자신들의 예약 여부만 궁금해했다. 오래 기다렸다고 화를 내는 사람도 있었고, 이때가 기회다 싶었는지 입어본 적도 없으면서 다시는 이용하지 않는다고 한 사람들까지 나왔다.

기획한 일을 SNS에 올리기 전 반응을 살피던 매튜와 세운은 그런 글들을 보며 씁쓸해했다.

"진짜 사람들하고는. 사람이 아프다는데 어쩜 저렇게 차가워. 자기들 기다릴까 봐 수술도 안 하려고 한 놈한테 못 하는 소리가 없어."

세운을 통해 어떤 내용인지 알게 된 매튜도 굉장히 씁쓸해했다.

"확 이번 정장 판매 안 할까 보다."

"실장님이 책임지시면 저도 동의합니다."

"어? 아니, 그냥 말이 그렇다는 거지."

"사실 약간 걱정은 됩니다."

"뭐가 걱정돼?"

"다들 선생님만 찾으시는 거 말입니다. 디자이너가 디자인하고 테일러가 옷 만드는 건 보통 숍 같았으면 아무렇지도 않게 넘어갈 일인데, 그동안 선생님이 너무 열정적으로 하셔서 다들 선생님이 만들길 원합니다. 그런데 선생님이 없다 보니 생각보다 주문이 많지 않을 수도 있을 것 같습니다."

세운도 곰곰이 생각을 하다가 이내 동의한다는 듯 고개를 끄덕였다.

"휴, 없으니까 확 느껴지네. 그래도 놀고 있을 순 없잖아. 올리자."

"지금 올렸습니다."

파란색 정장 사진과 함께 매장에서 맞춤 판매 한다는 내용의 공지를 올렸다. 기존과 다르게 매장 방문에 한하여 주문을 받았고, 한정판도 아니었다. 이런 판매는 I.J에서 처음이었고, 다른 숍에서도 한 적이 없는 형태였다. 같은 디자인을 체형에 맞게 제작해 판매하는 것. 그러다 보니 희소성이 떨어져 가격도 기존보다 낮게 책정했다.

엄청난 팔로워 수답게 글을 올리자마자 댓글이 쉴 새 없이 달렸다. 공지에 올렸던 내용을 또다시 묻는 내용도 있었고, 걱정과 달리 기대된다는 댓글도 있었다. 세운이 그런 글들을 매튜에게 읽어주다가 갑자기 말을 멈췄다.

"뭐야, 이건. 아프다면서 옷도 팔고, 게임 디자인도 하고 그러냐고? 이게 뭔 개소리야."

"그게 무슨 뜻입니까?"

"몰라, 우진이가 무슨 게임 캐릭터 디자인을 했다고. 그거 애들이 한 거잖아."

그 뒤로도 비슷한 말들이 보였다.

—원래 게임에 빠지면 헤어날 수 없지. 갓레븐 짱짱!

"이게 뭐야?"

세운은 곧바로 검색창에 일레븐을 검색했다. 그리고 가장 위에 있던 일레븐 홈페이지를 눌렀다. 그러자 찾느라 고생할 필요도 없이 팝업창에 퐛사태권의 디자인을 입은 게임 캐릭터가 보였다.

—I.J 붉은 악마 스킨. 기간 한정 특별 할인 110,000원 → 33,000원

"뭐야, 이름도 I.J인데? 매튜 이거 이대로 놔둬도 돼?"

"테일러들도 숍 소속이니까 틀린 건 아니군요. 다른 기사들은 없습니까?"

세운은 창을 닫은 뒤 기사들을 검색했다. 생각보다 기사는 많이 없었지만, 게임 커뮤니티에서는 그 얘기로 이미 시끄러운 상태였다.

—I.J 스킨 이거 실화냐?

—인기투표 할 때 나 이거 뽑았음ㅋㅋ

—정말 I.J 디자이너가 공모전에 참가한 거임?

—맞다잖아. 외쳐! 갓겜!

"완전 노린 거 같은데? 사람들이 물어봐도 운영진에서 대답을 안 해준대."

"그렇군요. 다른 기사들도 좀 보시죠."

"다 똑같아. 이거 이렇게 내버려 둬도 돼? 애들이 한 건데 우진이가 한 걸로 오해하잖아. 그리고 무슨 문제 생기면 덤터기 쓰는 거 아니야?"

"그 전에 해결해야죠. 마침 잘됐네요."

"뭐 하려고?"

"일단 전화부터 해보죠."

매튜는 팟사라곤에게 가더니 며칠 전 봤던 박 대리라는 사람의 연락처를 받아 왔다. 그러고는 세운에게 넘겼다.

"내가?"

"영어 할 줄 알면 바꿔주시면 됩니다."

"뭐라고 그래?"

"제대로 수정해 달라고 하시면 됩니다. I.J 소속의 팟사태권 팀까지는 허용한다고 하십쇼."

세운은 해야 할 말을 메모까지 한 뒤 전화를 걸었다.

"이틀 전에 I.J 찾아오신 분 되십니까?"

—네? 누구세요?

"I.J 실장인데요. 기사 때문에 연락드렸습니다. 기사를 좀 정확히 내보내셔야 하는 거 아닙니까?"

—아, 그거요. 저희도 기사 보고 수정해 달라고 요청했는데 답이 없어요. 빠른 시일 내로 처리하겠습니다.

"아니! 그럼 그 홈페이지에 요상한 여자가 옷 입은 거에 IJ 이름 들어간 건 어떻게 설명할 겁니까?"

—아, 그건 저희 담당이 아니라서요. 번거로우시겠지만, 제작 팀이나 고객 담당 부서에 문의해 보시는 게 좋을 것 같아요.

이곳까지 찾아와 놓고 책임을 다른 쪽에 넘기는 모습에 세운은 기가 막혀 헛웃음을 뱉었다. 말투는 또 왜 저렇게 친절한지, 세운은 친절한 말투가 듣기 싫다는 걸 처음 느껴봤다. 그 뒤로도 비슷한 대화가 오갔고, 정해진 매뉴얼이라도 있는 듯 같은 답변만 듣고 나서야 통화를 마쳤다.

"이 새끼들 웃긴 놈들이네. 상금도 개코딱지만큼 줄 때부터 알아봤어. 기다려 봐. 제작부서에 전화해야지."

"안 하셔도 됩니다."

"왜? 해야지. 딱 봐도 알고 했다니까?"

"그쪽에서 공개 안 하면 우리가 하면 됩니다."

"우리가? 하긴 우리가 아니라고 하면 거기서 고치겠지."

"안 고쳐도 됩니다. 거기서 제대로 홍보했다면 번거로울 필요 없었을 텐데. 뭐, 우리도 이용하면 됩니다. 우리 입으로 소문내기보다는 좀 더 큰 곳에서 소문나게 해야겠군요. 잘되면 테일러들 실력도 인정받을 수 있을 것 같네요."

매튜가 피식 웃자 세운이 궁금한 얼굴로 물었다.

"큰 데? 방송국 같은 데 말하는 거야?"

"선생님이 안 계셔서 그건 아닙니다.

"그럼 신문사 같은 데?"

"아닙니다. 저희 돈 쓸 필요 없습니다."

"그럼?"

"조이클럽이면 꽤 큰 기업 아닙니까? 안 그래도 최 실장님하고 오후에 약속 있습니다."

매튜의 얘기를 들은 세운은 그제야 이해된다는 듯 크게 웃었다.

"좋은데? 그럼 따로 홍보할 필요도 없겠네!"

* * *

조이클럽의 마케팅 팀 정 과장은 계약 담당 부서도 아닌데 갑자기 계약 자리에 함께하게 됐다. 회사에 걸려온 전화 한 통 때문이었다. 갑자기 본사로 오기로 했던 최범찬이 바쁘다는 이유로 약속 장소를 바꿔 버렸다. 다른 경우라면 약속 날짜를 새로 잡았을 텐데 장소가 I.J였다. 그 때문에 계약 담당 부서에서 확인 전화를 시작으로 도움 요청까지 받아 이곳에 함께 자리했다.

그런데 이곳에 와보니 최범찬은 입을 다물고 있었고, 다른 사람들이 나서서 계약을 살피는 중이었다. 한 사람은 외국인이었고, 한 사람은 모델이라고 의심될 정도로 멋있어 보이는 남자였다. 이럴 줄 알았으면 영어를 잘하는 직원을 데려올 걸하는 후회 중일 때, 멋있는 남자가 입을 열었다.

"MD님이 이 부분은 수정이 가능한지 물어보시네요."

"계약기간이요? 어떻게 말씀이신지."

"기간을 둬야 한다고 하네요. 계약 한 번으로 인센티브도 없는데 평생을 사용하는 조건은 아니라고 합니다. 5년이면 적당하다고 하시네요."

"네? 그 부분은 보통 다른 유니폼도 이렇게 하는데… 유니폼 변경이 그렇게 자주 있는 경우는 아니라서……."

표준계약서임에도 계약서를 아주 외울 듯이 살피는 모습에, 뭔가 잘못된 게 있을까 괜히 걱정까지 됐다. 정 과장은 두 사람이 계약서를 살피는 동안 범찬을 봤다. 그런데 정작 계약당사자인 최범찬은 관심 없다는 듯 미소만 짓고 있었다.

"그런데… I.J에 디자이너는 한 분으로 알고 있었는데."

범찬은 변함없이 미소만 지었고, 옆에 있던 남자가 대신 입을 열었다.

"최 실장님은 지금 준비 중이십니다."

"아! 그렇군요! 그런데 왜 저희 공모전에 참가하셨는지……."

"배우려고 참가하신 겁니다."

"배우신다고요?"

"I.J에선 최 실장님뿐만 아니라 다른 직원도 공모전에 참가하고는 합니다. 항상 정장이나 캐주얼만 만들다 보면 사고가 좁아질까 하는 걱정에 생각해 낸 겁니다."

"그럼 다른 공모전에도……."

"아닙니다. 그럴 시간도 없고요. 처음이죠. 이번에 최 실장님 말고도, 다른 팀도 다른 곳에서 1등을 했더군요. 그것보다 계약금하고 아까 그 부분 말고는 다른 부분은 전부 괜찮다고 하시네요."

정 과장은 머릿속이 빠르게 돌아갔다. 유명한 우진이라면 더 좋았겠지만, 저 두 사람이 범찬을 깍듯이 대하는 모습이나 공모전에 냈던 디자인을 봐선 이 사람도 머지않아 유명해질 것 같았다. 세계적으로 유명한 I.J에서 아무한테나 저러진 않을 것 같았다. 그러다 보니 이번 계약을 놓쳐선 안 될 것 같았다. 5년으로 계약을 한다고 해도, 보통 그 정도 기간이 지나면 한 번씩 유니폼을 교체해서 사실 크게 문제는 없었다. 단지 사소한 분쟁거리라도 사전에 없애기 위한 항목이었다.

마케팅 팀 소속답게 지금 이 상황을 어떻게 홍보하는 게 좋을지 머릿속이 바쁘게 움직였다. 그때, 앞에 있던 남자가 입을 열었다.

"어떻게 하실 건지. 저희가 이번에 새로 준비하고 있는 작업을 최 실장님이 담당하셔서 시간이 많지 않으십니다."

"아! 최대한 조율해서 빠른 시간 내에 연락드리겠습니다. 그런데 저희가 계약하게 되면 I.J의 디자인이라고 홍보를 해도 되는지… 아! 물론 된다면 그 부분까지 추가하겠습니다."

"물론 안 되죠. 최범찬 실장님의 이름을 사용하셔야 합니다. I.J 이름으로 참가하신 게 아니라 개인 이름으로 참가하신 겁니다."

"그래도 I.J 소속이신데……."

젊은 남자가 최범찬을 보자 최범찬은 그저 아무 말 없이 고개를 끄덕거렸다.

"디자이너님이 I.J 소속까지는 괜찮다고 하시네요. I.J 소속이신 건 맞으니까 홍보하실 생각이라면 그렇게 하시면 됩니다. 참고로 다른 디자이너분이 당선된 공모전에선 I.J 디자인이라고 홍보를 해서 고소 준비 중입니다."

정 과장은 약간 아쉽긴 했다. 하지만, 아까도 느꼈듯이 최범찬은 분명 크게 될 사람 같았다. 게다가 I.J라는 이름 하나만으로도 먹고 들어갈 게 뻔했다. 소비자들의 관심은 물론이고, 단가가 싸다 보니 편의점 점주들까지 환영할 것 같았다. 물론 단가를 더 올려서 팔 수도 있지만, 그것보다는 본사와 지점이 서로 상생하는 이미지를 보여준다면 더 많이 영업을 할 수 있었다. 그렇게만 된다면 이런 계약을 따내고 마케팅까지 계획한 자신은 임원까지 노려볼 수 있을 것 같았다.

"제가 최대한 빠른 시일 내에 찾아뵙겠습니다."

＊　　　　＊　　　　＊

입원을 결정하고 며칠 뒤, 병원에 가기 전 우진은 거실 소파에 앉아 있었다. 낮에 이렇게 한가하게 있어본 적이 무척 오랜만이라 굉장히 어색했다. 스케치라도 해볼까 했지만, 그것조차 여의치 않았다. 대구에서 올라온 어머니가 자신의 손을 놓아주지 않았고, 우진은 그 손을 빼낼 수가 없었다.

처음에는 부모님 모르게 수술을 할 수 있을까 고민도 했다. 실명된 걸 본인들 탓으로 생각하시던 부모님이었기에, 아프다는 걸 밝혔을 때의 반응은 안 봐도 알 것 같았다. 하지만 큰수술인 만큼 언제까지고 숨길 수가 없어서 얘기를 했고, 그날 밤 부모님 두 분이 서울로 올라오셨다. 그리고 예상한 대로 마치 죄라도 지은 것 같은 얼굴로 미안해하셨다.

"수술이 어렵지 않다고 그랬어요. 너무 걱정하지 마세요."

"그래, 그래야지."

처음 얘기를 들으셨을 때는 하늘이 무너지는 것 같은 얼굴이었지만, 지금은 진정이 조금 됐는지 처음만큼은 아니었다.

"오늘 입원하고 검사 또 한다고? 검사 결과가 잘못 나왔을 수도 있는 거고?"

"네. 일단 입원해서 다시 검사하고 수술 날짜 잡는다고 그랬어요."

"그래… 괜찮을 거야."

"너무 걱정하지 마세요."

오랜만에 뵙는 부모님인데 할 말이 걱정하지 말라는 말뿐이었다. 그럼에도 부모님은 땀이 찰 정도로 우진의 손을 부여잡고 있었다. 대화 없이 그저 손만 부여잡고 있다 보니 어느덧 가야 할 시간이었다. 우진은 병원에 가기 전 숍 식구들에게 얘기를 해야 할 것 같아 조심스럽게 손을 빼며 말했다.

"가기 전에 숍 식구들한테 얘기해야 할 것 같아요."

"그래, 그래야지."

이미 세운을 통해 들었을 테지만, 그래도 메시지보다는 전화로 말하는 게 좋을 것 같았다. 그리고 세운이 도통 숍 소식을 말해주지 않았기에 궁금하기도 했다.

"매튜 씨, 밖이세요?"

—네, 목동에 와 있습니다.

"아, 그렇구나. 제가 가봐야 하는……."

—신경 쓰지 않으셔도 됩니다. 오늘 입원하신다고 들었습니다. 병문안 가겠습니다.

우진은 숍 일에 궁금해하지 말라는 듯 딱 자르는 매튜의 말투에 멋쩍게 웃었다. 매튜와 통화를 마친 후엔 장 노인에게 전화를 걸었고, 이번에 준비하는 옷의 원단을 준비하려고 서문시장에 내려와 있다는 말을 들었다. 자신이 없는데도 무척이나 바쁜 모습들이었다. 그 모습들을 보자 하루빨리 돌아가고 싶은 마음이 커졌다.

장 노인에게 전화를 걸어서 사무실 식구들에게 인사할 생각이었지만, 장 노인이 밖에 나가 있었기에 우진은 사무실에 있을 만한 사람을 골라 전화를 걸었다.

─선생님… 병원이세요? 몇 호실이에요?

"아, 아직 안 갔어요. 가기 전에 전화드린 거예요. 유 실장님은 숍이시죠?"

─네. 너무 걱정하지 마세요. 수술 분명히 잘될 거예요.

"하하, 네. 다른 분들은 자리에 계세요? 인사하려고요."

─잠시만요!

하루 종일 걱정하지 말라는 말을 했는데 남을 통해 듣게 되자 뭔가 새롭게 느껴졌다. 우진은 피식 웃으며 기다렸고, 잠시 뒤 숍 대부분의 식구들과 인사를 나눌 수 있었다.

"그런데 윤 매니저님하고 최 실장님 어디 가셨어요?"

─아! 오늘 최 실장님 유니폼 설명회 한다고 거기 가셨어요.

"그래요?"

우진은 기쁜 듯 웃었다. 그러고는 이런 좋은 소식이 있으면서 얘기도 안 해주는 세운이 떠올라 코를 찡그렸다. 그러다 병원에서 나오면서 스쳐봤던 조이클럽을 떠올렸다.

"혹시 본사에서 설명회 해요?"

─그렇긴 한데… 다들 알아서 잘하실 거예요. 밤새 연습하시고 가셨거든요.

범찬의 일이 무척이나 뿌듯했다. 아마 자식이 잘되면 이런 기분이지 않을까 싶으면서도, 함께하지 못하는 것에서 약간 서운함을 느꼈다. 그때, 옆에 있던 아버지가 입을 열었다.

"그렇게 매장이 좋아?"

"아, 저희 테일러분 중에 한 분이 설명회에 가셨다고 해서요. 조이클럽하고 계약했거든요."

"그래. 좋은 일 있으면 좋아해야지. 우진이 너도 빨리 나아서 같이하면 되니까, 지금 그 자리에 함께하지 못한다고 서운해하지 말고."

자신의 마음을 바로 알아차리는 아버지였다.

"그럼 이제 그만 일어나자."

*　　　　*　　　　*

조이클럽에서 공모전 결과를 발표했다. 보통이라면 회사 내에서 촬영하고 그 사진으로 보도 자료를 만들어 신문사들에게 돌렸을 테지만, 이번에는 이례적으로 기자들까지 초청했다. 물론 수상자도 아닌 범찬도 이 자리에 함께였다. 범찬이 긴장했는지 계속 물만 들이켜자 함께 온 준식이 웃으며 말했다.

"다리 좀 그만 떨어요."

"어우, 너무 떨려요. 선생님이 왜 기자들 피해 다니시는지 알 거 같아요."

"이래서 올라가서 설명할 수 있겠어요?"

"다 외우긴 했는데. 엄청 떨리네요."

"하하, 저번에는 잘만 웃고 있었잖아요. 그때처럼만 해요."

"그때는 말을 안 했으니까……."

범찬은 가슴을 쓰다듬으며 마이크를 잡고 있는 사람을 봤다. 오늘은 공모전 시상과 더불어 조이클럽의 새 유니폼을 공개하는 자리였고, 지금만 하더라도 공모전에서 뽑힌 사람이 자신의 디자인에 대해서 설명 중이었다. 설명만 하면 이렇게 안 떨었을 텐데, 기자들이 질문을 했다.

수상자가 말을 잘했더라면 그나마 긴장이 덜 됐을 텐데, 이런 상황이 익숙하지 않은 일반인이었기에 목소리까지 떨면서 힘들게 답변하고 있었다. 자신도 조금 있으면 저럴 거라 생각하니 저 모습이 남의 일처럼 느껴지지 않았다.

겨우 수상자의 소감 및 질문 시간이 끝났고, 수상자는 땀까지 닦아내며 단상을 내려왔다. 그리고 사회자의 목소리가 들려왔다.

"이번 공모전을 통해 소비자에게 한발 더 친근하게 다가갈 수 있는 유니폼이라고 생각합니다. 이종식 씨의 디자인은 바로 다음 주부터 전국 조이클럽에서 만나보실 수 있습니다. 그리고 이번 공모전과 더불어 조이클럽이 준비한 유니폼이 하나 더 있습니다. 일단 유니폼부터 만나보시죠."

그러자 뒤에서부터 열댓 명의 사람들이 조끼를 입은 채 단상 위로 올라왔다. 그 모습을 보자 더욱더 떨리기 시작했다.

"이번 유니폼은 하절기 유니폼으로써, 기존 조이클럽의 유니폼에서 많은 변화를 준 작품입니다."

아주 짧긴 했지만, 모델들은 패션쇼라도 되는 듯 밑으로 내려와 기자들과 관계자들 사이를 누볐다. 아까 공모전 때도 똑같이 쇼를 진행했었지만, 범찬은 그 모습을 보자 더욱 긴장됐다. 이윽고 모델들이 다시 단상으로 올라가자 사회자가 입을 열었다.

"그럼 하절기 디자인을 책임지신 최범찬 디자이너님을 소개합니다."

범찬은 떨리는 다리를 한 번 세게 꼬집은 뒤 일어났다. 그러고는 단상 위로 올라가 마이크 앞에 섰다. 모두 자신만 바라보고 있어 더욱 떨렸다. 심장소리가 들리는 것처럼 느껴질 정도였다.

"안녕하세요……"

조이클럽과 설명회를 사전에 준비했는데 시작부터 아무런 생각이 들지 않았다. 사람들의 시선은 더욱 집중됐고, 범찬은 사람들과 눈을 마주치기 힘들어 가장 뒤에 있는 문에 시선을 고정했다. 떨리는 와중에도 속으로는 할 말을 생각할 때, 애써 시선을 고정하고 있던 뒷문이 열렸다. 총 세 사람이었고, 그중 한 명은 자신이 가장 잘 알고 있는 사람이었다. 어째서 이곳에 있는지는 알 수 없지만, 자신과 눈이 마주친 그 사람이 엄지를 내밀자 긴장이 순식간에 풀리기 시작했다.

"후우, 안녕하세요. I.J 소속 디자이너 겸 테일러 최범찬입니다."

밑에서 긴장하며 보고 있던 준식은 그제야 안도의 한숨을 뱉었다. 그리고 장내가 갑자기 시끄러워졌다.

"I.J? 임우진 디자이너 있는 I.J 말하는 거지?"

"대박. 조이클럽 대박이네. 명품 브랜드에서 받은 유니폼이라고?"

기자들은 자기들끼리 질문할 거리를 생각하고 있었고, 관계자들은 흐뭇하게 바라봤다. 설명회에 참석한 점주들은 자신들끼리 떠들어댔다. 사회자가 나서서 진정시키고 나서야 다시 범찬이 입을 열 수 있었다. 지금도 약간 떨리긴 했지만, 말을 할수록 긴장을 풀리는지 준비했던 대로 설명을 이어나갔다.

"제가 편의점을 돌아다녀 본 결과 점주분들이 직접 운영하시는 곳도 있지만, 학생들이 아르바이트하는 곳도 굉장히 많더라고요. 젊은이들 사이에서는 편의점 알바라는 직업이 가장 밑바닥으로 인식된다는 걸 아실 겁니다. 그래서 조이클럽은 젊은이들이 자부심을 가지고, 자신들이 소중한 사람임을 느낄 수 있는 멋진 유니폼을 원했고, 저 역시 그 생각이 옳다고 생각해 동참하게 되었습니다."

범찬은 조이클럽에서 원한 내용대로 설명을 이어나갔다. 이미 관계자들은 기자들 사이에서 들리는 말에 굉장히 만족해하는 얼굴이었다.

"하긴 LJ 얼마 전에 기부도 했잖아."

"그렇지. 무슨 국회의원이라도 나가려고 그러나? 옷 가게가 아니라 사회사업 하는 기업 같아."

"조이클럽도 이미지 팍 올라가겠네."

다들 자신들끼리 숙덕거리는 와중에도 범찬은 디자인에 대한 설명을 준비한 대로 끝냈다. 그러자 사회자가 곧바로 마이크를 받아넘겼다.

"그럼 질문 시간 갖겠습니다."

사회자가 기자를 선택하면 대답은 범찬이 하는 형식이었다. 처음 뽑힌 기자는 곧바로 질문을 던졌다.

"임우진 디자이너도 참여한 겁니까?"

"이번에는 개인적으로 참여한 겁니다. 하지만, 제가 선생님께 배웠으니 참여하신 거나 다름없지 않을까요?"

범찬은 준비한 대로 질문을 잘 받아넘겼다. 그러고는 가장 뒤에 앉아 있는 사람을 보며 미소 지었다.

"임우진 디자이너가 현재 요양 중이라고 알고 있는데 어디가 얼마나 아픈 겁니까?"

"현재 치료 중이시고, 다시 건강해지실 거라고 믿고 있습니다."

"병명은 말씀해 주실 수 없나요?"

"그건 나중에 선생님께서 직접 말씀하시는 게 좋겠군요."

계속해서 우진의 얘기가 나오자 사회자가 나섰다.

"이 자리가 유니폼을 발표하는 자리인 만큼 I.J에 관한 질문은 자제해 주시길 부탁드립니다. 그럼 다음 질문 이어가겠습니다."

그 뒤로도 질문이 한참이나 계속됐다. 대부분이 조이클럽과 매튜, 준식이 준비해 준 답변으로 해결이 가능했다. 기자들의 질문이 끝나자 한쪽에 무리를 짓고 앉아 있던 점주들 중에 한 명이 손을 들었다.

"취지도 좋고, 유니폼도 마음에 듭니다. 그런데 이건 좀 너무하다는 생각이 드네요."

"네?"

"그렇지 않습니까. 본사야 유니폼 정하면 끝이지만, 우리는 그걸 안 살 수가 없잖아요. 안 사면 미스터리쇼퍼 보내서 감점 먹이고. 진짜 너무 점주들 생각은 안 해주는 거 아닙니까?"

점주 한 명의 말이 끝나자 함께 있던 점주들이 동조했다. 장내가 약간 소란스러워졌고, 범찬은 자신이 대답할 부분이 아니었기에 사회자에게 대답을 넘겼다. 그러자 사회자가 이해한다는 듯 점주들을 진정시켰다.

"이게 진정할 게 아니잖아요. 유니폼을 소모품으로 분류해놔서 가격도 만만치 않은데."

"진정들 하세요. 점주님들께는 따로 설명을 드리려고 했습니다."

"아니, 얼마나 비싸게 팔려고 따로 설명을 합니까! 이 자리에서 하지!"

기자들은 오히려 지금 같은 상황이 더 흥미로운지 점주들까지 찍기 시작했고, 사회자는 약간 당황했다. 그러자 단상 위로 마케팅 팀의 정 과장이 급하게 올라와 마이크를 잡았다.

"안녕하세요. 하하, 이게 기업 내 기밀이란 거 아시죠? 그래도 이렇게 말 나온 김에 이번 유니폼 가격을 속 시원하게 밝혀 드리겠습니다. 이미 공지를 받으셔서 아시겠지만, 공모전에 당선된 유니폼은 기존하고 차이가 없어요. 그런데 지금 유니폼은 조금 차이가 있어요."

"아니! 당연하지! 누가 편의점 일하면서 명품 입고 싶답디까?"

"아! 오해를 하시는데 기존의 가격은 공개 석상이라서 말씀드리지 못하지만, 이건 말씀드려야겠네요. I.J 소속의 최범찬 디자이너도 그 부분까지 염두에 두고 만드셨거든요. 그래서 가격은 본부매가가 8,000원! 점포매가도 8,000원! 입니다!"

"뭐요? 팔처… 어?"

점주들은 서로의 얼굴을 보며 자신들이 들은 게 맞는지 확인했다. 그 모습을 본 정 과장은 웃으며 입을 열었다.

"어떻게 저희만 살자고 하겠습니까. 점주님들이 모이고 모여서 조이클럽이 있는 거 아니겠습니까. 언제나 점주님들과 함께하는 그런 조이클럽이 되려고 노력 중이니 부디 지켜봐 주시길 바랍니다."

불과 몇천 원 차이임에도 점주들의 목소리가 순식간에 사라졌다.

*   *   *

입원한 다음 날, 또다시 검사를 받았다. 막상 검사를 받게 되니 결과가 달라지지 않을까 하는 기대도 생겼지만, 결과는 전과 다르지 않았다. 그래도 수술받기로 마음먹었기에 크게 동요하진 않았다.

그러나 자신과 다르게, 수술이 어떻게 진행되는지 들은 부모님의 얼굴은 처참할 정도로 변해 있었다. 그런 부모님을 보며 오히려 미안해진 우진은 분위기를 바꾸려 했다.

"환자복이 생각보다 편한데요?"

"그래?"

"나중에 한번 만들어봐야겠어요."

"환자복을 뭐 하러 만들어. 그런 건 만들지 마."

어머니의 구박에 우진은 가볍게 웃었다. 수술을 마치고 회복되는 모습을 보면 조금은 달라지겠지만, 지금은 무슨 말을 해도 근심이 가득해 보이는 얼굴이었다.

그때, 병실로 가는 복도에서 익숙한 얼굴이 보였다.

"삼촌, 매튜 씨."

"어? 아픈 놈이 어디를 그렇게 돌아다녀. 아, 안녕하십니까."

병원까지 세운과 매튜가 찾아왔다. 못 본 지 하루밖에 안 됐는데도 무척이나 반가웠다. 두 사람은 부모님과 인사를 나눈 뒤 병실로 들어왔고, 부모님은 잠시 자리를 비켜줬다.

"뭐야, 매튜한테 2인실이라고 들었는데 1인실이나 다름없네."

"곧 차겠죠. 그런데 왜 이렇게 일찍 오셨어요?"

"아, 수술받기 전에 보려고 왔지. 매일 단안경 쓰고 있는 거 보다가 안대 쓴 거 보니까 조금 이상하네."

우진은 피식 웃으며 안대를 매만졌다.

"맞다. 너 어제! 조이클럽 시상식 하는 데 갔었다며! 어떻게 알았어?"

"병원 오다 보니까 저기 크게 현수막 걸어놨더라고요."

"아… 저기가 조이클럽이지."

우진이 창밖 멀찍이 보이는 건물을 가리키며 말하자, 세운이 이해했다는 듯 고개를 끄덕였다.

"그래도 뭐 하러 거기까지 갔어."

"괜찮아요. 바로 나왔어요. 최 실장님 잘하시더라고요."

"잘하기는. 휴, 최 실장이 돌아와서 뭐라는 줄 알아? 갑자기 너 보니까 긴장이 싹 풀리더래. 아버지 이후로 자기를 지켜줄 것 같은 사람이라는 느낌을 팍 받았단다. 좋겠다. 너보다 나이 많은 자식 둬서."

"하하하, 그랬어요? 잘하시던데."

"아무튼 고맙대. 안 그래도 오늘 오려는 거, 한꺼번에 너무 많이 오면 너 불편해할 거 같아서 나눠서 오기로 했어."

"바쁘실 텐데 천천히 오셔도 돼요."

"자기들이 오겠다는 걸 내가 어떻게 말려. 맞다, 너 기사도 봤겠네? 기사도 나오기 시작했는데."

"기사는 아직 못 봤어요. 자꾸 눈 쓰지 말고 쉬라고 하셔서."

"하긴. 어머님이 많이 걱정하시지."

우진은 기분 좋은 대화를 이어나갔다. 역시 이 사람들이랑 있을 때가 가장 마음이 편해졌다. 그때, 매튜가 기사를 보여주려다 말고 자신이 아닌 세운에게 휴대폰을 넘겼다.

"뭐. 어쩌라고 나 주는 거야."

"읽어주시죠."

"한국에 살면 한국말 좀 배워. 줘봐."

자신에게 보여줄 생각으로 기사들을 캡처해 놨는지, 전부 사진들이었다. 한국말도 모르는 매튜가 기사를 찾느라 고생했을 모습을 상상할 때, 세운이 눈치챘는지 바로 입을 열었다.

"이거 기사도 내가 찾아준 거야. 너 없으니까 나한테 계속 물어본다."

"안 그래도 한국말 배우시는 중이래요."

"뭘 배워. 할 줄 아는 말이라고는 '여기 불고기백반 팔아요?' 이거뿐이야."

"하하하."

"웃기는. 읽어줄게."

세운은 피식 웃고는 기사를 읽어 내려갔다.

"국내 5대 편의점 프랜차이즈 중 20,000개의 점포 수를 자랑하는 조이클럽이 새로운 유니폼을 공개했다. 이다음은 그냥 공모전 얘기고. 여기 있네. 청년들에게 자부심과 자긍심을 만들어주려는 의도로 제작했다고 알렸다. 그리고 유니폼에 제작에 참여한 브랜드는 아제슬, 강민주 원피스 등으로 유명한 국내 명품 브랜드 I.J이다."

"왜 I.J라고만 나와요? 최 실장님이 한 건데."

"기다려 봐. 뒤에 있어. 주인공은 I.J의 디자이너로 알려진 임우진 디자이너가 아니었다. I.J는 소속 디자이너 최범찬 씨가 디자인했다고 밝혔다. 그리고 여기 가장 밑이 제일 좋아. 명품 브랜드로 자리매김을 했음에도 기부나 사회 이슈에 관심을 보이며 적극 참여하는 I.J를 진정한 명품으로 인정하고 싶은 바이다. 이 정도? 기다려 봐, 다른 기사도 있거든."

세운은 계속해서 필요한 부분만 읽어 내려갔다.

"이건 윤 매니저 기사다. I.J의 관계자와 접한 바로는, 기존에 알려진 것과 달리 I.J는 상당히 많은 디자이너를 보유한 것으로 추측된다. 매튜가 시킨 대로 한 거고."

"하하, 테일러분들 열심히 해야겠네요."

"그래야지. 기사 보면서 아주 자기들끼리 신났어. 그리고 그 다음도 읽어줄게. I.J의 디자이너들은 사고의 유연성을 위해 여러 분야의 공모전에 참가했고, 이미 상을 받은 곳도 있다고 알렸다."

기사 내용을 전해 듣던 우진은 웃으며 매튜를 봤다.

"테일러분들 아직 많이 부족한데, 벌써 이렇게 해도 돼요?"

"흠, 열심히 해야죠. 선생님 수술 끝나고 말씀드리려고 했습니다."

세운은 인상을 찡그렸고, 매튜는 가우스 얘기를 꺼냈다. 그 말을 듣던 우진은 가만히 생각하더니 입을 열었다.

"숍에 문제는 없을 거 같은데. 우리 숍 출신인지도 모르고 뽑은 거 아니에요?"

"그건 맞습니다."

"그럼 더 문제없죠. 좋으니까 뽑혔을 거 아니에요. 다만 제가 한 것도 아닌데 제가 한 것처럼 된 게 좀 그러네요. 테일러분들이 고생해서 낸 디자인인데."

"저도 그렇게 생각합니다. 문제는 우리 이름을 이용해서 판매를 하고 있다는 점입니다. 그래도 이번 조이클럽 기사 덕분에 테일러분들을 향한 관심도 많아졌습니다."

매튜가 I.J의 홈페이지를 보여주었다. 그곳에는 전에 보지 못

했던 사진이 보였다. 자신이 매튜에게 만들어준 정장이 I.J 블루라는 이름을 달고 있었다. 그리고 그 밑에는 기간 한정이라는 말과 함께, 10월 말까지만 주문 제작이 가능하다는 내용이 있었다. 팝업창을 누르니 테일러들의 소개까지 이어졌고, 글을 클릭하자 화면이 넘어가며 각자의 이력이 나타났다. 그리고 순태와 판권의 소개 가장 밑에 적힌 글이 보였다.

「가우스 공모전 대상 수상(팀 팟사태권)」

"하하, 잘하셨네요."

"팟사라곤 씨가 수고했습니다. 선생님이 공모전에 참가하라고 하신 덕분에 선생님이 자리를 비우신 동안에도 문제없이 운영될 것 같습니다."

우진은 한결같이 자신을 치켜세우는 매튜의 모습을 보며 피식 웃었다.

"가우스에서 연락은 왔어요?"

"안 왔습니다. 아마 올 시간이 없을 겁니다."

"왜요?"

"게임 유저들이 들고일어났습니다. 전부 선생님 작품인 줄 알고 있었는데 아니라고 알려지자 난리도 아닙니다. 게임 커뮤니티에 기사까지 나왔습니다. I.J의 이미지를 이용해 자신들의 잇속을 채우려는 가우스라고. 회사에서 뒤늦게 공지를 올리기는 했습니다."

그러자 세운이 마구 웃으면서 입을 열었다.

"공지 때문에 더 욕먹지. 인정하면 될 걸, 변명을 그렇게 해 놨으니 나 같아도 화나겠다."

"뭐라고 올렸는데요?"

"자기들은 I.J라고만 했지, 임우진 디자이너를 딱 집어서 말 한 적 없대. 속일 생각이 아니라 정보 전달이 미흡해서 일어 난 일이라 환불 안 된다고 올려놨더라. 게임하는 애들 다 떠 나면 그때서야 후회하겠지."

우진은 병원에 있음에도 자신이 계속 언급되는 일들을 전 해 들으며 멋쩍은 미소를 지었다. 기사 내용들이 대부분 자신 을 최고라고 인정하는 글이었기에, 수술 후에도 그런 소리를 들을 수 있을지 걱정이 됐다. 하지만 한편으로는 눈이 안 보 이는 만큼 하루빨리 숍으로 돌아가 더 노력하고 공부하고 싶 다는 생각도 들었다.

그때, 할 말을 따로 휴대폰에 적어 온 매튜가 입을 열었다.

"그리고 전에 말씀하신 전문경영인을 구해보는 게 어떨까 싶습니다. 선생님이 물론 회복하시겠지만, 그래도 두 가지 일 을 병행하시는 건 힘들 거라고 생각합니다. 돌아오셔서 디자 인에만 신경 쓰실 수 있게 해드리고 싶다는 게 직원들 바람입 니다."

전부터 생각하던 일이 자신의 병 때문에 이뤄질 줄은 몰랐다. 우진이 피식 웃자 매튜는 휴대폰에 체크까지 했다. 그러고는 아직 끝나지 않았다는 듯 마저 입을 열었다.

"선생님이 자리를 비우시는 동안 테일러분들에게 디자인 기초를 가르칠 수 있는 분을 모시는 게 어떨까 생각합니다."

"좋은 생각이에요!"

"교수들을 초청하고 싶지만, 그건 어려울 것 같더군요. 일단은 디자인 학원 강사들 알아보겠습니다."

"아, 학원이요? 그건 좀 아닌 거 같은데. 제가 학원 다녀봤는데 대부분 입시 위주였거든요."

"그렇습니까? 그럼 제가 좀 더 알아보도록 하겠습니다."

그때, 옆에서 듣고 있던 세운이 놀라며 입을 열었다.

"너 학원도 다녔어? 야, 그 학원 어디냐. 나도 좀 다니게."

"하하, 학원에서는 대부분 입시 하는 거 가르쳐 줘요. 대부분은 파슨스 다닐 때… 아, 최 교수님 같은 분이 딱 좋을 거 같은데."

말을 하다 보니 파슨스 재학 당시 자신을 굉장히 아꼈던 최 교수가 떠올랐다. 파슨스에서 교수로 있는 만큼 실력도 인정받고 있었고, 우진도 스승으로 인정하고 있는 사람이었다.

"최 교수가 누군데?"

"파슨스 다닐 때 교수님이요."

"그래? 그 사람 오라고 그래. 좀 그런가? 하긴 교수 하고 있는 사람한테 그런 부탁 하는 게 좀 그렇지?"

"아마 바쁘실 거예요. 그래도 생각난 김에 언제 연락이라도 드려야겠어요."

미국에 있을 당시 자신을 많이 챙겨줬는데, 한국으로 돌아온 뒤 일에 치이느라 거의 일 년 동안 연락 한번 해보질 않았다. 너무 늦기 전에 안부 인사라도 해야겠다고 생각했다.

그때 부모님이 돌아오셨다. 그러자 세운이 의자에서 일어나며 입을 열었다.

"안 그래도 돌아가려던 참인데 딱 맞춰 오셨네요."

"그래요? 더 계시다 가시지 그러세요. 우리 우진이도 두 분이 오시니까 좋아하는데."

"아이고! 아닙니다. 가야죠. 나중에 또 오겠습니다. 가자, 매튜."

그러자 매튜가 일어나지도 않고 세운에게 휴대폰을 보여주며 말했다.

"전 아직 할 얘기 남았습니다. 가실 거면 먼저 가시죠."

"나중에 하라고. 당신 여기 남아서 할 얘기가 일 얘기밖에 더 있어? 그러다 우진이 부모님한테 미움 사. 빨리 일어나."

세운은 반강제로 매튜를 끌고 나가다시피 했고, 우진은 그 모습을 보며 재미있다는 듯 웃었다.

* * *

파슨스의 최 교수는 이른 아침부터 오늘 수업에 필요한 부자재들을 체크 중이었다.

"하, 이게 뭐 하는 짓인지."

최 교수는 들고 있던 실타래를 내려놓고 자재함에 몸을 기댔다.

작년까지만 하더라도 이런 일은 대부분 조교나 학교에서 일하는 학생들 담당이었다. 하지만 작년에 학교 노동자들이 파업을 했다. 파업뿐만 아니라 불공정한 계약에 대한 시위까지 이뤄졌다. 아예 학교 건물 입구에 진까지 쳤고, 학생들의 건물 출입을 막는 일까지 벌어졌다.

하필이면 그게 기말고사 기간이랑 겹쳤다. 최 교수는 어쩔 수 없이 집에서 과제물을 제출하라고 했다.

그 일로 학생들은 한 학기 동안 고생한 작업물에 대해서 어떠한 평도 듣지 못했다. 원래 예정되어 있던 평론단의 평가조차도 듣지 못하게 되자, 학생들은 단체로 클레임을 걸었다.

그 때문에 최 교수는 1학기의 수업에서 아예 배제되어 버렸다. 몇몇 교수들은 아직까지 쉬고 있지만, 자신은 다행히도 2학기가 시작되면서 수업을 배정받을 수 있었다. 하지만 작년에 있었던 파업의 여파로 조교 배정이 굉장히 까다로워져, 학기가 거의 끝나가는 지금까지 조교가 없었다.

"확, 그만둬 버릴까 보다."

그때, 휴대폰이 울렸다. 최 교수는 번호를 확인하더니 전화도 받지 않고 반가운 얼굴을 하고서 자재실을 나섰다. 곧바로 휴게실로 간 최 교수는 기다리고 있던 사람을 반갑게 맞이했다.

"바비 씨!"

"교수님, 하하. 아직 수업 전이시죠? 신관에 왔다가 잠시 들렀어요."

최 교수는 우진의 소식을 바비를 통해 들었다. 사실 우진에게 약간 서운함도 있었다. 학교에 다닐 때 굉장히 잘해줬다고 생각했는데, 정작 자신에게는 안부 전화 한 통도 없었다. 먼저 전화할 수도 있지만, 왠지 잘된 제자 등에 얹혀가려는 것처럼 보일 수도 있어서 쉽게 전화를 걸 수 없었다.

그래도 잘된 제자의 소식은 그를 늘 즐겁게 했다. 그리고 우진 덕분에 얻는 것도 있었다.

I.J의 우진을 발굴한 교수.

그 이유로 학교에 돌아올 수 있었다.

바비와는 접점이 우진이었기에 대부분의 대화 주제가 그에 관한 이야기였다. 바비를 통해 한국에 갔다 왔던 일이나 현재 우진의 소식 등을 자세히 들을 수 있었다.

"아, 그런데 선생님이 어디가 아프신가 보더라고요."

"그래요? 어디가요?"

"그건 모르고요. 제 딸이 가수 후 팬인 거 아시죠? 후가 만든 노래 듣는다고 I.J 홈페이지 들어갔는데, 거기에 선생님이 아파서 당분간 예약 못 받는다고 하더라고요."

"얼마나 아프면… 그 녀석, 열이 펄펄 끓어도 학교에 나오던 녀석인데."

최 교수의 기억 속 우진은 아프다고 일을 안 할 사람이 아니었다. 그런 우진이 예약까지 안 받는다는 소식을 듣자 걱정이 됐다. 오랜만에 전화를 해볼까 고민할 때, 갑자기 전화벨이 울렸다. 국제전화임을 확인한 최 교수는 고개를 갸웃거리며 통화 버튼을 눌렀다.

―최 교수님, 저 우진이에요.

—
제7장
교수

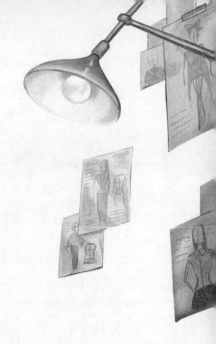

병실로 방문한 의사가 수술에 대해 설명하고 동의서에 사인까지 하자, 차츰 수술한다는 게 실감되었다. 수술 후 회복 기간을 갖고 그 후에 의안 제작까지 이뤄지면 끝이라고 들었다. 의사는 기술이 워낙 좋아서 일반인이 전혀 눈치챌 수가 없다며 그를 안심시켰다. 그럼에도 좀처럼 초조함은 사라지지 않았다.

왼쪽 눈이 없어도 잘할 수 있다며 스스로를 다독였지만, 아무것도 안 하고 누워 있다 보니 잡생각만 들었다. 우진은 뭐라도 해야 이 초조함이 사라질 것 같았다. 마침 세운과 대화 중 얘기가 나왔던 최 교수가 떠올랐다.

"엄마, 저 휴대폰 좀 주세요."

"휴대폰? 웬만하면 휴대폰 보지 말고 쉬어."

"전화하려고요."

우진은 어머니의 걱정하는 마음도 알기에 미소를 짓고는, 건네받은 휴대폰에서 최 교수의 번호를 찾았다.

"최 교수님, 저 우진이에요."

—…….

"여보세요? 연결됐는데. 최 교수님?"

—누구신지요?

"최 교수님 전화 아닌가요?"

—맞는데 우진이가 누구죠? 일 년 넘도록 연락 한 번 안 한 그 우진이는 아니죠?

우진은 멋쩍게 웃고는 말을 이었다.

"연락 못 드려서 죄송해요. 잘 지내셨죠?"

—후, 스승의 넓은 마음으로 이해하마. 안 그래도 바비 씨한테 네 얘기 듣던 참이었어.

"바비 씨도 계세요?"

—어. 어디가 아픈 거야? 잘나갈 때 몸 관리 잘해야지 오래 하는 거야.

우진은 최 교수와 대화하니 예전 학교 다닐 때 기억이 떠올랐다. 그 당시에는 힘들었던 일들이었지만, 지금 생각해 보면 그때 열심히 배운 것들이 좋은 밑거름이 되었다. 우진은 오랜만에, 최 교수와 함께 파슨스에 다닐 때를 얘기했다.

—난 네가 재봉사로 성공할 줄 알았거든. 휴, 학장도 너 복학시키라고 아주 난리도 아니었어. 학점 그대로 준다고.

"그래요?"

—그럼, 아직도 재적 안 당하고 그대로 있을걸? 어차피 잘나가는데 배울 것도 없지. 자기들이 배워야 할걸. 하하, 푹 쉬고서 네 소식 좀 더 많이 들리게 해줘.

"그래야죠."

—그런데 너 아프면 숍은 어떻게 운영돼? 휴업이야? 그럼 타격이 있을 텐데.

우진은 디자인을 배우는 중인 테일러들 얘기를 해줬다. 최교수에게 학기가 끝나면 테일러들을 가르쳐 달라고 말해볼까싶은 생각에 조금 자세하게 얘기를 했고, 우진의 얘기를 들은최 교수는 약간 놀란 듯 입을 열었다.

—전부 너처럼 만들려고 그러는 거야? 다른 사람이 그러겠다고 하면 선택과 집중을 강조했을 텐데, 너라서 그런 말도 못하겠네. 그럼 네가 가르쳐 주고? 이제 잘하면 파슨스에서 교수로 만나는 거 아니야?

"아니에요. 가르친다기보다 같이 배우고 공부하는 입장이에요."

—하하, 디자인하는 거랑 가르치는 거랑은 또 다르거든. 하하, 내 도움이 필요하면 언제든지 말해.

당장에라도 올 것처럼 말을 하는 모습에 우진은 웃으며 입을 열었다.

"지금 당장 모셨으면 하는데 학기 중이시잖아요."

─그렇지. 목소리 들으니까 진짜인가 보네, 하하.

마치 당장에라도 수락할 것 같은 분위기에 우진은 좀 더 솔직하게 얘기를 꺼냈다.

"사실 제가 수술하면 회복 기간이 얼마나 걸릴지 몰라서요."

─수술? 많이 아픈 거야?

"수술은 간단한데 회복 기간이 필요하대요. 다 낫고도 당분간은 무리하면 안 될 거 같아서, 테일러분들한테 많이 신경을 못 쓸 거 같거든요. 그래서 그런 거예요."

우진은 약간 기대하며 최 교수의 대답을 기다렸다. 그때, 기대하던 것과 다르게 미안한 듯한 최 교수의 목소리가 들렸다.

─음… 난 기말 평가 남아서 당장은 곤란한데.

"아, 괜찮아요. 부담 가지시라고 한 말 아니에요."

처음부터 힘들 거란 걸 알면서 꺼낸 말이었다. 그렇기에 아쉽기는 해도 이해는 되었다. 그때, 최 교수가 뭔가 생각난 듯 입을 열었다.

─아! 나 말고, 지금 당장 갈 수 있는 사람들 소개해 줄까?

"그런 분들이 있어요?"

─나하고 연락하는 교수 있어. 티에리 교수 알지? 지금 놀

고 있거든.

"아! '트렌드와 기획'하고 '디자인 플래닝' 수업 맡으셨던 교수님이요?"

―맞아. 소개해 줄까? 아무것도 안 하다 보니까 자주 보거든. 딜란 교수하고 같이 셋이. 두 분 잘렸거든.

최 교수는 우진이 한국으로 돌아간 뒤에 있었던 얘기를 해 주었다.

티에리 교수는 우진도 잘 알고 있었다. 파슨스에서 보기 힘든 흑인인 이유도 있었지만, 말을 굉장히 직접적으로 해서 수업 듣는 학생에게 상처 주기로 유명한 교수였다. 자신만 하더라도 상처받는 말을 많이 들었었지만, 그래도 그 교수를 통해 배운 점이 상당히 많았다. 옷을 계획하는 방법이나 옷이 아니라 입는 사람이 우선시되어야 한다는 것들도 대부분 티에리 교수를 통해 배운 것들이었다.

그러다 보니 테일러들의 선생님으로는 굉장히 적합하단 생각이 들었다. 다만 언어 문제가 걸리긴 했다. 그래도 준식이나 영어가 가능한 다른 직원들도 있으니 그 문제는 어떻게든 해결될 것 같았다.

―딜란 교수님은 뭐, 원래 사업하던 사람이니까 걱정 안 되는데. 티에리 교수님은 언제 복직할지도 모르면서 집에서 수업 준비하더라.

"교수님, 한번 말씀해 주실 수 있으세요? 학생들은 아니지만, 전부 열정이 대단하거든요."

—알았어. 내가 말해볼게. 언제 통화 가능해? 나 지금 수업 들어가 봐야 할 거 같은데.

"내일…은 모르겠고요. 만약에 제가 통화 안 되면 직원분한 테 말해놓을 테니 거기로 전화하세요. 매튜 씨라고 교수님도 아실 거예요."

—아, 매튜. 알지. 알았어. 그럼 또 통화하자.

우진이 전화를 끊고는 곧바로 매튜에게 전화를 걸려 할 때, 어머니의 얼굴이 보였다.

"우진아, 내일 수술인데 밤까지 일 얘기 하고 있을 거야? 좀 쉬라니까."

"아… 간단히 알려만 주고 쉬려고요."

"엄마가 옆에 있는데도 이런데, 엄마가 없을 때는 얼마나 일 만 붙잡고 있었어. 휴……."

우진은 걱정하는 어머니의 말에 눈치를 보고선 조심스럽게 통화 버튼을 눌렀다.

*　　　*　　　*

최 교수는 수업이 끝나고 곧바로 파슨스 근처에 있는 펍에 도착했다. 가게 문을 열고 들어가니 언제나 같은 자리에 앉아 있는 사람들이 보였다.

"교수님들, 제가 좀 늦었죠?"

"뭘 그렇게 급하게 왔습니까. 남는 게 시간인데."

최 교수는 웃으며 자리에 앉았다. 그러고는 맥주를 시키고 선 곧바로 불러낸 용건을 꺼냈다. 그 얘기를 들은 티에리는 고민이 되는 얼굴로 질문했다.

"그럼 한국으로 가야 한다는 말이죠?"

"그렇죠. 학생들 가르치는 거보다 여유는 있으실 거예요. 그 쪽에서 오픈 전 하루 2시간씩만 수업해 주셨으면 하거든요."

"배우면서 옷을 만든다라……."

"아니, 디자인은 아직 배우는 중이고, 테일러들이랍니다."

"음……."

티에리 교수가 고민할 때, 함께 자리한 딜란 교수가 재밌다는 얼굴로 입을 열었다.

"어차피 할 것도 없으신데 가시죠."

"제가 가도 되는 자리인지 생각 중입니다. 테일러라면 우진 군의 디자인대로 옷을 만들고 있을 텐데, 제가 만약에 다르게 가르치게 되면 여러 가지 문제가 생길 겁니다. 가령 제가 무의 식중으로 우진 군의 디자인을 지적할 수도 있고."

"하하, 예전에 쓰레기라고 한 거 때문에 그러시구나."

"크흠."

"뭘 그런 걸 신경 쓰십니까. 사실 그때 그린 건 쓰레기 맞는 데. 그리고 어떻게 단기간에 사람들에게 관심받는 디자인을 뽑게 된 건지 궁금하다고 그러셨잖습니까."

대화를 듣던 최 교수는 피식 웃었다. 학생들에게 워낙 직설적으로 말하는 것으로 유명한 건 알았지만, 우진에게도 그랬을 줄은 몰랐다. 하지만 예전 우진의 모습을 생각하면 티에리 교수가 그럴 만하다고 생각했다.

그때, 티에리 교수를 설득하던 딜란 교수가 하는 말이 들렸다.

"나도 궁금한데 같이 가시죠."

"딜란 교수도 말이오?"

"저는 뭐 가르치러 가는 게 아니라, 어떻게 그렇게 빨리 성장했는지 보고 싶어서 그럽니다, 하하."

"후우……."

딜란이 가도 도움이 되면 됐지, 방해가 되진 않을 거라는 생각에 최 교수는 긍정적으로 고개를 끄덕거리며 티에리 교수의 대답을 기다렸다. 잠시 후 티에리 교수가 결정한 듯한 얼굴로 입을 열었다.

"그래서 기간은 언제부터 언제까지입니까?"

"매튜 카슨이라고 아시죠?"

"그럼요."

"교수님이 한다고 하시면 그 사람하고 연락 닿게 해드리겠습니다."

티에리 교수는 잠시 머뭇거리다가 이내 고개를 끄덕거렸다.

"알겠습니다. 고맙습니다, 최 교수."

*   *   *

며칠 뒤. 평소 오픈 시간보다 이른 시간임에도 I.J 사무실은 바쁘게 움직였다. 다들 I.J 블루의 판매 준비를 하는 중이었다. 하지만, 그들의 얼굴은 그렇게 밝지 않았다. 가장 늦게 출근하는 세운 역시 걱정스러운 얼굴로 엘리베이터에서 내렸고, 내리자마자 매튜에게 말했다.

"우진이 연락 없었지?"

"아직 없었습니다."

"우리 가봐야 하는 거 아니야? 잘못되고 그런 건 아니겠지?"

"아닐 겁니다. 그럼 바로 연락 왔겠죠. 지금 회복 중이실 겁니다."

"그렇겠지? 아… 이 자식을… 오기만 해봐라. 사람을 이렇게 걱정시키고. 잠도 안 와!"

세운의 말에 사무실을 지키고 있던 식구들도 동의한다는 듯 고개를 끄덕거렸다. 수술을 한 지 이틀이 지났는데도 연락이 없었다. 다른 사람들을 다독이던 매튜도 말은 긍정적으로 하지만, 얼굴에는 걱정하고 있는 것이 보였다.

"휴… 전화 좀 해주지. 그런데 너희들은 왜 작업실에 안 있고 여기 있어?"

세운이 사무실에 있는 테일러들을 가리키며 물었다. 그러자 테일러들 대신 매튜가 입을 열었다.

"선생님이 말씀하신 교수들이 곧바로 숍으로 온다고 그랬습니다."

"이 아침에? 천천히 오라고 하지."

"시차도 있고, 숍도 궁금한 모양입니다. 이제 올 때 됐습니다."

"참, 우진이도 대단해. 어떻게 파슨스 교수한테 가르쳐 달랄 생각을 해. 너희 진짜 열심히 해야겠다. 아, 그래서 너희들, 그 교수가 스케치 그리라고 한 거 들고 있는 거구나?"

스케치북을 들고 있던 테일러들은 기대되는 한편 걱정도 되는지 미묘한 표정들이었다. 세운은 그런 테일러들을 보며 피식 웃고는 아침에도 멋있는 준식을 쳐다봤다.

"그럼 윤 매니저가 통역하는 거고? 제일 고생하겠네."

"매니저님께는 따로 수당을 드릴 겁니다."

준식은 어색하게 웃었다.

"안 그러셔도 되는데. 자꾸 주신다네요."

그때, 매튜의 휴대폰이 울렸고 전화를 받은 매튜는 곧바로 로비로 내려갔다. 그러자 로비에 흑인과 백인 두 사람이 서 있었다.

"티에리 교수님과 딜란 교수님 맞으십니까?"

"아! 매튜 씨군요. 예전에 한번 뵌 적 있습니다. 전 딜란이라고 합니다."

"반갑습니다. 티에리 모호입니다."

매튜는 가볍게 인사를 나누고는 두 사람을 로비 소파로 안내한 뒤 음료까지 내왔다.

"매장이 꽤 크군요. 신문으로 우진 군 기사를 보긴 했는데, 직접 눈으로 확인하니 이제야 좀 믿어지는군요."

"딜란 교수, 이곳에서 우진 군이라고 부르는 건 실례인 거 같습니다. 디자이너라고 하는 게 옳은 것 같아요."

"하하, 그렇죠."

매튜는 티에리의 대답이 마음에 드는지 미소를 지었다.

"그래 주시면 감사하겠습니다. 선생님과 함께 계시면 상관 없지만, 안 계신 동안은 다른 직원들 앞에서만이라도 부탁드립니다."

"그래야죠. 당연한 겁니다. 그럼 제가 가르쳐야 할 분들을 봤으면 하는데. 참, 제가 부탁드린 것도 다 준비가 됐습니까?"

"준비는 다 했더군요."

"다행이네요. 어느 정도 실력인지 알아야 거기에 맞춰서 계획을 짜니까 꼭 필요한 겁니다."

매튜는 씨익 웃고는 곧바로 사무실에 있는 테일러들을 내려오라고 했다. 그러자 잠시 뒤 테일러들이 각자 스케치북을 들고 내려왔다. 다들 긴장한 얼굴로 인사를 나눈 뒤 스케치북을 티에리에게 넘겼다. 그러고는 함께 내려온 준식에게 조심스럽게 속삭였다.

"시간이 너무 촉박해서 하는 데까지 준비했다고 합니다."

티에리는 그 말이 마음에 안 드는지 인상을 찡그리더니 스케치북을 열었다. 가장 처음은 공모전에도 참가하지 않았던 태우의 디자인이었다.

"쓰레기."

"네?"

"이건 쓰레기입니다. 시간이 촉박하다고 옷을 이렇게 만들 겁니까? 이제 배운다는 말은 들어서 그림을 못 그리는 건 이해하는데, 옷만 이렇게 그려놓은 걸 어떻게 스케치라고 합니까! 사람이 입고 있어야 누구에게 입힐 건지 어떤 대상으로 준비한 건지 알아볼 수 있는 건데. 옷이 우선이 아니라 사람이 우선인 겁니다. 마음가짐이 잘못됐습니다."

시작부터 단호하게 지적하는 모습에 테일러들은 엄청 긴장했고, 매튜는 티에리가 마음에 든다는 듯 씨익 웃었다.

*　　　*　　　*

수술을 마치고 하루를 회복실에 있던 우진은 드디어 병실로 돌아왔다. 아직까지 뭔가 달라졌다는 게 느껴지지 않았다. 수술 부위는 접착 안대로 모자라 거즈까지 여러 겹 덮어놔서 욱신거리는 거 말고는 딱히 별다른 느낌이 없었다. 그저 이젠 정말 눈이 없구나, 라는 생각뿐이었다.

지금 진료차 방문한 의사만 하더라도 수술이 굉장히 잘됐다고 했다.

"수술은 잘됐어요. 회복 기간까지는 다소 힘들더라도 세안은 물수건으로 수술 부위 조심하셔서 하시면 되고요. 그거 말고는 평소대로 생활하셔도 됩니다."

"그럼 퇴원은 언제쯤……."

우진은 말을 하다 말고 입을 다물었다. 아니나 다를까 어머니가 한숨을 뱉는 소리가 들렸고, 의사는 웃으며 입을 열었다.

"경과 지켜보고 빠르면 한 달쯤 되겠네요. 그래도 의안 제작까지 하고 퇴원하시는 걸 추천해 드립니다. 어머님도 걱정하지 마시고요."

"그런데 정말 티가 안 날까요?"

"네, 어머님. 걱정하지 마세요. 신기하게도 계속 눈이 보였던 것처럼 안구 주변 근육하고 안쪽 신경이 살아 있어서, 의안을 연결하면 눈동자가 움직이는 거처럼 자연스럽게 보일 겁니다. 예전에는 6개월, 이렇게 치료했는데 지금은 그렇게 오래는 안 하고요."

어머니는 다행이라는 듯 우진의 손을 꼭 잡았다. 지금 상황을 봐선 아무래도 그때까지는 병원에 있어야 할 것 같았다. 그런데도 아직 부족한지 어머니는 쐐기를 박으려 했다.

"치료 후에 그림 같은 거 그리기보다는 푹 쉬는 게 낫겠죠?"

"그 정도는… 아, 하하, 물론이죠. 충분한 휴식이 빠른 회복을 가져오니까요."

거의 반강제로 대답을 끌어낸 어머니는 그것 보라는 얼굴로 우진을 쳐다봤다. 의사는 피식 웃고는 나가 버렸고, 우진도 역시 자신을 걱정하는 어머니의 마음을 알기에 피식 웃어 버렸다. 그러자 어머니도 같이 웃고는 우진에게 휴대폰을 건넸다.

"전화해 줘. 어제까지는 전화 한 통 없더니, 오늘은 전화 오고 문자 보내고 난리도 아니더라. 엄마가 일단 수술 잘 마쳤다고 얘기는 했어."

"잘하셨어요."

우진은 씨익 웃고는 휴대폰을 건네받았다.

*　　　　　*　　　　　*

파슨스 교수에게 배운다고 들떴던 테일러들은 배운 지 며칠 되지도 않았건만 벌써부터 아침이 오는 게 두려웠다.

"선생님이 그립다……."

"나도. 알아듣지도 못하는데 혼나니까 더 우울해."

"준식이 형이 순화해서 말해줬겠지?"

"모르지. 쓰레기라고 하는 것만 완전 잘 들려."

테일러들의 대화를 듣던 범찬은 피식 웃었다.

"그래서 해 오라는 건 해 왔어?"

"하긴 했죠. 왜 하라고 그러는지는 알겠는데… 후, 인체도 연습하는 것만 해도 시간이 부족한데! 드라마까지 보고 있으려니까. 휴, 차라리 드라마 보면서 옷을 그리라고 하지."

티에리 교수가 시킨 일은 스케치도 아니고 패션에 대한 조사도 아닌, 드라마에 나오는 인물 조사였다. 물론 인체 그리는 연습도 있었지만 그건 기본적인 연습이라고 하면서 드라마까지 보게 했다.

티에리 교수가 말하려는 바는 우진이 늘 하던 말과 비슷했다. 주가 사람이고 부가 옷이라는 말. 때문에 왜 그런 과제를 내줬는지 어렴풋이는 알 수 있었다. 다만, 스케치도 못 그리게 하고 인물들에 대한 조사만 시켰다.

다행히 범죄 수사 드라마여서 재밌긴 했는데, 정해준 사람이 문제였다. 주인공도 아니고, 범인 아니면 피해자나 조금밖에 나오지 않는 동료 형사들이 조사 대상이었다. 각 장면마다 왜 저 옷을 입고 있을까에 대해 작성해야 했고, 만약 잘못됐다고 생각하면 자신의 생각도 적어야 했다. 하지만 주인공이 아니라 정보가 적다 보니, 자라온 환경이나 장면에서 처한 상황을 상상해서 작성할 수밖에 없었다.

"실장님은 그 학교 교장 맡으셨죠? 그 사람이 범인 같던데."

"하하, 그런 거 볼 정신도 있었어? 난 학교 교장은 아닌 거 같던데."

"그래요? 엄청 수상하던데. 인상도 날카로워 보이고."

"나도 모르지. 그래도 몇 번 봤다고 눈에 들어오긴 하더라."

그러자 순태가 범찬의 말에 전혀 동의할 수 없다는 얼굴로 대화에 끼어들었다.

"전 무슨 내용인지 기억도 안 나던데! 하도 사람만 봤더니, 드라마를 본 건지 드라마를 쓴 건지. 이러다가 정말 드라마 쓰겠어요."

"하하, 내가 이거 작성하다 보면서 느낀 건데, 그 교수님은 얼마나 많이 보고 연구했으면 우리한테 다 다른 인물을 정해 줬을까 싶더라고."

"아… 그러네요. 하긴 어제도 장면만 보고 어떤 옷인지 바로 알던데……."

그때, 티에리 교수가 매장으로 들어왔다. 오늘도 역시나 딜란 교수도 함께였다. 딜란 교수는 마치 참관이라도 하는 사람처럼 그저 지켜보고만 있었고, 자신들이 혼날 때마다 큭큭거리는 통에 신경이 쓰이는 사람이었다. 딜란 교수는 오늘도 어김없이 뒤에 자리 잡았고, 티에리 교수는 도착하자마자 곧바로 과제부터 걷어 갔다.

그리고 과제를 준식에게 넘겨줬고, 준식은 내용 그대로를 읽기 시작했다. 테일러들은 긴장한 얼굴로 티에리 교수를 지켜봤다. 하지만, 교수의 표정만 봐도 마음에 들지 않는다는 걸 알았다.

"처음부터 줄곧 유니폼을 입고 나오던 스쿨버스 운전사가 형사들을 만날 때 왜 유니폼이 아니고 평상시 옷을 입었는지 생각해 본 적이 없냐고 물으시네요."

첫 질문을 받은 판권은 머리를 긁적이며 대답했다.

"퇴근했으니까 자기 옷을 입은 거 아닐까요?"

"퇴근? 내가 알기로는 학교에서 나온 장면도 꽤 될 텐데."

티에리 교수는 약간 답답한 듯 다음 장을 넘겼다. 그 뒤로도 계속 마음에 안 든다는 얼굴이었다. 그러던 중 마지막 장을 준식에게 전해 듣던 티에리 교수가 손을 올려 턱을 쓰다듬었다. 그 모습을 본 테일러들은 자신들끼리 속닥거렸다.

"저 여러 장 낸 거 실장님 거죠?"

"어, 내 거 같은데… 휴, 긴장되네."

대부분이 한 장으로 과제를 해결한 것에 비해 범찬이 낸 과제는 장수가 더 많았다. 교수는 준식의 말을 중간에 끊지도 않고 끝까지 듣고 나서야 입을 열었다.

"좋군요. 그럼 범인을 누구라고 생각하나요?"

"저는 학교 운전기사가 아닐까 생각합니다……."

"이유는?"

"일단 학교장은 범인이 아닌 거 같더라고요. 처음에는 범인처럼 보이게 하려고 그래서인지 옷 스타일을 인상 자체가 차갑게 보이도록 입혀놓은 거 같았어요. 각진 안경이나 사각형

넥타이핀이나. 넥타이도 굉장히 거슬렸어요. 파란색 바탕에 노란색 무늬. 그래서 조금 기분 나쁜 이미지가 있더라고요."

교수는 더 말해보라는 듯 손을 들어 올렸다.

"그런데 점점 지나면서 바뀌더라고요. 여전히 차가운 인상인데 어느 순간부터는 교장이 나올 때마다 신기하게 나무가 있더라고요. 나무 밑이나 벤치, 그리고 교수 옷도 정장이 아니고 티셔츠고요. 티셔츠 색도 뉴트럴컬러인데 제가 찾아보니까 나뭇잎이 비치는 색하고 보색관계였습니다. 전체적으로 편안한 느낌이었어요."

"호."

"전체적으로 범인이라기보다는 인상이 그냥 차가운 사람이라고 생각하고 보니까 범인은 다른 사람이 아닐까 싶었습니다. 그게 운전기사였어요. 유니폼도 항상 제대로 챙겨 입지 않더라고요. 그리고 나올 때마다 한 부분씩 전혀 안 어울리는 아이템도 있었고요. 남색 유니폼에 하얀색 스니커즈 같은 거요. 그리고 형사들 만날 때 입었던 꽃무늬 셔츠도 좀 이상했어요. 전혀 안 어울리는 색들만 사용했더라고요. 언뜻 보면 화려한데 묘하게 거부감을 주더라고요. 그 정도까지 이상하게 조합한 사람은 없어서……."

티에리는 범찬을 물끄러미 보더니 고개를 끄덕였다.

"몇 번이나 봤나요?"

"그게… 음, 보다가 잠들어서 정확히는… 한 4시까지 본 거 같아요."

티에리는 씨익 웃더니 말을 이었다.

"완전히 마음에 들지는 않지만, 꽤 좋은 답이네요. 일단 연기를 보고 판단한 게 아니고 옷을 보고 판단한 게 가장 마음에 듭니다. 미스터 최 말대로 색 조합으로 심리 상태를 대변할 수도 있고, 불안감도 조성할 수 있죠. 이 드라마 역시 그런 부분까지 아주 세심하게 신경 쓴 드라마여서 추천한 겁니다. 옷을 만들 때 가장 기본인 조합. 조합이 맞아야 균형을 맞출 수 있는 겁니다. 수고했어요."

준식은 오히려 자신이 더 기쁘다는 얼굴로 그 얘기를 전해 줬다. 티에리는 준식의 말이 끝나자 범찬이 냈던 과제를 다시 돌려줬다. 그리고 테일러들의 과제는 찢어버린 뒤 쓰레기통에 던져 버렸다. 그러자 다들 범찬을 부러운 눈빛으로 쳐다봤다.

그때, 티에리의 말이 이어졌다.

"미스터 최는 이 드라마를 볼 필요 없습니다. 대신 지금 한국에서 하는 드라마를 보고 잘못된 부분을 직접 그려 오십쇼."

그러자 부러워하던 테일러들의 눈빛이 걱정하는 눈빛으로 변했다. 하지만, 범찬은 한 발자국 나아갔다는 성취감에 휩싸여 미소를 짓고 있었다.

* * *

게임 개발 업체 가우스는 발등에 떨어진 불똥을 털어내느라 정신이 없었다. 고객 센터는 쉴 새 없이 울려댔고, 게임 커뮤니티에는 불매운동을 비롯해 가우스를 비판하는 목소리가 가득했다. 일레븐뿐만이 아니라 가우스에서 나온 모든 게임을 문제 삼으려 했다.

"안 할 거면 지들이나 하지 말지. 왜 남까지 하지 말라고 지랄이야, 지랄은. 운영 팀은 뭐 하는 거야. 이런 애들 싹 다 정지시키지."

"그럼 더 난리 나죠."

그들은 임우진 디자인이라고 한 적은 없었다는 이유로 끝까지 버티고 있었다. 환불을 해주면 아주 쉽게 처리될 문제인데, 위에선 이미 들어온 돈을 쉽게 뱉으려 하지 않았다. 하지만 오 팀장은 자신의 주도하에 벌인 일이었기에 책임도 지게되었다.

"이걸 어떻게 잠재울지는 생각해 봤어?"

"일단 다른 이벤트를 진행하는 게 어떨까요. 일주일간 매일 출석 두 배 이벤트나……."

"그거 저번에 했던 거잖아. 뭐 참신한 거 없어? 다음 점검 때 혹할 만한 거 올려놔야 할 거 아니야. 대규모 업데이트 예고가 딱 좋은데."

"아직 멀었죠."

"그러니까 뭐 없냐고."

오 팀장은 얼굴을 찡그렸다. 이대로 뒀다가 유저들이 조금씩 떨어져 나가면 문제가 심각해진다. 게임에 대해 잘 알지도 못하는 투자자나 임직원들이 그 책임을 자신에게 돌릴 게 뻔했다. 괜히 어쭙잖게 욕심을 부렸다는 생각이 가득했다. 하지만 후회해도 너무 늦어버려 소용없었다. 지금은 후회보다 해결이 먼저였다.

하지만 아무리 머리를 맞대도 해결책이 나오질 않았다. 그때, 한때 초창기 개발자로 있던 이사에게서 연락이 왔다. 당연하게 빨리 해결하라는 재촉 전화였고, 오 팀장은 가뜩이나 해결하려고 머리 아픈데 재촉까지 받자 화가 터져 버렸다.

"거지 같아서 회사를 때려치우든지 해야지. 돈 벌어 올 땐 잘한다, 잘한다 해놓고 문제 생기니까 알아서 하래. 그래, 내가 저질렀으니까 내가 책임지는 게 맞다고 쳐. 그래도 이렇게 닦달해선 안 되는 거야!"

"진정하세요."

"후, 진정하고 있거든? 아, 빌어먹을. 이게 다 I.J 이름 때문이야."

"아! 팀장님, I.J 이름으로 일이 커졌으니까 I.J로 덮는 거 어떨까요? 이사회에서 통과되면 개발 팀도 별말 없이 I.J 콜라보로 나올 거 같은데."

"오, 좋아. 괜찮은데. 일단 제안서 하나 작성해 봐."

며칠 뒤. I.J 블루의 판매까지 시작되었음에도 매장 오픈 전 수업은 계속되었다. 그러다 보니 다른 직원들도 평소보다 이른 시간에 매장에 나와 있었다.

"다들 학구열로 불타오르는고만."

"하하, 쟤네들 매일 욕먹는다는데요."

"필요하면 먹어야지. 그나저나 마 실장 자네는 우진이 병문 안 언제 갈 겐가? 갈 때 같이 좀 갔으면 하네만."

"가야죠. 수술 잘됐다는데. 그런데 우진이 부모님이 별로 안 좋아하는 눈치예요. 하하."

"가서 일 얘기 하니까 그렇지."

"제가 안 하려고 해도 우진이가 먼저 물어보는데요! 가도 매튜랑 가야지 눈치 덜 보여요."

"매튜? 매튜는 더 일 얘기 할 텐데."

"그러니까요. 상대적으로 일 얘기 안 하는 거처럼 보이잖아요."

세운은 매튜를 힐끔 보더니 웃었다. 그러자 매튜도 이상함을 느꼈는지 세운과 장 노인을 잠시 보더니, 이내 신경을 끄고 볼일을 봤다. 그때, 밑에서 통역하고 있어야 할 준식이 갑자기 올라왔다.

"어? 윤 매니저, 왜 올라왔어. 벌써 수업 끝났어?"

"아, 아니요. 갑자기 가우스에서 왔다면서 어떤 사람이 찾아왔어요."

"가우스? 거기서 왜?"

"선생님 만나 뵙고 싶다고 찾아왔대요. 어떡하죠?"

*   *   *

매튜는 고개를 갸웃거리고는 일단 자리에서 일어났다. 로비로 내려오자 딜란 교수가 가우스에서 온 사람들을 맞이하고 있는 모습이 보였다. 테일러들이라면 모를까, 딜란이 이러고 있는 모습에 매튜는 고개를 올려 2층을 봤다.

"교수님이 수업 중이니 자기가 안내한다고 하셨어요."

"말도 안 통할 텐데."

매튜는 피식 웃고는 걸음을 옮겼다. 그러자 딜란은 IJ 직원이라도 되는 듯 자연스럽게 매튜를 소개했다.

"이분이 책임자시네요. 그럼 전 이만."

매튜는 딜란에게 가볍게 감사 인사를 하고는 가우스 사람들 맞은편에 앉았다. 한 명은 저번에 숍에 찾아왔던 사람이었다.

"가우스에서 연락도 없이 어떻게 오셨나요?"

"아! 저희가 저번에 실례가 많아서, 이렇게 찾아뵙고 사과드리는 게 맞는 거 같아 찾아왔습니다."

매튜는 말도 안 되는 소리에 피식 웃었다. 전에 세운이 전화를 걸 때만 하더라도 나 몰라라 하던 사람들이었다.

"기사들 정정된 거 보셨는지……."

"봤습니다."

"하하……."

"왜 오신 건지나 말씀하시죠. 매장 오픈 시간이라 시간이 없습니다."

가우스 오 팀장은 굉장히 딱딱하게 대하는 매튜의 모습에 일이 잘 풀릴 것 같지 않아 불안했다. 그래도 일단 여기까지 왔는데 말도 못 꺼내보고 물러날 순 없었다.

"사실 IJ에 사과도 할 겸 제안을 하려고 왔습니다. 일단 여기 제안서를 한번 보시죠."

준식을 통해 제안서를 전해 듣던 매튜는 피식 웃었다.

"그러니까 저번에는 가우스 마음대로 IJ 이름을 사용했다면 이번엔 허락 맡고 사용하겠다는 거군요."

"꼭 그런 건 아닙니다. 워낙 디자이너분들이 유명하시니까 그분들께 하는 의뢰죠. 너무 나쁘게 보지 말아주셨으면 합니다. 캐릭터가 입은 모습을 광고할 수 있게 디자인만 해주시면 되는데."

"안 될 거 같군요."

매튜는 더 이상 볼 것도 없다는 듯 제안서를 다시 돌려줬다. 그제야 다급해진 오 팀장이 급하게 입을 열었다.

"조금 더 생각해 보시죠. 제안서가 마음에 안 드십니까? 마음에 안 드시는 부분 있으시면 충분히 조율할 수 있습니다. I.J 측에도 나쁜 제안은 아니라고 봅니다."

"일이 많아서 바쁩니다."

"아, 그냥! 그냥 너무 완벽하지 않아도 되는데!"

오 팀장은 계속해서 사정하듯 말했지만, 이미 매튜는 입을 다물었다. 한참을 사정하던 오 팀장은 여기서 더 사정하면 분위기가 악화될 것 같다는 생각에 오늘은 이만 물러나는 게 좋겠다고 판단했다.

"그럼 제안서는 놓고 갈 테니 다시 한번 살펴봐 주시면 감사하겠습니다. 불쑥 찾아왔는데도 시간 내주셔서 감사합니다!"

가우스 사람들이 나가자 매튜는 제안서를 다시 들어 올렸다. 아무리 봐도 별 도움이 안 되는 제안이었다. 공모전 참가는 열린 사고를 위해서라고 하지만, 또다시 게임에 관련한 일을 하게 되면 이미지가 문제였다.

그때, 갑자기 뒤에서 말이 들렸다.

"왜 안 합니까?"

고개를 돌려보니 아직 자리를 지키고 있는 딜란이 보였다. 숍 일을 일일이 말해줄 필요는 없었기에 웃어넘길 때, 딜란이 실실 웃으며 궁금하다는 듯 입을 열었다.

"이미지 때문에? 그럼 실망인데, 하하."

매튜는 여전히 실실 웃고 있는 딜란을 봤다. 그러자 딜란이 어깨를 씰룩거리더니 입을 열었다.

"어떻게 직원이 스무 명도 안 되면서 세계적으로 유명해질 수 있었는지 며칠 동안 살펴봤는데, 신기하더라고요. 나름 조사도 해보고. 결론부터 말하자면 여기는 우진 군이 없으면 망한다!"

매튜는 약간 기분이 나빴지만, 우진의 부탁으로 온 사람이었기에 내색하진 않았다.

"전부 우진 군 한 명만 보고 있더라고요. 맞죠? 뭐 테일러들 얘기 들어보니까 이번에 준비를 한다는 것도 우진 군 디자인이고."

"선생님 숍이니 당연한 겁니다."

"하하, 뭐, 그렇게 볼 수 있죠. 그런데 돈은? 옷 가격을 보니까 한국 돈으로 기본 200만 원? 최근 예약 기록 뒤져보니까 예전보다 낫다고 해도 여전히 신기하더라고요. 최근 두 달간 70명. 그럼 대략 일억 사천. 그럼 한 달에 칠천이라는 소리인데 그것도 순수익이 아니란 말씀. 그런데 나머지를 열 명 조금 넘는 사람이 나눠 가진다? 물론 다른 데서 들어오는 돈이 있겠지만, 그것도 내가 봤을 땐 우진 군이 한 거라는 생각이 드는데."

딜란의 말은 끝나지 않았다.

"옷 가격을 올리든지, 아니면 직원을 줄이든지. 그것도 아니면! 다른 직원들이 돈을 벌어 와야 하는데, 테일러들 말로는 이제 오픈하는 옷도 처음이라고 그러고."

"그러려고 티에리 교수님 모신 겁니다."

"하하, 기분 나쁘라고 하는 소리가 아니라, 좋은 제안을 거절하는 걸 보니까 궁금해서 그러는 겁니다. 내가 봤을 땐 요즘 젊은 친구들 사이에선 게임 안 하는 친구 보기 드물다던데. 게다가 상대방이 사정하는 모습이고."

사실 딜런의 말이 틀린 건 아니었다.

"원래 계약이란 게 상대방 약점을 물고 뜯으면서 최대한 이득을 봐야 하는 거 아닙니까. 매튜 씨도 제 말 이해하시죠? 하하."

매튜는 우진과 함께하는 동안 우진에게 동화돼서인지, 당연한 저 말이 굉장히 낯설게 느껴졌다. 사실 생각해 보면 딜런의 말이 틀린 건 없었다. 아제슬이나, 포지션, 메텔 사 등이 없었다면 예약 고객만으로 숍을 운영하기는 힘들었다. 이번에 준비한 블루를 비롯한 옷들도 우진이 없는 동안 버티기 위해서 준비한 것들이었다.

매튜는 딜런을 가만히 바라봤다. 교수라고 하면 실무 감각이 떨어지는 경우가 많은데, 저 사람은 마치 지금도 현장에서 일하는 사람처럼 느껴졌다. 지금 실실 웃고 있는 저 모습만 봐도 속을 읽기 어려웠다.

"게임이라고 무시하면 안 돼요. 벌어들이는 돈이 어마어마한데."

"무시하는 건 아닙니다."

"그럼 감정? 그건 독인데. 돈을 돈으로 봐야지. 감정이 끼면 돈을 못 벌죠."

매튜는 저 모습을 보자 딱 누군가가 떠올랐다.

*　　　*　　　*

제이슨은 불러도 아무런 소식이 없는 제프를 만나기 위해 디자인 팀을 직접 방문했다. 언제나처럼 다들 바쁘게 일하는 중이었다. 사람들을 방해하지 않기 위해 곧바로 제프의 사무실로 들어갔다. 디자인 때문에 바쁠 줄 알았던 제프는 작업대에 기댄 채 통화 중이었다. 잠시 기다리자, 통화를 마친 제프가 그를 보자마자 얼굴을 찡그리며 말했다.

"왜 왔어."

"오라고 해도 안 오니까 왔지."

"바쁘다고 했잖아. 왜 왔는데?"

"별건 아니고. 내년 신상 S/S 컬렉션 준비하라고. 너 말고 네 팀."

"뭐야? 그럼 내가 나가는 거랑 똑같잖아!"

"너 아니라니까? 네 팀이라고."

"아니! 내 팀이 준비하는데 당연히 내가 신경 쓰이지!"

    제이슨은 예상한 대로 움직이는 제프를 보며 웃었다. 제프가 바쁜 건 알지만, 회사를 위해 꼭 필요한 일이었다.

    "간다."

    "다시는 오지 마."

    "그러니까 네가 오면 되잖아."

    제이슨이 피식 웃으며 나가려 할 때, 갑자기 제프가 질문을 했다.

    "야, 너 혹시 딜란이라고 알아?"

    "딜란? 딜란이 누군데."

    "모르지? 매튜한테 오랜만에 전화 왔는데, 대뜸 딜란 아냐고 물어보잖아."

    "디자이너?"

    "아닌 거 같던데. 그 사람 보니까 네 생각이 딱 나더래. 너랑 같은 과가 그렇게 드문 편은 아닌데. 극단적 일중독자에다가 돈벌레. 돈이면 다 되는 그런 사람이 또 있다니."

    "좋게 봐줘서 고맙네."

    "파슨스 교수라던데 궁금해지네."

    사무실을 나가려던 제이슨은 제프의 마지막 말에 고개를 갸웃거렸다.

    "아… 딜란 에반스."

    "알아?"

    "딜란 에반스 맞아?"

"몰라. 딜란이라고만 그랬어. 누군데?"

"로젤리아 키운 사람."

"로젤리아? 로젤리아, 가족이 운영하잖아."

"로젤리아 힐, 그 여자 친오빠. 딜란 에반스."

자신이 기억하는 딜란은 꽤 유명한 사람이었다. 왜 교수를 하고 있는진 모르지만, 그전의 딜란은 로젤리아에서 벌이는 사업을 책임지는 사람으로 유명했다. 로젤리아 내에서 파생된 브랜드들이 상당히 많았다. 여성용 백만 전문으로 판매하는 SU나 골프웨어를 판매하는 곳 등은 전부 처음엔 딜란이 자리를 잡은 것으로 알고 있었다.

"그 사람을 매튜가 왜 물어봐."

"알아? 알면 알려. 매튜가 그런 거 물어보는 사람이 아니잖아."

"그러니까 왜 물어보냐고."

"그 사람이 I.J에 있으니까 물어봤지."

제이슨은 잠시 생각하더니 이내 고개를 저었다.

"몰라. 그냥 이름만 알지. 나 간다."

제이슨은 그 짧은 사이에 여러 생각을 했다. 딜란이 I.J에 붙어 있는 건 어쩔 수 없다고 쳐도 직접 알려주고 싶은 마음은 없었다. 아예 딜란과 연이 닿지 않길 바라는 마음이 더 컸다. 아제슬에 필요하게 될 수도 있고, 혹은 다른 일을 같이하게 될 수도 있었기에 딜란과 엮이지 않은 지금의 I.J가 딱 적당했다.

제이슨은 그런 생각을 하며 사무실을 나갔다. 그러자 제프가 창밖으로 제이슨을 보며 피식 웃었다.

"딜란, 유명한 사람인 거 같은데? 하하."

＊　　　　＊　　　　＊

I.J 블루의 판매가 시작됐고, 예상했던 것보다 많은 사람이 몰려들었다. 덕분에 테일러들의 얼굴엔 다크서클이 가득했다. 하루 종일 일도 해야 하고, 아침에는 수업도 들어야 하고. 지금까지 이렇게 열심히 살아본 적이 없는 것 같았다.

오늘만 하더라도 숍에 오자마자 티에리 교수가 내준 과제를 점검 중이었다. 다만 어째서인지 자신들보다 일찍 나와 작업실에 앉아 있는 매튜가 신경 쓰였다.

언제나와 같은 시간이 되자 티에리 교수와 딜란 교수가 매장으로 들어왔다. 그리고 매튜는 그와 동시에 일어나 딜란에게 향했다.

"잠시 얘기 좀 하실 수 있을까요?"

"음? 그럴까요?"

딜란은 궁금하지도 않은지 매튜를 따라나섰다. 사무실로 올라온 매튜는 그를 소파로 안내하고는 곧바로 입을 열었다.

"딜란 에반스 씨, 맞으시죠?"

"네, 하하. 제가 오늘 좀 달라 보입니까?"

매튜는 여전히 실실 웃고 있는 딜란을 봤다. 그러고는 대뜸 질문을 했다.

"궁금한 게 있습니다. 저번에 보셨던 가우스와 계약하게 되면 어떻게 하시겠습니까?"

"호, 마치 면접 보는 거 같은데요? 나에 대해서 좀 알아봤군요?"

"네, 유명하신 분인지 몰라봤습니다."

"하하, 당연하죠. 매튜 씨가 이쪽 일하기 전에 그만뒀으니까. 뭐, 그렇게 대단한 사람은 아닌데요, 하하."

딜란은 더욱 알 수 없는 미소를 짓더니 오히려 매튜에게 질문을 했다.

"나한테 그런 질문 했으면 본인도 생각한 게 있을 거 같은데. 맞나요?"

"네."

"먼저 말해줄래요?"

매튜는 아무런 대꾸 없이 자신이 정리해 둔 자료를 보여줬다. 상황이 뒤바뀌어 버린 모습이었다. 딜란은 매튜가 건넨 서류를 보더니 피식 웃었다.

"딱 여기까지만 좋아요. 팀 I.J까지만."

"그다음 설명해 주실 수 있으십니까?"

"그럼요. 예전 같았으면 이런 거 전부 돈 받고 하는데. 하하,

제자의 성공을 위해서 이 정도야 뭐."

딜란은 뜸을 들이더니 입을 열었다.

"제가 본 I.J의 문제점. 너무 좋은 일만 하려고 한다? 누가 기획하고 의도한 건지 모르지만, 방향이 너무 한쪽으로만 치우쳐 있다는 게 잘못됐어요. 물론 좋은 일 하면 좋죠. 이미지도 좋고. 그런데 만약에 한 번이라도 잘못된 말이 나오면 어떻게 될 거 같습니까? 백번 잘해줘도 한 번의 실수를 기억하는 법인데. 너무 과해요."

"그럴 수 있죠."

매튜도 그 부분은 어느 정도 인정했지만 그동안 우진이 벌인 일들 덕분에 숍의 이미지가 좋아져 상당히 많은 도움이 됐기에, 그것이 잘못됐다고 생각하진 않았다.

"명품이란 게 너무 친숙하면 안 되거든요. 친숙하게, 하지만 적당한 거리가 있어야 하는 거 알죠?"

"압니다. 지금도 이미지만 친숙할 뿐입니다. 그 어느 옷보다 구하기 어렵죠."

"하하, 압니다. 그런데 가격이 문제예요. 가격을 누가 책정했는지 모르겠는데 기본가가 너무 싸요."

"기본이 200만 원이고 들어가는 원단이나 부자재에 따라 가격이 달라집니다."

"그러니까 그게 문제라고요! 왜 달라져. 그냥 가격을 높게 딱 박아놓고! 어떤 옷을 만들든 값싸고 좋은 원단을 찾아서 이익을 얻어야죠. 아! 말이 샜네. 하하."

딜란은 피식 웃더니 실실 웃는 얼굴이 아닌 진지한 얼굴로 매튜를 봤다.

제8장

딜란 l

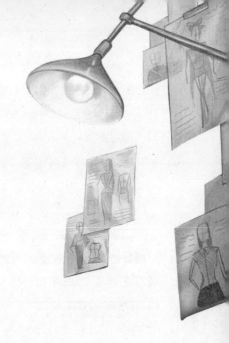

　매튜의 반응이 크지 않자 딜란은 다시 피식 웃은 뒤 입을
열었다.

　"일단 가장 먼저 해야 할 일! 디자이너의 고립! 하하, 말이
좀 그런가요? 디자이너는 절대 가격에 대해 신경 쓰지 않아
야 됩니다. 뻔뻔한 사람 아니고서는 대부분 사람이란 게 그래
요. 자기 실력을 의심하거든요. 그래야 발전하기는 하는데, 그
게 회사를 운영하는 데 좋은 일은 아니죠. 아예 구분을 시키
는 게 우선입니다. 디자이너는 디자인만. 뭐 디자이너가 옷 만
드는 건 좋은 효과도 있으니 거기까진 손 안 대는 게 좋죠, 하
하."

우진이 숍을 운영하면서 항상 버거워하는 걸 봐왔던 매튜는 무의식적으로 고개를 끄덕였다. 그러자 딜란은 씨익 웃더니 입을 열었다.

"처음부터 아예 구분을 지었어야 하는데. 이 정도 크기면 시작부터 어느 정도 자금을 가지고 시작했을 텐데요?"

"제프 우드에서 빌린 곳입니다."

"아, 그래요? 제프 우드랑 굉장히 가깝군요, 하하."

매튜는 처음에 숍을 시작했을 때부터 지금까지를 간단하게 얘기해 줬다. 그러자 딜란은 다소 놀랍다는 표정을 짓더니 이내 고개를 저었다.

"가장 어려운 케이스네. 돈 없이 시작했는데 갑자기 유명해진 케이스. 이게 자기 위치를 가장 모르는 경우거든요. 그래도 꽤 대단한데요?"

매튜는 딜란이 말을 할수록 점점 궁금해졌다.

"흐음, 그럼 게임 회사랑 일은 더 하는 편이 좋겠는데요?"

"브랜딩 작업 때문입니까?"

"그럴 수 있죠. 이미 이런 가격을 꽤 오래 유지했으니까 쉽게는 못 바꿔요. 뭐 가격을 천천히 올린 건 칭찬할 만한데, 그래도 그래서야 언제 돈 법니까. 매튜 씨도 브랜딩 작업 많이 하셨으니 이걸 바꾸는 게 가장 어렵다는 거 알죠?"

"그래서 아까 판매 가격을 11만 원으로 보여 드린 겁니다."

딜란은 씨익 웃으며 손가락을 좌우로 저었다.

"노노, 적어요. 11만 원이면 돈 있으면 다 사는 거 아닙니까. 숍에서 파는 옷 가격과 똑같이! 안 사도 상관없어요. 그렇다는 걸 보여주는 거예요. 적당한 거리를 두면서 아, 원래 이런 브랜드였지, 라고 생각하게 만드는 게 중요한 거니까."

"고작 게임인데 이미지에 타격이 있을 것 같은데요."

"하하, 방패 막 있잖아요. 가우스? 거기서 욕을 다 먹을 텐데. 그리고 사람들은 진짜를 인정해 주는 법입니다. 아시죠? 미친 척하는 사람에게 미친놈이라고 하지, 진짜 미친놈한테는 미친놈이라고 안 하잖아요, 하하."

딜란은 혼자 마구 웃더니 마저 말을 이었다.

"병원에 있는 우진 군에겐 미안하지만 굉장히 좋은 기회죠. 우진 군이 다시 오면 우진 군의 디자인은 스페셜로 취급해 아예 다른 가격을 책정하고, 밑에 공부하고 있는 디자이너들한테는 지금 가격대의 상품 제작을 맡기는 거죠. 그 게임 회사랑 일하는 게 그러기 위한 밑작업이 될 거고. 하하, 욕도 다른 데서 먹어주겠다, 크게 이슈 몰이 할 수도 있는 일인데. 게임하는 사람들, 대부분 젊은 사람들이잖아요. 그럼 SNS 같은 데다 한마디씩 할 텐데, 그런 기회를 왜 놓치려는지 이해가 안 가서 그럽니다. 그리고 절대 디자이너 개인이 계약해선 안 됩니다. 프로젝트 형식으로, IJ 이름으로 해야지, 개인별로 계약하면 회사에 돈이 안 들어오니까."

매튜는 말을 들을수록 점점 혹했다. 그러면서 우진이라면 어떻게 했을까를 생각하다, 그러면 I.J 이름이 아닌 디자이너 개인으로 계약했을 거라는 결론을 내렸다. 우진의 입장도 있고 딜란의 말이 틀린 것도 아니다 보니 혼란스러웠다. 두 사람의 뜻을 계속 떠올리던 매튜는 갑자기 딜란을 보며 고개를 끄덕였다.

"어차피 개인으로 하면 얼마 못 받을 테니까 I.J 이름으로 묶어서 계약을 하고 상여금으로 나가게 되면……."

"뭐, 상여금까지는."

매튜는 이내 결정했다는 듯 고개를 끄덕였다. 그리고 딜란을 뚫어져라 쳐다봤다. 앞으로도 딜란과 우진의 의견을 적절히 섞는다면 I.J에 도움이 될 것 같았다. 마치 제이슨과 제프처럼.

딜란에게 경영을 맡기고 싶었지만, 일단은 우진의 의견이 필요했다. 지금까지 사람을 잘 보던 우진이 딜란을 어떻게 볼지도 궁금했다.

*　　　*　　　*

시간이 지나자 눈이 없다는 게 확실히 느껴졌다. 수술 부위 때문에 느낀 게 아니라, 병문안 온 매튜 때문이었다.

그는 갑자기 방문해서 딜란 교수에 대해 얘기했다. 딜란 교수의 수업을 듣긴 했었지만, 그런 일을 했다는 건 몰랐었기에 내심 새롭게 보였다. 언제나 실실 웃는 얼굴과 다르게 학점을 안 주던 교수였는데, 로젤리아에서 일했었다니.

"어떻게 생각하십니까?"

바로 이 질문이 눈이 없다는 걸 자각하게 만든 질문이었다. 준식이나 테일러들도 유니폼이 보이지 않았었지만, 막상 이런 질문을 받으니 왼쪽 눈으로 확인할 수 없다는 생각이 들어 약간 불안했다.

"고민되십니까?"

"매튜 씨는 어떻게 생각하시는데요?"

"왜 교수를 하고 있는 건지는 모르겠지만, 그전 경력만 놓고 보면 필요한 사람입니다. 선생님은 어떻게 보실지 궁금해서 찾아왔습니다."

"음… 교수님은 뭐라고 하셨어요?"

"선생님께 먼저 말씀드린 겁니다. 선생님 결정에 따라 제안할 생각이었습니다."

매튜는 아무렇지도 않게 물어봤지만, 우진은 상당히 부담스러웠다. 직접 만나보고 일하면서 조언을 얻었다면 더 쉽게 결정할 수 있었을 거라는 생각이 들자 병실이 답답하게 느껴졌다.

"일단 매튜 씨도 할아버지나 삼촌들하고 얘기해 보세요. 저도 좀 더 생각해 볼게요."

"알겠습니다. 그리고… 아닙니다."

매튜는 뭔가를 말하려다가 이내 입을 닫았다. 그게 꼭 자리에 없는 부모님의 눈치를 보는 것처럼 느껴져서, 남의 눈치를 볼 정도로 매튜가 변했다는 생각에 피식 웃음이 나왔다. 덕분에 다소 무거웠던 마음이 약간은 가벼워졌다.

"그럼 또 오겠습니다."

매튜가 간 뒤 우진은 딜란에 대해서 생각했다. 그러다가 문득 자신이 기억하는 것보다 직접 옆에서 그를 봐왔던 사람이 떠올랐다. 최 교수. 우진은 곧바로 전화기를 꺼내 들었다.

"교수님, 바쁘세요?"

─아니, 이제 학교 도착했지. 맞다. 티에리 교수님이 너 큰 수술 했다고 그러던데 괜찮아?

"네, 괜찮아요."

─자식이, 말을 해줘야지. 깜짝 놀랐잖아. 그런데 왜 전화했어?

"별건 아니고요. 혹시 딜란 교수님에 대해서 잘 아세요?"

─딜란 교수님? 잘 알지. 내가 더 오래 학교에 있었으니까. 너도 수업 듣지 않았어?

우진은 만족한 얼굴로 말을 이었다.

"듣긴 했는데, 가까운 사이는 아니었어요."

─하긴, 너 나 말고 가깝던 교수 아무도 없었지, 하하.

"그래서 어떤 분이신가 궁금해서요."

─음, 어떤 게 궁금한 건데? 사람으로서 어떠냐고? 사람만

놓고 보면 뭔가 특이하지. 항상 웃고는 다니는데 또 하는 거 보면 칼같고. 가면 쓴 사람처럼. 생각 없이 내뱉는 거 같은데 막상 듣고 보면 그럴듯하고. 신기한 분이지.

"그런데 로젤리아는 왜 나오신 거예요?"

—어? 그것도 알아? 그거 기사도 없을 텐데. 그런데 그걸 내가 말해도 되려나…….

최 교수는 잠시 뜸을 들이다가 이내 말을 뱉었다.

—나도 티에리 교수님한테 들은 얘기인데. 좀 불쌍한 사람이지.

"왜요? 매일 웃고 다니시는데."

—나도 잘은 몰라. 로젤리아에서 네브래스카에 쇼핑몰 세우려고 준비했는데, 그 책임자가 딜란 교수님이였대.

"그게 잘못됐어요?"

—아니, 아니. 그건 아예 시작도 못 했지. 그때가 한 십 년 전인가 그럴 건데. 교수님이 준비하는 기간 동안 네브래스카로 이사를 했다고 하더라고. 당연히 가족도 다 갔겠지. 그런데 근처 쇼핑몰이 어떤가 알아보러 다닐 때 사고가 났대.

"무슨 사고요……?"

—총기 난사. 아들은 현장에서 죽었다고 그러고, 와이프는 병원에서 죽었다고 그러고. 자기 혼자 다른 층 구조나 그런 거 알아보러 갔었나 보더라고. 그 일 이후로 로젤리아 그만뒀지.

우진은 딜란 교수에게 그런 아픔이 있을 거라고는 생각하지 못했다.

—왜 교수 하는지는 나도 몰라. 나도 처음에 티에리 교수님한테 들었을 때 믿기 힘들더라고.

"아……."

—그런데 왜?

"아, 숍 경영해 주실 분 찾고 있거든요. 그래서 여쭤봤어요."

—아마 안 할 텐데. 내가 알기로는 로젤리아에서도 다시 오라고 그랬던 걸로 알고 있거든.

우진은 다소 충격적인 얘기에 더 이상 물어볼 게 생각나지 않았다. 그렇게 최 교수와 통화를 마친 뒤 우진은 곧바로 휴대폰에 검색을 했다.

그리고 2007년 12월 5일에 있었던 사건을 찾았다. 범인이 쇼핑객에게 총기를 난사해 9명이 사망했다는 기사였다. 아무래도 로젤리아를 준비하려고 간 곳에서 일어난 일이다 보니 자신의 책임이라고 생각하고 있을 것 같은 느낌이었다. 그런 딜란 교수를 생각하니 가슴이 울렁거릴 정도로 안쓰러웠다.

*   *   *

딜란과 티에리 두 사람은 I.J에서 수업을 마친 뒤 근처에서 가벼운 식사를 하는 중이었다.

"그 테일러들 실력이 잘 느는 거 같던데. 맞죠?"

"워낙 비어 있으니까 당연한 겁니다. 그래도 최 실장이란 사람은 꽤 좋더군요."

딜란은 남을 칭찬하는 티에리의 말에 과장된 몸짓을 하며 웃었다.

"교수님이 칭찬할 정도면 엄청 성공하겠는데요? IJ 주인한 테도 쓰레기라고 하신 분이. 하하하."

"크흠, 보는 시야가 상당히 넓다는 정도입니다. 넓은 만큼 다양한 디자인을 뽑아낼 수 있겠죠."

"하하, 누가 뭐라고 합니까. 그냥 그렇다는 거죠, 하하. 그런데 여기 꽤 재밌지 않습니까? 숍에서 테일러들한테 교육도 시키고. 재밌는 곳이에요."

"그렇긴 하죠. 그런데 교수님은 매일 자리 지키시던 분이 매튜 그분하고 어디 가서 뭐 하시는 겁니까?"

"하하, 뭐 별건 아니고요. 내부 사람이 아닌 외부 사람한테 객관적인 평가를 듣고 싶은가 보더라고요. 그래서 그냥 몇 마디 해줬죠."

"그게 신기해서 묻는 겁니다. 다른 사람이 물어보면 한마디도 안 해주셨을 분이, 데리고 다니면서 알려주시니까."

딜란은 그게 어떠냐는 듯 양손을 들어 올리며 웃었다. 그러고는 별일 아니라는 듯 식사를 이어나갔다. 하지만 속은 그게 아니었다.

교수로 재직할 당시 계속해서 들려오는 우진의 소식은 옛 생각이 들게 만들었다.

디자이너가 된다던 아들과 그 옷의 모델을 하겠다던 아내.

만약 아들이 살아 있었더라면 우진과 비슷한 나이였을 것이다. 학생들 나이는 다양했지만 우진과 비슷한 또래도 많았다. 하지만 그 또래들 중 우진처럼 개인 숍을 갖고 있는 사람은 없었다. 자신의 아들과 비슷한 또래의 청년이 어떻게 숍을 운영했을지 궁금했다. 마침 한국에 올 기회가 있었고, 티에리 교수까지 설득해 온 것이었다.

막상 와보니, 겉은 멀쩡하지만 속은 언제 무너져도 이상하지 않을 것 같은 느낌이었다. 사실 신경 쓰지 않으려고 했지만, 자신도 모르게 계속 신경이 쓰였다.

직원들의 가족 같은 분위기 때문인지, 본인은 옷을 만들 테니 엄마가 모델 하고 자신더러 팔라던 아들의 말이 계속해서 떠올랐다. I.J만큼 유명해지진 못하더라도 분위기만은 그렇지 않았을까 하는 생각이 계속 들었다.

교수를 하는 것도 아들이 생각나서가 이유였다. 디자인 전문이 아니라 경영이지만, 디자이너가 꿈인 학생들에게 도움을 주고 싶었다. 그래서 비록 뜻대로 풀리진 않았다 하더라도 교수를 하고 있는 것에 대해 후회는 없었다. 지금은 쉬고 있지만, 앞으로도 같은 일을 할 생각이었다.

그런데 매튜가 한 말 때문에 조금 흔들렸다.

"선생님께서 디자인만 하실 수 있게 도와주시면 안 되겠습니까?"

별것도 아닌 말인데 굉장히 고민되었다. 로젤리아를 비롯해 다른 곳에서도 컨설팅 및 경영 의뢰를 받아왔지만, 흔들린 적이 없었다. 왜 흔들리는지 차분하게 마음을 가다듬으며 생각한 결과, 가족 같은 분위기의 숍도 한몫했던 데다 우진이 큰 수술을 했다는 소리에 자신의 아들을 겹쳐 보는 탓도 있는 듯했다.

오늘따라 억지로 웃고 있는 표정이 상당히 무겁게 느껴졌다. 아무래도 당사자를 만나기 전까지는 계속해서 흔들릴 것 같다는 생각에, 딜란은 티에리를 보며 입을 열었다.

"교수님, 우리 우진 군 병문안 가보는 게 어떨까요?"

*　　　　　*　　　　　*

우진은 손이 굳을까 하는 걱정에 가볍게 그림을 그리고 있었다. 자신이 하도 꼼지락대자 가볍게 움직이는 정도까지는 어머니도 양보했다. 하지만 막상 펜을 잡긴 했는데, 그리는 거라고는 선뿐이었다.

한참을 고민하던 우진이 일단은 옆에 있는 어머니부터 그렸다. 옷은 아니더라도 간단히 손을 풀 생각으로 스케치를 시작했다. 손이 굳었을까 걱정한 것과 달리, 전과 큰 변화는 느끼지 못했다. 오히려 오랜만에 펜을 잡아서인지 거침없이 선을 그었다.

어머니를 완성한 뒤엔 머릿속으로 인물을 상상하며 그렸다. 일단은 많이 그려놓고 어떤 옷을 입힐지 생각해 볼 셈이었다. 그런데 갑자기 병실에 사람들이 몰려들어 왔다.

2인실 중 비어 있는 옆 침대에 배정된 환자와 환자 보호자였다. 환자는 초등학생이나 중학생 정도로 보였는데 배에 주머니 같은 게 달려 있는 걸 보면 수술까지 한 모습이었다. 의사와 간호사들까지 들어와 병실이 잠시 소란스러웠다.

병실이 비어 있었기에 커튼을 열고 있던 우진은 그 모습을 물끄러미 봤다. 그때, 환자인 초등학생과 눈이 마주쳤다. 아픈 와중에도 어디서 본 거 같다는 듯 쳐다보는 모습에 우진은 피식 웃었다.

초등학생은 곧바로 부모에게 속삭였고, 부모들도 고개를 돌려 우진을 봤다. 기간이 얼마가 될지는 모르지만 그래도 같은 병실을 사용해야 하니 우진은 웃으며 인사를 했다. 부모들도 우진을 본 것은 같은데 기억은 안 나는지, 침대에 붙어 있던 이름표를 보려 했다.

"임우진, 우리 아들 이름이 임우진이에요."

갑자기 자랑스러운 얼굴로 어머니가 나섰고, 우진은 이 상황이 약간 부끄러웠다.

"아! 디자이너! 디자이너하고 같은 병실이네요! 호영아, 알지? 디자이너 형."

어머니는 아들을 알아보자 기쁘다는 얼굴로 입을 열었다.

"우진이가 조금 아팠거든요. 그런데 아이도 수술했나 봐요."

"아, 네. 액체질소 과자 잘못 먹고 위에 구멍이 나버렸어요."

"아이고, 엄마, 아빠가 속상했겠어요."

원래 알고 있던 사람처럼 자연스럽게 대화를 이어나가는 어머니였다. 새로웠지만, 그동안 아버지와 수선 가게를 같이하셨기에 많은 사람을 만나보셨을 테니 그 모습도 이해되었다. 우진은 그 짧은 사이에 이들이 어디에 사는지도 알게 됐고, 언제 병원에 왔는지까지 대부분을 알게 되었다.

한참을 대화하고 나서야 대화가 멈췄고, 그동안 한마디도 안 하고 있던 우진은 어머니를 보며 웃었다.

"심심하셨어요?"

"심심하지. 네 아빠랑 네가 말을 잘 안 하잖아."

그 말을 시작으로 또 옆 침대 부모와 대화가 시작됐다. 바로 옆에 남편이 있는데도 아랑곳하지 않고 자기 남편도 똑같다며 대화에 끼어들었다. 그렇게 두 분은 아무런 내용도 없는 대화를 즐겁게 이어나갔다.

두 분 다 자신은 아예 신경도 쓰지 않았기에 우진은 펜을 쥐었다. 병실에 사람이 많아지니 상상하지 않아도 그릴 수 있는 대상이 생겼다. 우진은 피식 웃고는 스케치를 그려 나가기 시작했다. 불편한 건 이들이 자신의 왼쪽에 위치해 있어서 고개를 전보다 크게 돌려야 한다는 점뿐이었다. 동작이 커서인지 학생과 눈이 마주쳤고, 우진은 가볍게 웃으며 스케치를 이어나갔다.

"우리 우진이가 잠시도 쉬질 않아요."

"병원에 있으면 쉬어야죠."

"내 말이 그 말이에요. 좀 쉬래도 지금도 저렇게 그림 그리고 있잖아요."

우진은 그 말에 멋쩍게 웃고는 펜을 놓았다. 그때, 갑자기 전혀 생각지도 못한 사람들이 병문안을 왔다.

딜란 교수와 티에리 교수.

갑자기 들이닥친 외국인의 모습에 시선이 두 사람에게 집중됐다. 그러자 그동안 매튜에게 익숙해진 어머니가 웃으며 양해를 구했다.

"우리 아들 손님이네요. 또 보나 마나 일 얘기 할 거예요."

"아니에요. 교수님들이세요."

우진을 본 교수들은 손을 흔들며 병실로 들어왔다. 교수라는 말에 어머니는 고개 숙여 인사했고, 두 교수는 그동안 고개 숙여 인사하는 걸 많이 봤는지 어머니와 마찬가지로 인사했다. 인사가 끝나자 어머니는 편하게 얘기하라며 자리를 피했다.

옆 침대에 커튼까지 치자 두 사람과 있는 게 굉장히 어색했다. 한국에 온 건 알고 있지만, 두 사람만 면회를 올 거라고는 생각해 보지 않았다. 파슨스를 다닐 때도 티에리 교수와 딜란 교수와는 그렇게 많은 대화를 해보지 않았기에 굉장히 어색한 만남이었다. 게다가 최 교수를 통해 딜란 교수에 대해서 들은 게 있다 보니 더 어색했다.

그런 딜란이 웃는 얼굴로 어디가 아픈 건지 캐묻듯이 질문했다. 우진은 있는 그대로 대답했고, 딜란은 그제야 고개를 끄덕거렸다.

"그럼, 회복 기간이 3개월이나 되는 건가요?"

"네."

"말이 3개월이지, 몸 돌아오려면 더 걸리겠군요."

"네, 바로 일하진 못할 거 같아요."

굉장히 어색한 대화가 오갔고, 우진은 분위기를 조금 가볍게 하기 위해 테일러들 얘기를 꺼냈다.

"테일러분들은 어떠세요? 열심히들 하시죠?"

"음, 열심히 하기는 하는데 디자인 기초가 안 잡혀 있습니다. 그래도 현장에서 일하는 사람들이라서 그런지 감은 있더군요. 특히 실장이라는 사람, 보는 눈이 상당히 넓더군요."

우진은 누굴 칭찬하지 않는 티에리 교수에게서 인정받은 사람이 범찬이라는 걸 알고 있었다. 자신이 없음에도 테일러들이 열심히 하고 티에리 교수의 인정까지 받자 뿌듯한 마음이 들었다. 그렇게 테일러들의 이야기로 대화를 이어갔다.

그리고 시간이 좀 흐르자, 딜란이 우진의 옆에 놓인 스케치북을 보더니 입을 열었다.

"병원에 있으면서도 스케치하는 건가요?"

"아, 가만있기 그래서. 스케치는 아니고요. 그냥 연습한 거예요."

"보여줄 수 있나요?"

딜란이 관심을 보였고, 티에리 교수도 마찬가지로 스케치북에 눈을 돌렸다. 그 모습에 예전 파슨스 때 들었던 말이 떠오르긴 했지만, 특별히 그린 것도 없었기에 이내 스케치북을 넘겼다.

"인체도군요. 스케치 실력은 여전하군요. 그런데 디자이너는 이렇게 인체를 잘 그리는데 왜 테일러들은 이런 기본도 안 되어 있었을까요."

디자인 빼고는 다 잘한다는 소리를 들었던 자신이었다. 그런 자신을 기억하는 모습에 우진은 멋쩍게 웃었다.

"체형을 보니 모델은 아닌 거 같고."

"어머니세요."

"어머니?"

"어머니가 계속 옆에 계시니까 연습할 겸 그린 거예요."

티에리는 옷이 없는 그림에 별다른 말을 하지 않았다. 하지만 딜란은 누군지 알아볼 수 없는 인체도만 한참을 보더니 입을 열었다.

"평상시에도 부모님 옷 만들어주고 그러나요?"

"음… 생각해 보니까 처음에 만들어 드린 옷 말고는 없어
요."

딜란은 여전히 실실 웃으며 스케치를 넘겼다. 그러고는 뒷
장을 한참 넘겨보더니 더 이상 볼 게 없는지 스케치북을 덮고
우진을 봤다.

"나한테 할 말은 없는가 봐요?"

"네?"

"할 말 없어요? 이상하네. 매튜 그 사람이 혼자 결정한 건
가?"

딜란이 무엇을 말하는 건지 알아차렸지만, 어떻게 대답해야
할지 몰랐다. 전후 사정을 몰랐다면 경영을 맡아달라고 했을
텐데, 어떤 일을 겪었는지 알고 나니 그 말을 꺼내기가 굉장히
어려웠다.

우진이 대답을 하지 않자, 딜란은 여전히 실실 웃으며 말했
다.

"최 교수한테 들었어요?"

"네… 뒷조사 같은 거 하려던 건 아니었어요. 어떤 분인지
알아보다 보니까."

"오케이, 이해해요. 사실 내가 이곳까지 온 건, 그 제안을
받을지 말지 고민 중이라 찾아온 거예요."

우진은 그가 거절할 줄 알았는데 고민 중이라는 말에 눈을
반짝였다.

"그런데 디자이너가 한동안 자리를 비워야 한다는 걸 알고 나니 더 고민되네요."

거절이라는 건지 고민된다는 건지, 우진은 그의 야릇한 미소 때문에 선뜻 어떤 대답을 내놓아야 할지 생각나지 않았다. 그러자 딜란은 재밌다는 듯 피식 웃더니 입을 열었다.

"설득해 봐요."

그 순간 머릿속이 빠르게 돌아갔다. 여러 가지 생각이 떠올랐지만, 적당한 대답은 생각나지 않았다. 그때, 옆에 있던 티에리 교수가 스케치북을 가리키며 말했다.

"디자이너가 디자인으로 보여주면 되는 겁니다. 말이 필요 없죠."

"교수님, 왜 끼어듭니까. 하하."

우진이 스케치북을 보자 딜란은 피식 웃으며 말을 이었다.

"망할 수도 있는 숍에 들어갈 순 없잖아요. 내가 본 I.J는 우진 군 없으면 망하거든요. 얼마나 걸리느냐는 시간문제고. 교수님께 배우는 사람들도 우진 군 없으면 쓸모없는 사람들이고."

"다들 열심히 하시는데."

"열심히 하는 거하고 잘하는 거하고는 다른 거라서, 하하. 원래 잘나가던 숍도 톱 디자이너가 다른 곳으로 가버리면 그 자리를 못 채워서 점점 침몰하는 겁니다. 차츰차츰, 자신들도 모르게. 그런데 밖에서 보면 배가 가라앉는 게 보이거든요.

내 생각이 그렇다는 게 아니라, 실제로 그런 경우를 많이 봤으니까 하는 말입니다."

매튜가 인정한 사람의 입에서 저런 말이 나오자, 아니라고 생각하고 싶었지만 한편으로는 불안했다.

"일단은 감이 어떤지 디자인이나 한번 보죠. 기간은 일주일. 병원에 있으니까 그 정도가 적당하겠죠? 지금 보니까 손도 잘 움직이는 거 같은데."

어머니가 약간 신경 쓰였지만, 일주일이면 가능할 것 같았기에 수락했다. 그러자 딜란은 이미 예상했다는 듯 웃으며 말했다.

"뭐 일주일 사이에 가게 망하진 않으니까 걱정 말고요. 하하."

"네. 걱정 안 해요. 그거면 되는 건가요?"

"궁금해요? 훗, 일주일에 하나씩, 무슨 일이 있더라도 내가 팔고 싶을 정도의 디자인을 준비할 것. 그게 이행되지 않는 순간 바로 계약 해지. 간단하죠?"

일주일에 하나 정도는 어렵지 않을 것 같았다. 다만, 딜란의 마음에 들 정도로 좋은 디자인을 뽑는 게 문제였다. 왼쪽 눈도 보이지 않는데 일주일에 하나씩 뽑는 건 약간 부담스러웠다. 만약 마음에 안 든다고 도중에 나가 버리면 남아 있는 직원들은 혼란스러울 게 분명했다. 그러다 보니 대답이 쉽게 나오질 않았다. 그러자 딜란이 약 올리듯 실실 웃으며 말했다.

"그 정도도 못 하면 큰일인데. 다시 돌아올 때, 아직 안 죽었다! 임팩트 있게 짠 나타나려면 꼭 필요할 텐데."

우진은 그제야 딜란이 왜 그런 조건을 걸었는지 이해했다. 바로 앞을 보고 준비하는 게 아니라 미래를 생각하며 준비를 시키는 것이었다. 퇴원할 때까지 병원에 가만히 있다가 나가면 곧바로 일을 할 수 있을 것 같진 않았다. 딜란 말대로 차근차근 준비하면 퇴원 후에도 무리하지 않으면서 천천히 일을 할 수 있을 것 같았다.

"알겠어요. 해볼게요."

"그러든가요. 그럼 일주일 뒤 이 시간에 만나요, 하하."

"정말 그 조건이면 되는 건가요?"

"다른 조건도 필요해요? 아! 물론 내가 받을 돈은 받아야죠. 그것도 주급으로! 하하, 그럼 푹 쉬어요. 가시죠, 교수님."

우진은 여전히 얼떨떨한 얼굴로 병실을 나가는 두 사람을 봤다. 그때, 커튼 너머로 학생의 어머니가 하는 말이 들렸다.

"옆에 형 멋있지? 너도 옆에 형처럼 되고 싶으면 영어 공부 열심히 해야 돼. 알겠어?"

우진은 대화 내내 난감해하던 자신을 멋있다고 하는 말에 그만 웃음을 뱉어버렸다.

*   *   *

병원을 내려오던 티에리는 딜란을 물끄러미 봤다. 꽤 오랜 시간을 보냈음에도 여전히 어떤 사람인지 감이 잘 잡히지 않았다. 하지만 오늘 딜란은 조금 달라 보였다. 누구와 대화를 하면 자신의 의도를 상대방이 읽는지 못 읽는지 관찰하는 걸 즐기는 사람인데, 우진과의 대화에선 자신이 먼저 힌트까지 줬다.

게다가 자신이 알기로는, 다시 패션업계로 절대 돌아가지 않을 사람처럼 보였다. 이유야 당연히 알고 있었다. 사고가 꽤 유명한 데다가 당시 딜란이 패션계에서 이름이 있었다. 지금이야 딜란의 기사를 찾아볼 수 없지만 그 당시에는 로젤리아 대표의 가족이 피해자에 포함되어 있다는 기사가 즐비했다. 물론 그것도 잠시, 순식간에 기사들이 내려갔다. 아마 로젤리아의 힘이라고 추측할 뿐이었다. 그리고 기사들과 함께 딜란이 사라져 버렸고, 시간이 흘러 파슨스에서 만나게 된 것이었다.

그랬던 사람이 무슨 생각으로 다시 패션 일을 하려고 하는 건지 궁금했다. 그때, 딜란이 뒤를 돌아보며 피식 웃으며 말했다.

"궁금해요? 하하, 그냥 재밌을 거 같아서. 한쪽 눈까지 빼버 렸다는 거 들었죠? 나 같았으면 상실감, 허무함, 그런 거 때문에 정신 못 차릴 거 같은데. 보셨죠? 그 와중에도 스케치 연습하는 거. 얼마나 더 클지 궁금하더라고요. 하하."

딜란은 피식 웃고는 고개를 돌렸다. 그런 딜란의 얼굴엔 실실거리는 미소 대신 그리움이 잔뜩 묻어 있었다.

*　　　　*　　　　*

며칠 뒤. 딜란의 과제를 받은 우진은 눈을 감은 채 손가락만 움직였다. 그러다 알람이 들림과 동시에 눈을 떴다.

"진짜 하루에 두 시간만 해야 해."

"알겠어요."

자신을 걱정하는 어머니와 타협한 게 하루에 두 시간이었다. 두 시간이 짧긴 했지만, 병원에 있는 동안만이라도 푹 쉬었으면 하는 어머니의 마음을 알기에 우진도 이해했다. 그래도 그릴 수 있는 시간이 두 시간뿐이지, 우진은 하루 종일 디자인에 대해 생각했다.

우진은 흐르는 시간이 아깝다고 생각하며 하루 종일 생각하던 것을 그리기 시작했다. 며칠 동안 그린 게 고작 한 개의 디자인뿐이었다. 그것도 첫날 그린 스케치였다. 가장 자신 있는 캐주얼한 정장 스타일이었다. 보통의 디자이너들과 다르게 대상을 보고 디자인을 했던 우진은, 스케치의 주인공을 자신이 알고 있는 가장 아름다운 사람인 강민주로 상상했다.

스케치를 할 때는 분명 괜찮았는데 펜을 놓기만 하면 잘못됐거나 아쉬운 점이 생각나는 통에 정장에서 벗어나질 못하고 있었다. 여러 가지 스케치를 그려보려 했는데 이미 다른 생각은 들지 않았다. 내일이면 딜란과 약속한 날이기에 새로 그릴 수도 없었다. 결국 지금 있는 스케치에서 보완하는 게 가장 최선이라고 생각했다.

우진은 계속해서 스케치를 조금씩 변경했고, 같은 그림만 계속해서 그렸다. 지금도 하루 종일 생각하고 그렸는데도 뭔가 아쉬웠다.

우진이 스케치를 보며 부족한 부분을 찾을 때, 어머니가 옆 침대 학생의 어머니와 대화하시는 소리가 들렸다.

"집중력이 엄청나네요."

"좀 쉬었으면 하는데 말을 안 들어요."

"저러니까 성공하죠."

집중이 깨지면서 한번 대화가 들리기 시작하니 여간 신경 쓰이는 게 아니었다. 어떻게 해야 자신처럼 될 수 있냐는 말부터 급하게 입원하느라 2인실로 왔다는 말과 함께 병원비 걱정까지 사소한 대화가 계속해서 들렸다.

대화 때문에 집중을 할 수 없었던 우진은 시간도 거의 다 됐고, 수정해야 할 부분도 생각나지 않았기에 그만 펜을 내려놨다.

"엄마가 너무 시끄럽게 했어?"

"아니에요. 생각이 안 나서요."

그때, 학생 어머니가 스케치북을 보며 입을 열었다.

"뭐 그렸는지 한번 보여주시면 안 돼요? 맞춤옷은 한 번도 안 입어봐서, 디자이너가 그리는 옷은 어떤가 싶어서요."

숍에 있을 때는 직원들의 의견을 듣곤 했는데 지금은 그럴 수 없다 보니 궁금한 마음이 들었다. 외부인에게 보여주는 게 약간 걱정되긴 했지만, 어떻게 보여질지 궁금한 마음이 더 컸다. 우진이 스케치북을 넘겨주자 학생 어머니는 아주 조심스럽게 한 장씩 넘겼다.

"그림 진짜 잘 그리신다. 그런데 전부 같은 그림이네요?"

"정우 엄마, 여기 이 소매 부분 보이지? 여긴 소매를 텄고 여기는 일자고."

우진은 피식 웃었다. 조금씩 바뀐 부분을 전혀 알아보지 못했다. 물론 어머니는 공장을 했던 경험으로 알아보셨지만, 일반인이라면 대부분 알아보지 못할 것 같았다. 아주머니는 스케치북을 다시 건네며 입을 열었다.

"하긴 이렇게 모델같이 쭉쭉 빵빵 해야지 이런 옷 입겠죠?"

"아니야, 나도 우리 아들이 만들어준 옷 입는데."

그 말을 듣던 우진은 살짝 인상을 찡그렸다. 그러고는 스케치북을 펼쳐 자신이 그린 스케치를 봤다.

언제부터 멋있는 사람들만 고객으로 받았다고 대상을 강민주로 했는지.

좋은 디자인이 꼭 멋진 디자인일 필요는 없었다. 오히려 어머니나 학생 어머니 같은 사람이 입었을 때 어울리는 옷이 더 좋은 디자인이라고 생각이 들었다. 그 생각 때문인지 마음이 한결 편안해졌다. 그러자 처음부터 잘못됐다는 게 느껴졌다.

자신이 잘할 수 있는 건 이렇게 누워서 상상하는 게 아니라 고객의 의견을 듣고 그 의견을 반영해서 옷을 만드는 것이었다. 왼쪽 눈으로 보일 때도 고객을 고려해 원단 등을 선택했고, 보이지 않을 때도 의견을 반영해서 디자인했다. 지금 I.J에서 판매하는 블루만 하더라도 매튜의 모습을 보고 그린 스케치였다.

그런 생각을 하던 우진은 지금도 대화를 나누는 두 분이 이 옷을 입으면 어떨지 생각해 봤다. 헤어스타일을 바꾸고 화장을 한다고 하더라도 강민주 같은 느낌은 절대 나올 수가 없었다.

어머니와 약속한 두 시간이 지나긴 했지만, 우진은 조심스럽게 펜을 들었다. 그러고는 어머니를 대상으로 스케치를 그리기 시작했다.

통통한 몸매에 약간 작은 키. 평균적인 중년 여성의 몸매였다. 그런 어머니에게 옷을 입혔다. 그리고 하나씩 수정해 나갔다. 엉덩이에 꽉 붙는 H라인 대신 A라인 스커트 형식을 그렸다. 그러다 편안함과 평소 치마를 안 좋아하시던 어머니를 생각해 바지로 대신하고, 바지 위에 천을 덧대 치마처럼 보이게 만들었다. 뒷부분까지 천을 대면 불편함을 느낄 게 분명했기에 앞부분만 천을 댔다. 그러자 뒤태가 조금 이상해 보일 것 같았다.

우진은 한참을 생각하다가 이내 결정한 듯 고개를 끄덕이며 손을 움직였다. 엉덩이를 살짝 덮던 길이에서 과감하게 엉덩이 전체를 덮을 수 있게 늘렸다.

마치 재킷 겸 코트처럼.

그럼 허리 라인을 분산시키기 위해 다른 곳에 힘을 줄 필요도 없어졌다. 라인은 라인대로 살고 뒷모습 또한 주름치마처럼 보일 것이 분명했다.

한번 풀리기 시작하니 아이디어가 계속해서 떠올랐다. 재킷 안에는 윈저칼라로 된 하얀색 블라우스를 입고 그 위에 재킷과 같은 검은색으로 통일한 니트까지. 하나씩 완성되어 갈수록 우진은 무척이나 만족스러웠다. 전체적으로 보면 화려하진 않지만, 입는 사람을 생각해서 만든 옷이었다.

우진은 기본형에 굽도 높지 않은 미들 힐까지 그려놓고 펜을 놓았다. 그리고 어머니께 보여줄 생각으로 고개를 드니 자신을 노려보고 있는 어머니가 보였다.

"널 어떻게 해야 하니! 좀 쉬래도!"

*　　　　*　　　　*

다음 날, 딜란은 면회가 가능한 시간에 맞춰, 이른 시간에 병실에 자리했다.

"디자인은? 다 그렸어요?"

"네. 다 그렸어요."

"오, 자신만만! 기대되는군요."

우진은 가볍게 웃었다. 자신이 있다기보다는 스케치가 만족스러웠다. 그럴 땐 스케치에 빠져 느끼지 못했는데, 스케치를 완성시키고 나니 굉장히 뿌듯했다. 왼쪽 눈이 없어도 할 수 있을 것 같다는 자신감을 만들어준 디자인이었다. 아마 왼쪽 눈이 보였다면 자신의 스케치대로 만든 옷에 분명 빛이 보였을 것이다.

딜란 역시 기대하는 얼굴로 스케치북을 열었다.

"흐음."

항상 야릇한 미소를 짓고 있는 딜란의 얼굴에서 미소가 사라졌다. 생각이 많은 듯한 얼굴이었다. 우진은 어느 정도 예상했었기에 딜란의 반응에도 크게 걱정하지 않았다. 딜란이 경영을 맡아줄 수 없는 건 아쉽지만, 자신이 잘할 수 있는 걸 해야지 좋은 디자인이 나온다는 걸 이번 일을 통해 깨달았다.

"어떤 생각으로 그린 건지 알려줘 봐요."

우진은 덤덤하게 설명했다. 그러자 딜란이 한참을 생각하더니 또다시 한숨을 뱉었다.

"흐음."

스케치북을 넘겨보지도 않고 계속해서 디자인만 살펴보던 딜란은 휴대폰도 아닌 메모지를 꺼내 무언가를 적기 시작했다. 그렇게 한참을 적어가던 딜란은 메모를 마쳤는지 펜을 집어넣었다.

"스케치를 너무 잘 그려서 보기 부담스럽네. 체형 보면 저번에 스케치했던 어머니?"

"네, 어머니세요."

"신기하네. 보통 디자인 받으면 허리 한 줌도 안 되는 모델이 대부분인데 중년 여성이라 신선하긴 하네요. 이래서 데이비드가 자기 패션쇼에서 밀라노에 어울린다고 그랬군요. 밸런스가 굉장히 좋아요. 디자이너 옷이라는 느낌보다는 당장 판매할 수 있는 그런 옷?"

예상했던 혹평 대신 호평이 나오자 우진은 오히려 당황스러웠다.

"전체적으로 세련되어 보이긴 하네요. 나이를 막론하고 좋아할 만한 스타일. 직장인이나 중요한 자리에 어울리는 스타일. 흠, 특별하지 않아서 누가 입어도 되는 게 장점이자 단점이네. 뭐, 단점 커버는 내가 할 일이니까. 일단 이건 킵."

딜란은 마치 함께 일할 것처럼 혼자 중얼거렸다. 그러더니 우진을 물끄러미 보더니 입을 열었다.

"내가 I.J 맡는 동안 절대 참견하지 않기로 약속할 수 있어요?"

"네?"

"절대 망하게 하진 않을 테니까, 망한다는 소리가 들려도 참견 안 할 수 있느냐 묻는 거예요. 우진 군은 일절 경영에 참견하지 말고 디자인만 하라는 말입니다."

"저도 그게 편한데."

딜란은 피식 웃더니 말을 이었다.

"일단 일주일만 보고 판단해요. 나도 우진 군을 시험했으니 나도 시험을 받아야죠. 남은 얘기는 매튜 씨와 할 테니 그리 알고 다음 주에 보도록 하죠. 갑니다."

이렇게 쉽게 얘기가 끝나자 우진은 약간 멍했다. 원래 I.J에서 일하고 싶었던 건가 싶을 정도로 쉽게 결정을 내린 것 같았다.

한편 병실을 나온 딜란은 닫힌 문을 뒤돌아봤다. 괜한 말을 한 건가 후회도 하고, 어떻게 커가는지 보고 싶은 마음 등 여러 가지 생각에 혼란스러운 한 주를 보냈다. 자신 때문에 남이 머리 아픈 건 좋지만, 남 때문에 자신의 머리가 복잡한 건 질색이었다. 그래서 아침 일찍부터 찾아왔고, 우진의 스케치를 보게 되었다.

그런데 우스갯소리로 설득해 보라고 했더니 정말 디자인으로 설득해 버렸다. 사실 모델이 누구인지 몰랐다면 이렇게 넘어가진 않았을 것이다.

처음 뱉었던 한숨은 어머니를 모델로 삼았다는 말에 아들이 생각나 진정하려고 뱉은 한숨이었다. 자신의 아들과 아내가 살아 있었다면 저런 그림을 그렸을 수도 있다는 생각이 들었다. 물론 우진은 모르는 상태로 그렸겠지만, 반칙도 이런 반칙이 없었다.

차분해지려고 한숨을 뱉어가며 마음을 진정시키고 우진에

게 옷에 대한 설명을 해달라고 했다. 그런데 딜란은 옷에 대해 설명을 들으며 약간 이상함을 느꼈다. 우진의 어머니는 화장도 안 하고 아침이라 얼굴도 부어 있었다. 병간호가 피곤할 테니 그 모습이 이상하진 않았다. 전에 봤을 때도 비슷한 외모였기에 그런 모습이 자연스럽게 받아들여졌다.

그런데 우진의 설명을 들으면서 정말 이렇게 변할 수 있을까 생각하며 우진의 어머니를 떠올렸는데, 이상하게도 원래 모습이 생각나지 않았다. 화장도 안 하고 부었다는 건 기억났다. 그런데 신기하게도 그 모습이 아닌, 스케치대로 입고 있는 모습만 떠올랐다.

딜란은 아직 자신이 진정하지 않았다고 생각하며 다시 한숨을 뱉었다. 그리고 메모지까지 꺼내 자신이 기억하고 있는 우진의 어머니 모습을 상세하게 적었다. 그럼에도 원래 모습 대신 스케치의 모습만 떠올랐다.

재킷 따로, 치마바지 따로, 니트까지 전부 따로따로 보니 그다지 특별해 보이진 않았다. 그런데 그 특별하지 않은 부위들의 조합이 굉장히 좋았다. 어디 한 군데 과하지도 않았고, 서로의 부족한 부분을 다른 부위가 받쳐주는 형식이었다. 바지의 주름진 뒷모습과 재킷의 조화. 바지의 과함을 가려줌과 동시에 밋밋한 재킷의 밑단을 주름으로 받쳐주는, 서로 보완되는 느낌이었다.

화려하거나 특별하지 않은 디자인이 이 정도로 강렬하게

각인되긴 어려웠다. 오히려 로젤리아 때처럼 대량으로 판매하고 싶다는 생각이 들었다. 그 생각에 자신도 모르게 일단 '킵'한다고 말까지 뱉어버렸다.

그동안 다른 사람들에게 속내를 보이기 싫어 가면 쓴 것처럼 살아왔는데, 우진과 대화를 하는 자신은 오랜만에 억지 미소를 짓고 있지 않았다. 가족도 생각하게 만들더니, 또 가족을 잊은 채 일을 하게 만들었다. 딜란은 그런 우진을 떠올리며 피식 웃더니 걸음을 옮겼다. 그리고 주머니에서 휴대폰을 꺼내 통화 버튼을 눌렀다.

"매튜 씨, I.J 식구들하고 점심 같이했으면 합니다. 그리고 오후에는 가우스하고 약속 잡으시고요. 저 지금 숍으로 출발합니다."

*　　　*　　　*

딜란과 점심을 함께한 뒤 숍으로 돌아온 I.J 식구들은 저마다 딜란에 대한 평가를 늘어놓았다.

"정말 유명한 사람 맞아?"

"좀 이상하죠? 계속 실없는 사람처럼 웃기만 하고."

"맞아. 홍단아 너만큼 이상한 거 같더라."

"또 그러시네. 정말 이상한 사람 같아요. 외국 마인드인가? 고객들 오는데도 문 닫고 밥 먹자고 그러잖아요."

이미 매튜에게서 딜란이 어떤 사람인지 들었던 장 노인마저 의심할 정도로 이상했다. I.J 블루 때문에 매장을 찾아오는 사람이 꽤 되는데도, 마지막 고객까지만 받더니 아예 문을 닫아버렸다.

그러고는 다 같이 식사하러 이동했다. 그런데 식사하면서 별다른 말은 없고 내내 한국어책을 보면서 식사만 했다. 마치 숍에 관심 없는 사람처럼 행동했다.

하지만, 매튜가 조사한 자료를 보면 분명 뭔가 있는 사람이었다.

경력은 말할 것도 없이 훌륭했다. 게다가 꽤 오랜 기간 업계에서 물러나 있었는데도, 딜란이 경영자가 되는 순간의 예상 신용도가 우진이 있을 때보다 올라간다는 평가를 받았다. 그런데 정작 행동하는 걸 보면 걱정이 되었다. 전혀 관심 없는 사람처럼 일에 대한 얘기를 묻지도 않고 꺼내지도 않았다.

대부분의 직원들이 숍을 아끼며 굳은 일도 마다하지 않고 자기 숍처럼 일했는데, 딜란의 반응은 색달랐다. 숍을 안정적으로 운영하려고 구한 경영인이니 우진이 있을 때보다 나아야 했기에 직원들은 계속 걱정이 들었다.

그때, 식사를 마친 뒤 숍을 이리저리 살펴보던 딜란이 사무실로 들어왔다. 딱히 대표실이 없었기에 우진이 사용하던 자리를 임시로 사용하게 했다. 그 자리에 앉은 딜란은 남은 점심시간 동안 한국어책을 보며 실실 웃었고, 점심시간이 끝나자마자 곧바로 준식을 불렀다. 그러고는 별말 없이 고개를 끄덕거리기도 하고 웃기도 했다.

다들 자기 일을 보면서도 뭘 하는 건지 궁금해할 때, 딜란이 직원들을 불러 모았다. 전문경영인이라는 사람의 입에서 어떤 말이 나올지 궁금했던 직원들은 자리에 앉아 기다렸다. 그러자 딜란은 점심시간 내내 연습했는지 한국어로 인사했다.

"안녕하세요? 딜란 에반스입니다."

말투는 아직 어색했고, 고작 인사뿐이었다. 하지만 직원들은 그것만으로 친숙함을 느꼈다. 딜란은 여전히 실실 웃는 얼굴을 하면서 영어로 말을 이었다.

"업무 보고서 봤어요."

다들 어떤 평가를 내릴까 궁금해하며 그를 지켜봤다. 딜란은 실실 웃으며 입을 열었다.

"일단 가장 놀라운 점은 거래처 관리였어요. 이건 딱히 건드릴 게 없을 정도로 깔끔했어요. 원단 거래처만 해도 9곳이더군요. 어떻게 이렇게 다양한 거래처하고 거래하면서 아무런 문제가 없는지 신기했습니다. 오히려 배우고 싶을 정도입니다."

준식을 통해 전해 듣던 직원들은 장 노인을 보며 웃었다. 대부분 서문시장과 거래했기에 가능했던 일이었다. 장 노인도 좋은 평가가 기분이 좋은지 가볍게 미소 지었다. 딜란은 박수까지 보낸 뒤 손에 쥐고 있던 수첩을 넘겼다.

직원들은 자신들을 어떻게 평가했을지 기대하며 지켜봤다. 그런데 자신들의 생각과는 전혀 다른 말이 나왔다.

"그런데 그거 말고는 쓸데없는 일을 꽤 많이 하더군요."

"……."

"일단 가장 큰 문제는 일하는 거에 비해 돈이 너무 안 들어와요. 여러 가지 원인이 보이는데, 그중 가장 직접적인 원인을 찾자면 일단 우진 디자이너만의 회사라는 게 가장 큰 이유라고 봅니다. 뭐 나쁘게 말하려는 건 아닙니다. 오너의 말에 따르는 게 한국인들 특성이니까. 디자인 잘 뽑는다고 회사가 잘 굴러가는 게 아니거든요. 완전 다른 분야입니다. 앞으로 대대적으로 가격에 변화를 주게 될 겁니다."

딜란의 말은 자신들이 정말 그랬나 생각하게 만들었다. 딜란은 각자 생각하는 사람들을 보며 만족한다는 미소를 보이더니 말을 이었다.

"일단 가장 처음 해야 할 일은 법인으로의 변경입니다. 그렇게 보실 필요 없습니다. 난 주주가 될 생각도 없으니까. 대부분의 특허권이나 출자금도 현재 우진 디자이너 소유니까 우진 디자이너가 대부분의 지분을 갖게 됩니다. 그리고 상장은 안 합니다. 그래도 기본으로 여러분도, 형식 주주이긴 하지만 주주가 될 겁니다. 안정적으로 법인 변경하는 거니까 여러분들께 크게 영향을 끼치진 않을 겁니다. 이건 매튜 씨가 준비해 주시고."

장 노인이 한참 전부터 우진에게 말했던 것이었다. 법인으로 바꾸면 세금이나 차후에 필요할 수 있는 대출 등이 훨씬 용이했다. 장 노인은 만족스러운 얼굴로 웃으며 다른 직원들을 바라봤다. 실질 주주도 아닌 형식 주주라 별 이득도 없는데, 자신들도 지분이 생긴다는 얘기에 무척이나 좋아하고 있었다. 제대로 된 정보는 아니지만 틀린 말도 아니었다. 그런 말 하나로 더 열심히 하자는 동기부여가 됐다. 장 노인은 피식 웃고는 딜란의 말을 마저 들었다.

"그리고 여러분이 보고 있는 업무 중에 가장 쓸모없는 일이 보이더군요. 고객 응대! 특히 SNS 관리, 홈페이지 관리. 하루 종일 이 일에만 붙어 있는 사람이 있을 정도로."

준식을 통해 전해 듣던 직원들은 고개를 갸웃거렸다. 우진을 비롯해 자신들이 가장 많이 신경을 쓰던 부분이었다. 딜란은 궁금해하는 직원들을 보더니 피식 웃었다.

"앞으로 SNS나 홈페이지를 통한 예약도 안 받습니다."

"그럼 어떻게 주문을 받습니까?"

"오로지 매장. 우진 디자이너가 와도 그건 변하지 않을 겁니다. 마침 병원에 있기도 하니 핑곗거리도 있고 좋지 않습니까? 하하."

그렇게 된다면 확실히 편해지긴 하는데, 이래도 되는 건가 걱정이 됐다. 다들 서로의 반응만 살필 때, 홈페이지를 관리하던 팟사라곤이 대놓고 물어봤다.

"홈페이지에서 그럼 뭐 하나요?"

"제품 사진이나 기획 같은 것만 올리면 됩니다."

"그럼 홈페이지에 문의하는 사람들은 어떡합니까?"

"아예 닫아버리세요. 그쪽이 담당이라고 했죠? 글 못 올리게 아예 막아버리세요. 참, 그리고 홈페이지에 있는 전화번호도 없애 버리세요."

"그래도 됩니까?"

"되니까 닫으세요. 하하, 회의 끝나면 바로! 아, 하는 김에 SNS도 아예 글 못 올리게 막아버리고."

팻사라곤은 이래도 되는 건가 싶은 얼굴로 매튜와 장 노인을 봤다. 두 사람이 딱히 다른 말을 하지 않았기에 팻사라곤도 일단은 고개를 끄덕였다.

"이제부터 소통은 안 해도 됩니다. 충분해도 너무 충분해요. 소비자들하고 가까운 건 좋지만, 너무 가까워서 옆집처럼 느끼면 안 되잖아요? 그러니까 되도 않는 소리들이나 하고. 또 그 말 들어주느라 쓸데없이 시간 낭비하고. 괜히 야근하고, 그럴 필요 없잖아요."

그 말을 가만히 듣고 있던 매튜가 조심스럽게 나섰다.

"요즘은 소비자하고의 소통이 중요하다고 생각합니다. 소비자들 목소리를 아예 안 듣는 건 문제가 있다고 생각합니다."

"맞아요, 소비자들. 제프 우드처럼 소비자가 엄청나게 많다면 모를까, I.J는 소비자가 한정되어 있는데 우리는 우리 소비자만 신경 쓰면 됩니다. 확실하지 않은 잠정적 소비자들 관리 대신, 기존에 이용한 고객들부터 관리하는 게 더 중요하다고 보는데요."

기존 고객 관리는 이미 하고 있는 일이었다. 매튜는 지금까지 많은 론칭을 하면서 가장 중요한 점을 홍보로 꼽았다. 그런데 아예 홍보를 하지 말라는 말이 쉽게 받아들여지지 않았다.

"내가 아까 충분하다고 그랬잖아요. 이미 가득 찼어요. 더 해봤자 넘치기만 해요. 적절한 거리가 필요할 때입니다."

실실 웃으며 말하던 딜란은 오랜만에 느껴보는 감정에 재미를 느꼈다. 일단 가장 재밌는 건 자신의 말뜻을 제대로 이해하지 못하는 직원들이었다. 나중에 그런 뜻이 있었구나, 라며 감탄하는 걸 보고 싶었지만, 아무래도 처음이니 제대로 말을 해주는 게 좋을 것 같았다. 딜란은 씨익 웃으며 말을 뱉었다.

"애인 있어요?"

"없습니다."

"어? 그럼… 친구는 있죠?"

"없습니다."

"어? 그럼 I.J에서 가장 가까운 사람은 있죠?"

"병원에 계신 선생님이십니다."

딜란은 처음으로 당황했고, 준식은 웃음을 참느라 통역도 못 했다. 딜란은 순간 흔들린 자신을 가다듬고는 입을 열었다.

"아무튼, 만약에 우진 디자이너가 여기에 있다고 쳐요. 매튜 씨 말처럼 엄청 친하게 밥도 먹고 술도 마시면서 친하게 지

냈어요. 그런데 갑자기 어느 순간 우진 디자이너가 매튜 씨하고 말도 안 해요. 말을 걸어도 본 척도 안 해요. 그럼 어떨 거같아요?"

"무슨 문제가 있는지 걱정할 거 같군요."

"뭐, 그럴 수도 있고. 대부분 궁금해하겠죠. 그런데 보고 싶어도 볼 수가 없어! 그럼 미치거든요."

딜란은 예시는 역시 애인이 적당했을 거라는 생각에 아쉬워하면서도 말을 이었고, 매튜는 그제야 이해했다는 듯 고개를 끄덕였다.

"그래도 소비자들이 아예 등 돌려 버릴 수 있습니다. 그때 되면 늦습니다."

"매튜 씨 말도 옳아요. 그래서 밀고 당기는 걸 잘해야죠. 소비자들한테 끌려다니지 말고 우리가 줄을 들고 있어야 하는 겁니다. 그리고 줄을 잡고 있으려면 일단 밑에 있는 사람들이 잘해야겠죠?"

"테일러분들 말씀이십니까? 다들 선생님께 배워서 옷은 제대로 만드십니다."

"실력을 안 봤으면 아예 이런 생각 하지도 않았겠죠. 하하, 테일러들의 몸값을 올리려면 어떻게 해야 할까요?"

매튜는 자신이 생각한 답이 뭔지 아냐는 듯 쳐다보고 있는 딜란을 향해 말했다.

"가우스와 약속 잡겠습니다."

"하하."

딜란은 손뼉까지 치며 웃었다. 그러더니 오늘은 이 정도까지 하고 차후에 조금씩 바꿔가자며 회의를 끝냈다. 그러고는 일어나려는 매튜를 다시 불렀다.

"시간 없으니까 오늘 저녁에 약속 잡아요. 내가 직접 가죠. 그리고 매튜 씨가 가우스에 제안하려고 했던 자료 좀 볼까요?"

매튜는 미리 준비했던 자료를 가져왔다. 역으로 만든 제안서였다. 제안서를 작성하면서 걱정되는 부분이 있었다.

"테일러분들이 디자인을 뽑아낼 수 있을까요?"

"하하, 티에리 교수한테 물어봤더니 그 정도 수준은 될 거라고 하더군요. 그리고 저기 팢사라곤? 저분까지 함께하게 될 겁니다."

"그래서 팢사라곤 실장한테 고객 응대 하지 말라고 하신 겁니까?"

"그런 건 아니고요, 하하."

딜란은 피식 웃으며 제안서를 살펴보더니 입을 열었다.

"참, 게임 안 해봤습니까?"

"네. 바쁩니다."

"해봐요. 재밌는데. 게임이란 게 디자인도 중요한데, 더 중요한 게 따로 있거든요. 하하."

"디자이너인데 당연히 디자인이 중요한 거 아닙니까?"

"하하, 맞죠. 그런데 그게 아닐 때도 있다는 말이죠. 가만 보면 매튜 씨는 디자이너들처럼 보이는 거 같기도 하고. 하하."

매튜는 순간 입을 닫았다. 자신의 직업은 디자이너 제품을 알리는 역할이었다. 딜란은 피식거리며 입을 열었다.

"디자이너가 디자인을 내놓으면 어떻게 팔지만 생각하면 되잖아요, 하하."

*　　　　*　　　　*

다음 날. 가우스에서는 갑자기 임직원 회의가 열렸다. 회의 주제는 당연히 I.J와의 콜라보에 대한 내용이었다.

"아니, 고작 디자인 5개에 2억이 말이 됩니까? 하나에 4천? 외주 주면 비싸봤자 몇십만 원인데! 돈은 그렇다고 칩시다. 그걸 누가 삽니까!"

"게임 회사에서 일하면서 이런 말 하긴 그렇지만, 아무리 I.J가 명품이라고 해도 이건 애초에 말도 안 되는 제안이죠. 어떻게 그래픽을 실제 옷값으로 받는다는 건지."

"오 팀장, 당신이 설명해 봐."

그 제안을 받아 온 오 팀장 역시 처음에는 말도 안 되는 제안이라고 생각했다. 스킨 가격을 실제 옷값으로 받는다는 건 말도 안 됐다. 가뜩이나 아직까지도 붉은 악마 스킨으로 시끄러운데, 200만 원짜리 스킨을 내놓는다면 어떤 반응을 내놓을지 상상하기도 힘들었다.

그런데 처음 보는 외국인이 한 말이 굉장했다. 붉은 악마 스킨을 구매한 사람에게만 다음 스킨에 대한 정보가 열리게 해두면 어떠냐고 했다. 거기까지만 들었을 때도 말도 안 된다고 생각했다. 그런데 이어진 말은 소비자에게 선택권을 주라는 것이었다.

"실제 가격이 아니라 구매를 하려고 하면 그 정도가 필요합니다. 이벤트 기간 동안 던전에서 새로운 화폐를 지급하고, 그 화폐로 스킨을 구매 가능하게 할 겁니다. 다음 스킨에는 특별한 능력치가 붙을 예정입니다. 개발 팀에서도 가능하다는 대답을 받았고요. 화폐는 던전에서 구할 수 있고, 던전에서만 화폐를 구해서 스킨을 구매하려면 최소 6개월이 예상됩니다. 물론, 상점에서도 현금으로 구매할 수 있는 방식입니다. 처음부터 전부 구하려면 200만 원 정도가 필요하겠지만, 돈을 쓰지 않아도 구매할 수 있으니 유저에게 선택권을 주는 겁니다. 그리고 붉은 악마 스킨을 착용하면 화폐가 더 많이 떨어지는 식으로 차별을 두면, 스킨 환불 요청도 줄어들 것으로 예상됩니다."

*   *   *

수술 후 처음으로 우진의 병실에 세운과 함께 장 노인과 미자가 병문안을 왔다. 다른 직원들도 오고 싶다고 했지만, 소란스러울까 봐 나눠서 오기로 정했다고 했다. 우진은 오랜만에 보는 얼굴들을 무척이나 반갑게 맞이했다.

오랜만에 보는 것도 있었지만, 무엇보다 숍에 대해서 들을 수 있을 것 같았다. 그런데 다들 이상하게 숍에 대한 얘기는 아예 꺼내지도 않았다. 궁금해서 물어보려고만 하면 계속 말을 다른 쪽으로 돌렸다. 그때까지만 해도 자신을 생각해 준다고 생각했는데, 계속 보니 약간 이상했다.

지금쯤이면 LJ 블루를 판매하고 있어서 무척이나 바쁠 것이었다. 그런데 점심시간을 이용해서 왔다는 것도 이상했다. 평소 고객을 받을 땐 점심시간을 따로 가져본 적이 없었다. 시간 나면 배를 채우는 일이 다반사였는데 이것도 이상했다. 그렇다고 표정이 안 좋은 것도 아니었다.

"숍에 무슨 일 있는 거 아니죠?"

"무슨 일은. 병원에 있는 놈이 뭘 그렇게 숍에 신경 쓰는 게야."

"지금 블루 판매하고 있는 거 아니에요?"

"하고 있다. 걱정 말거라."

"그런데 안 바쁘세요?"

우진의 계속된 질문에 장 노인은 고개를 저었다. 만나자마자 숍에 대한 얘기만 계속하고 있었다. 병문안 간다는 말에 딜란이 예상한 그대로였다. 그는 디자이너가 다른 곳에 신경 쓸 시간에 디자인을 하나라도 더 그리는 게 디자이너에게나 숍에게나 도움이 된다고 했다. 하지만 우진은 숍에 대한 애착이 많아서인지 더 신경을 쓰고 있었다. 장 노인은 딜란을 생각하며 웃더니 입을 열었다.

"딜란 대표가 네가 자꾸 숍에 대해서 물어보면 이 말 하라고 하더구나."

"어떤 말이요?"

"시간이 많은 거 같은데 다음 주에 두 개 준비하라고."

"하… 하하."

병원에 와서부터 계속 안쓰러운 얼굴로 자신을 보던 미자도 고개를 끄덕이며 말했다.

"숍 걱정하지 마시고 빨리 건강해지세요……."

"알았어요."

"그런데 정말 안 바쁘세요?"

"오히려 더 편해졌어요. 여유도 생겼고요."

미자가 말을 하려 하자 장 노인이 가로막았다.

"두 개 준비하고 싶은 게냐?"

"하하."

"딜란 대표가 네가 알아야 할 건 자신이 직접 얘기해 준다고 했으니 보채지 말거라."

우진은 멋쩍게 웃었다. 원하던 일이기는 했는데 막상 그렇게 되자 뭔가 소외받는 느낌도 받았다. 한편으로는 빨리 병원을 나가 숍으로 돌아가고 싶은 마음도 들었다.

"이제 그만 가봐야겠고만. 다들 일어나지. 넌 일어나지 말 거라."

세운과 미자도 아쉬운 얼굴로 자리에서 일어났다.

*　　　　　*　　　　　*

매주 같은 시간에 점검을 하고 정해진 시간에 서버를 열었던 일레븐이 오늘은 점검이 지연되고 있었다.

작은 편의점을 운영하던 점주는 손님이 없는 무료한 시간을 대부분 게임으로 해결했다. 평소에 게임을 좋아하고 PC 게임도 즐겨 했는데, 아무리 손님이 없다고 해도 매장에서 PC 게임을 할 순 없었다. 그러다가 평소 자신이 즐겨 하던 MMORPG 게임인 일레븐을 찾았고, 이제 가게에서도 부담 없이 즐기는 중이었다. 그런데 점검이 끝나지 않자, 평소에는 들어가 보지도 않았던 카페까지 접속했다.

"뭔 욕이 이렇게 많아."

첫 페이지가 거의 욕으로만 채워져 있었다. 게임 안에서도 붉은 악마 스킨으로 욕을 하는 사람들이 많이 보였기에 아직도 그런 건가 싶었다. 그동안 자신은 스킨을 구매하지 않았기에 그냥 그런가 보다 하고 넘어갔는데, 카페에서까지 이렇게 욕을 할 줄은 몰랐다.

점주는 카테고리를 넘겨 자신이 찾던 점검 내용에 대한 공지를 찾았다.

「새로운 스킨을 찾아라」

I.J 붉은 악마 스킨에 이어 I.J 디자이너 팀과 콜라보!
총 5개의 스킨을 구매할 수 있는 화폐가 새롭게 등장합
니다.
무지개 동전.
모든 던전에서 무지개 동전의 습득이 가능해집니다.
난이도가 올라갈수록 무지개 동전의 수가 올라갑니다.

"무지개 동전? 이게 뭔데."

1개: 1골드
10개: 무명 갑옷
2,000,000개: 차르크의 정장 스킨
2,000,000개: 운디룬의 드레스 스킨

개수가 많은 건지 적은 건지 감이 안 왔다. 서버가 열리고
해보면 알겠지 생각한 그가 스크롤을 내릴 때, 조건이 눈이
들어왔다.

대상: 모든 유저

이벤트 2: 기간 한정 스킨 세일

I.J 붉은 악마 스킨: 이벤트 기간 중 무지개 동전을 습득할 확률이 올라감.

"뭐야, 저걸 사야 해? 안 사. 에이."

딱 봐도 보이는 장삿속에 왜 사람들이 그렇게 욕을 했는지 알 것 같았다. 점주는 글 쓰는 건 귀찮은지 입으로 욕을 하고는 카페를 닫았다. 그때, 점검이 끝났다는 알림이 도착했다.

스킨 같은 걸 구매하지 않아도 즐길 거리가 많았기에 평소처럼 일레븐에 접속했다. 그러자 로딩 화면에 새로운 스킨을 입은 캐릭터들이 보였다. 자신의 캐릭터인 차르크가 정장을 입고 있는 모습을 보자 신기해 보이긴 했다. 하지만 신기할 뿐 쓸데없이 돈을 쓰기는 싫었다.

게임에 접속하자 이미 채팅창은 욕으로 가득했다. 욕이 하도 빨리 올라가 다른 글은 보기 힘들었다. 붉은 악마 스킨 때보다 더 심해진 것 같은 모습이었다.

"게임 잘 만들었는데 운영을 거지같이 해."

모바일게임치고는 퀄리티가 상당히 높은 편에 속해 있어 재밌게 하는 중이었다. 사람이 빠져도 계속할 것 같긴 하지만, 그래도 사람이 많아야 재밌는 게 MMORPG였다.

점주는 채팅창을 아예 꺼놓고는 일일 퀘스트를 하러 버튼을 눌렀다. 그리고 사냥하는 걸 지켜보는데 오늘따라 누가 뭘 습득했다고 알림이 엄청 올라왔다. 그 대부분은 신기하게도 붉은 악마 스킨을 구매했다는 알림이었다.

—토토팡팡 님이 I.J 붉은 악마 스킨을 습득했습니다.
—귤하 님이 I.J 붉은 악마 스킨을 습득했습니다.

계속해서 올라왔다. 누가 뭘 주웠는지 보는 재미도 있었는데, 오늘은 죄다 스킨에 관한 알림이었다. 그래도 아직까진 구매하고 싶은 생각이 없었다. 일일 퀘스트를 마친 점주는 던전 신청을 눌렀다. 그리고 들어간 던전에서 이상한 모습을 봤다. 타 서버와 매칭이 가능한 게임이라 모두 다른 서버 사람들이었는데, 자신을 제외한 4명이 전부 붉은 악마 스킨이었다.

"뭐야. 욕은 욕대로 하고 다 샀네."

점주는 궁금한 마음이 들어 파티원들에게 질문했다.

—그 스킨 좋나요?
—좋은 거 없어요. 골드 구하기 편해짐. 스킨 없을 때 던전당 하나 득하면 잘한 건데. 스킨 끼면 3개는 기본임. 그럼 던전 한 번 돌면 3골드임ㅋㅋ

그 말에 점주는 약간 혹했다. 경매장에서 사용되는 골드는 하루 종일 모아도 3골드가 최고인데, 저걸 입고 있으면 배가 넘게도 벌 수 있다는 소리였다. 던전을 끝내고 돌아온 점주는 구매 창을 열어놓고 가만히 살폈다. 할인해서 33,000원. 적은 돈일 수도 있지만, 헛돈을 쓰고 싶지 않았기에 스킨에 대해 물어볼 생각으로 다시 채팅창을 열었다. 그러자 욕으로 가득했던 아까완 다르게 파티를 모으는 글이 상당했다. 여전히 욕은 있었지만, 거의 반반 정도로 보였다. 그리고 파티를 구하는 글은 전부 붉은 악마 스킨을 보유한 사람들이었다.

─3시간 보스만 잡는 파티. 탱만 구해요. 무동 30개 보장.

아무래도 점점 욕 대신 파티 구하는 글이 더 많아질 것 같았다. 점주는 고민을 끝냈다는 듯이 고개를 끄덕이고는 붉은 악마 스킨에 손을 올렸다.

한편, 가우스의 오 팀장은 엄청난 결과를 보며 눈도 깜빡이지 못했다. 신기하게도 욕은 욕대로 먹고 있는데 돈은 돈대로 들어왔다. 그렇다고 유저 수가 떨어져 나간 것도 아니었다. 게다가 자신이라도 구매 안 할 것 같은 200만 원짜리 스킨을 구매한 사람도 몇 있었다. 그 사람들이 마을에 있는 것만으로도 동기부여를 일으켰다. 마을 한복판에서 화려한 옷을 입고 빛까지 나다 보니 유저들의 관심은 당연했다. 그 덕에 유저들의 접속 유지 시간이 오히려 길어졌다. 아직 초반이라 결과를 더 지켜봐야 했지만, 생각했던 것보다 더 성공적이었다.

그때, 어제까지만 해도 실패하면 자신더러 책임지라던 이사가 사무실로 들어왔다. 그러고는 팀원들에게 직접 사 온 커피까지 나눠 줬다. 그 모습을 보던 오 팀장은 고개를 숙인 채 피식 웃었다.

                        *   *   *

이 주 뒤. 수술 후 한 달이 지났고, 이제 통원 치료를 해도 된다는 말을 들었다. 하지만, 우진은 병원에 남아 있어야 했다. 퇴원하면 곧바로 매장에 나갈 거라는 걸 아는 부모님의 만류도 있었고, 딜란이 의안까지 착용하고 돌아오라고 했다. 그 전에 오면 자신은 더 이상 필요 없는 사람이라고 판단해 돌아가겠다고 협박했다. 병원 측에서도 경과를 지켜보는 편이 좋다고 했기에 우진은 어쩔 수 없이 병원에 남았다.

자신보다 늦게 병실에 온 학생이 오늘 퇴원하자 나가고 싶은 마음이 더 커졌다. 어머니와 학생 어머니는 상당히 친해져 꼭 연락하자며 이별을 아쉬워했다. 인사를 마친 학생 어머니는 우진에게도 인사를 하고선 학생에게 입을 열었다.

"정우야, 형한테 인사해야지."

"안녕히 계세요… 그런데 형, 사진 한번 찍어도 돼요?"

조금 곤란한 부탁이었다. 지금 상태도 상태지만, 잘못해 사진이 퍼지기라도 해서 자신의 얘기가 사람들 입에 오르내리는 것도 걱정되었다. 우진이 거절하려 할 때, 딜란이 병실로 들어왔다.

"안녕하세요. 오늘 왔어요. 아줌마."

말이 이상하긴 했지만, 볼 때마다 한국어 실력이 늘어가는 모습이 신기했다. 한국어처럼 쉬운 언어도 없다는 말을 하더니 이제는 제법 알아듣기도 하고 말도 했다. 딜란은 병실 안의 모습을 보더니 단번에 무슨 상황인지 이해했는지 웃으며 다가왔다.

"퇴원 기념 촬영됩니다."

"'입니까'예요."

"입니까? 하하, 딜란이 찍어줍니다."

딜란은 웃으며 정우를 우진 옆에 세우더니 직접 촬영까지 해줬다. 그러고는 정우의 머리를 쓰다듬었다.

"아프지 마. 아줌마도 아파. 안녕히 가세요."

자신이 아프면 엄마가 속상하단 뜻을 알아들었는지 정우는 딜란을 보며 씨익 웃었다. 그러고는 다시 우진에게 인사를 하고선 병실을 나가려 할 때, 딜란이 다시 입을 열었다.

"자랑해. 엄청 많이 자랑해. 친구들하고 애인한테."

"애인 없는데. 그런데 뭐라고 자랑해요?"

"세계 최고의 디자이너와 같이 잤다고."

"히히히, 안 그래도 친구들한테 자랑했더니 사진 보여달라고 그랬어요."

단어 선택이 영 이상했다. 딜란은 엄지를 내밀더니 그제야 정우를 보냈고, 병실에 남은 우진은 의아한 얼굴로 딜란을 봤다. 도무지 뭔 생각을 하는 사람인지 알 수가 없었다.

"사진 퍼지기라도 하면 기사 나올 텐데, 괜찮아요?"

우진과 둘이 있자 딜란은 편안한 영어로 말했다.

"그러라고 찍어준 거죠. 하하."

"만약에 퍼지면… 숍에 문제 생기고."

"또! 또! 숍에 신경 쓰지 말라니까요."

"아니, 그게 아니라요. 제가 가장 중요하다고 그랬는데, 제가 아프다고 소문나서 피해가……."

"이미 소문은 났는데 뭘 걱정해요. 이제는 슬슬 복귀를 준비해야죠."

"병원에 있으라면서요."

"이제 두 달. 두 달이 긴 거 같죠? 하하."

딜란은 혼자 마구 웃더니 입을 열었다.

"아픈 걸 숨길 생각도 없다고 했잖아요. 그러니까 얼마나 아픈지를 알려줘야죠."

"그럼 기자를 통해 직접 말하면 되잖아요."

"노노. 우린 지금 거리를 두는 중인데 기자를 통하면 안 됩니다. 그리고 저렇게 퍼지는 게 효과가 더 좋거든요. 임 디자이너가 아픈 게 비밀은 아니지만, 그동안 어디에도 얘기한 적이 없잖아요. 그런 비밀스러워 보이는 얘기를 사람들이 우연히 알게 되면 어떨 거 같습니까? 하하, 원래 남의 비밀만큼 재밌는 게 없는 거거든요. 이건 비밀인데 그러면서 막 퍼지는 게 남 비밀이고요. 하하, 자연스럽게 근황을 알려줄 수 있는 거죠."

딜란은 침대 옆에 놓아둔 스케치북을 들어 올리면서 말을 이었다.

"제가 다 알아서 할 테니까 신경 쓰실 필요 없습니다. 나중에 필요하면 인터뷰하면 되니까 임 디자이너는 하던 대로 그리고 싶은 스케치나 그리면 됩니다."

우진은 딱히 자신이 뭘 해야 할 게 없다는 말에 고개를 끄덕거렸다.

『너의 옷이 보여』 9권에 계속…

초대형 24시 만화방

신간 100%, 샤워실, 흡연실, 수면실(침대석), 커플석, 세탁기 완비

▪ 광명 광명사거리역점 ▪

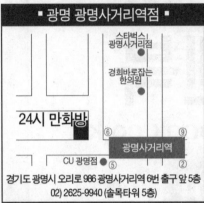

경기도 광명시 오리로 986 광명사거리역 6번 출구 앞 5층
02) 2625-9940 (솔목타워 5층)

▪ 강북 노원역점 ▪

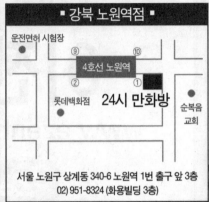

서울 노원구 상계동 340-6 노원역 1번 출구 앞 3층
02) 951-8324 (화용빌딩 3층)

▪ 일산 정발산역점 ▪

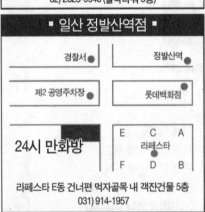

라페스타 E동 건너편 먹자골목 내 객잔건물 5층
031) 914-1957

▪ 일산 화정역점 ▪

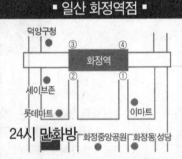

경기도 고양시 덕양구 화정동 984번지 서일빌딩 7층
031) 979-4874 (서일사우나 건물 7층)

▪ 부천 역곡역점 ▪

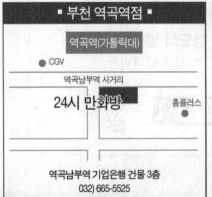

역곡남부역 기업은행 건물 3층
032) 665-5525

▪ 부평역점 ▪

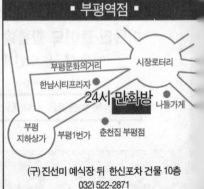

(구) 진선미 예식장 뒤 한신포차 건물 10층
032) 522-2871

가프 현대 판타지 소설

부검 스페셜리스트

MODERN FANTASTIC STORY

법의학의 역사를 바꿔주마!

때려죽여도 검시관은 되지 않을 거라던 창하.
하지만 그에게 주어진 운명은
생각지도 못하던 것이었는데······.

"내 생전의 노하우와 능력치를 네게 이식해 줄 것이다."

의사는 산 자를 구하고, 검시관은 죽은 자를 구한다.

사인 규명 100%에 도전하는
신참 부검 명의의 폭풍 행보!

Book Publishing CHUNGEORAM

유행이 아닌 자유추구 -
WWW.chungeoram.com

스페셜 원
가장 특별한 감독

스틸펜 장편소설

FUSION FANTASTIC STORY

피치 위의 마스티프. 그라운드의 투견.

"나는 너희들을 이끌고, 성장시켜서, 이겨야 한다."
"너희는 나를 따라오고, 성장해서, 이겨야 한다."

가장 유별나거나, 가장 특별하거나.

Special one.

누구보다 특별한 감독이 될 남자의
전설이 시작된다.